Wolfgang Hegewald
Tagessätze

Wolfgang Hegewald

Tagessätze

Roman eines Jahres

WALLSTEIN VERLAG

Für Ulrike

Man weiß nie, wovon man redet, bevor man redet.
Wenn dem so ist, warum schreiben Sie dann?
Um zu versuchen, mich an das zu erinnern, was sich
ereignet hat, während der Zeit, da ich schrieb.

Claude Simon, Das Seil

Schreib es auf, sonst mußt du es / am Ende noch erleben.

Marcel Beyer, Dämonenräumdienst

Januar

Vor der Angestellten-Akademie, dem Kraft- und Yoga-Studio und der DITIB Ali-Pasa-Moschee mustern die Wracks ausgebrannter Raketenstellungen den Bürgersteig. Aschepusteln und frischer Feuerwerksauswurf zeigen einen soeben überstandenen Böllerausbruch an; er ist glimpflicher verlaufen als in den Vorjahren.

Auf dem Weg zur U-Bahn begegnet mir niemand, am Vormittag. Eine kräftige Neujahrssonne treibt die sichtbare Welt in eine auftrumpfende Gegenständlichkeit; starker Schattenwurf.

Von der Höhe der U-Bahnstation Dehnhaide – manchmal sind die Verkehrsverhältnisse paradox – schaue ich auf den Hinterhof der Bäckerei Daube, eine Baustelle, deren Absicht und Ziel sich noch nicht erkennen lassen, und eine Garagenzeile hinab. Hochklappbare Leichtmetalltüren, geriffelt und in einem stumpfen Aluton, von Klinkermauern eingefasst. Auf dem rauroten Stein sind, jeweils links von einem Garagentor, Buchstaben zur Markierung aufgebracht, mit einer Schablone: *a c h !*

Wer lesen kann, der lese.

Während ich auf die Bahn warte, kommt mir plötzlich Nathan Niedlich in den Sinn. Ende fünfzig vielleicht, ein Mann aus der Nachbarschaft, mäßig adipös, von munterem Mundwerk und pedantischer Kurzsichtigkeit, läutete er gelegentlich – und immer unangemeldet – bei mir an der Tür, steckte mir kleine Texte zu, die er *Bagatellen ohne Tonart* nannte, und wollte bei seinem nächsten Besuch mit mir darüber sprechen.

Das mochte zehn Jahre her sein. Dann verschwand Nathan Niedlich wieder, aus meinem Leben zumindest, so ankündigungslos, wie er mir erschienen ist.

Ich kenne ihn kaum, aber ich vermisse ihn. An diesem Neujahrstag.

Ob er seine Prosaminiaturen inzwischen veröffentlicht hat? Falls ja, so wäre es mir entgangen. Aber N.N.s Eitelkeit hätte mir vermutlich einen Wink gegeben.

Nach Ulm!

Wer von Hamburg am Neujahrsmorgen dorthin aufbricht, muss gewichtige Gründe haben.

Im ICE Darmstadt gen Frankfurt beginne ich, »Zeitreisen« von Angela Steidele zu lesen.

Ich bin zu meiner Lieblings- und Patentante Gi unterwegs. Sie ist fast vierundneunzig Jahre alt. Man hat sie am Tag vor Heiligabend in ihrer Wohnung gefunden, dehydriert und unterernährt, aber ansprechbar. Bis jetzt lebte sie allein und autonom. Klein von Statur, zierlich, fast filigran ist Tante Gi seit jeher gewesen. Sie arbeitete schon als Ärztin, da passierte es ihr gelegentlich, dass sie, in einer Bahn oder einem Bus, aufgefordert wurde, sie möge doch einem Erwachsenen Platz machen. Mit achtzig gab sie aus Vernunftgründen den Skiabfahrtslauf auf. Nun, nach ihrem Zusammenbruch, wurde sie im Bundeswehrkrankenhaus auf vierzig Kilo aufgepäppelt, in ihre Wohnung entlassen und in die Vorhöfe der Demenz, mit den Laborwerten eines jungen Mädchens. Ihr fehlt nichts. Sie kommt sich selbst abhanden.

Niedersächsische Passagen. Felder, Knicks, Weiden und Wiesen. Winterlicht poliert Raureifdistrikte und bringt ihnen das Glänzen bei. Der Anblick verstärkt meine Sehnsucht nach Schnee.

Kurz vor Uelzen rast der Zug in eine Nebelkammer. Planmäßiger Halt am Hundertwasserbahnhof, wo nach dem Willen des schlecht träumenden Meisters alles krumm, schief und bunt ist. Umsteigen zum Hals- und Beinbruch.

1840 reisten Anne Lister und Ann Walker, ein englisches Liebespaar, nach Russland, auf der zugefrorenen Wolga bis zum Kaspischen Meer und weiter über den Großen Kaukasus bis nach Tbilissi und Baku. Anne starb unterwegs.

Ann brachte die Gefährtin im Sarg zurück. Einhundertachtzig Jahre später wiederholen Angela Steidele und ihre Frau Susette die Reise, etwas salopp und ungefähr gesagt. Bereits 1833 – das englische Frauenpaar hatte sich vorübergehend getrennt – wollte Anne Lister nach St. Petersburg fahren, brach die Reise jedoch in Kopenhagen ab, weil sie erfuhr, dass ihre geliebte Patentante lebensbedrohlich erkrankt sei.

Tisch, Stuhl, Bett – das billige Hotel in Neu-Ulm hätte den Engländerinnen vermutlich als Luxusherberge gegolten.

Am Abend bleibe ich bei *Astro-TV* hängen, das ich zu Hause nicht empfangen kann.

Ein den Sternen naher Eso-Gigolo hat Glückskuverts im Angebot. Ein Anruf genügt. Der lässt aber oft auf sich warten. Die peinlichen Pausen füllt der Callstar mit rhetorischem Biomüll, astral und auratisch verbrämt, leicht zu recyceln. Gelegentlich trinkt der unangerufene Glücksagent einen Schluck Wasser, mit einer liturgischen Gebärde von gedehnter Demut. Endlich schrillt das Telefon, und die dunkle Wolke eines stammelnd und in tiefstem Sächsisch vorgetragenen Begehrens verdüstert für einen Moment das Sternenstudio.

Um Mitternacht übernimmt Sandra Plagemann. Sie kann sich vor Anrufen kaum retten. Mit der rhythmischen Unerbittlichkeit einer Mischmaschine traktiert sie klackernd ein Kartenspiel, und wenn der Kunde Stopp! ruft, legt sie die Karten rasend schnell und mit astrologischem Ingrimm aus und beginnt sofort zu sprechen: In etwa drei Monaten werde sich ein energetisches Störfeld verzogen haben, und es entstehe Raum für eine neue Beziehung.

Kann irgendein Krimi gruseliger als die Dummheit sein?

Tagessonate 1.1

Eine der Amerikanerinnen, die Soleimanis Namen kannte, war Mary Duty.

Wenn sie abends nach Hause kommt, stört es ihren Partner nicht, wenn sie nur von der Arbeit redet, es ist das Lieblingsthema von beiden.

Verletzt wurde dabei niemand.

Tagessonate 1.2

Kurzfristig bleibt nun gar keine andere Wahl als der gemeinsame europäische Appell an die Reste von Vernunft.

Barfußlaufen soll auch gut fürs Image sein.

Zugelassen für den menschlichen Verzehr sind nur Mehlwürmer, Buffalowürmer, Hausgrillen und die Wanderheuschrecke.

PPM Pflege-Dokumentation:

Ihr Erfolgsgeheimnis für 30 % Zeitersparnis bei Risikoeinschätzung und Dokumentation: Richtige Fragen stellen statt Romane schreiben.

Tagessonate 1.3

Die Leute von Green Shoe machten nicht nur Schuhe für ihre Kunden, sondern schusterten auch den Anlegern noch ein paar Puffer-Aktien zu.

Sind die Alpenperser und Mittelgebirgsflokatis einmal verlegt, darf eins allerdings nicht mehr passieren: Schneefall.

Und dennoch, selbst jetzt ist da noch Luft nach oben.

Lily erzählt: Sie arbeitet als Oberärztin in der gynäkologischen Abteilung eines Versorgungskrankenhauses in der Provinz. Ihr Chef, aus Polen stammend, klein von Wuchs, kompensiere seine physische Unscheinbarkeit und sein poröses Selbstbewusstsein durch einen überbordenden Narzissmus, dem Anstand, Respekt, Maß und Distanz fremd seien. Und er sei ein begnadeter Operateur.

Einmal habe der Chef einer Kollegin, ebenfalls Oberärztin wie sie, Lily, selbst, angeboten, er bringe ihr eine bestimmte Operationstechnik bei, wenn sie ihm privat 5000 Euro zahle.

Niemals, so Lily, werde sie die folgende Szene vergessen: Der Chef operierte, sie hielt Haken. Lily bewunderte, mit welch umsichtiger Raffinesse und handwerklichem Geschick der Chef den Bauchraum einer Patientin von Tumorgewebe und Metastasen säuberte. Er legte den vom Krebs umgebenen Harnleiter frei. Makellose chirurgische Hochpräzision. Dann schnitt der Chef plötzlich den frei präparierten Harnleiter durch und sagte vorwurfsvoll, Lily, Sie haben den Harnleiter zerrissen. Sie, Lily, sei so perplex gewesen, dass es ihr die Stimme verschlagen habe.

Fünf Augenzeugen hatten gesehen, was geschehen war, bevor der Chef in seiner virtuosen Manier – eine Demonstration des Genies – den Harnleiter wieder zusammennähte. Niemand sagte ein Wort.

Chef ist, wer über die Wahrheit gebietet.

Tagessonate 1.4

Die Daily Soap *Gute Zeiten, Schlechte Zeiten* ist ja so etwas wie die Fortsetzung der Currywurst mit anderen Mitteln – also geschaffen für einen, der die Volksnähe für die deutsche Sozialdemokratie neu übersetzt hat mit Lebemann-Attitüde (Brioni, Cohiba, jede Menge Ehen).

Leute wie ich sind hier so wichtig wie Tote beim Bestatter.

Ist das schon die Hölle oder noch das Fegefeuer?

Tagessonate 1.5

Wollte jemals irgendwer den Begriff Narzissmus vertonen, die Selfie-Drohne wäre der aktuell wohl heißeste Klanganwärter.

Die Kellerkinder der Achtzigerjahre aber hatten das Ganze ja meist nicht selbst angezettelt, sondern eher übernommen.

Und den größten Preis zahlt die Natur.

Von Stuttgart bis Hamburg sitzt ein junger Mann im Zug neben mir. Hochgewachsen, kunstvoll verwuschelte Haare, sympathisch verpeilt und selbstbewusst höflich zugleich. Vier Gepäckstücke, ein Instrumentenkoffer. In Frankfurt kommen wir ins Gespräch, und bis Hamburg geht uns der Stoff nicht aus.

Martin erzählt: Er stamme aus einer Musikerfamilie, sei neunzehn Jahre alt und studiere in Lübeck im ersten Semester Violine. Er spiele im Bundesjugendorchester. Die Trias seiner Idole, derzeit: Mozart, Mahler, Schostakowitsch. Was für eine Frage – natürlich habe er Julian Barnes' Roman »Der Lärm der Zeit« gelesen.

Seine Mutter, so Martin weiter, sei groß, dünn und dominant. Der Vater klein, rund, auf Wunsch der Mutter altkatholisch geworden, und er habe an einer Musikhochschule eine Professur für Liedbegleitung inne. Seit einer fortgeschrittenen MS-Erkrankung lehre er im Rollstuhl. Zum Glück, sagt Martin, denn sonst hätten wir kein Geld.

Er selbst sei sehr, sehr ungläubig, wirft Martin plötzlich trotzig ein.

Mozart, Mahler, Schostakowitsch, erwidere ich.

Das gibt uns bis zur Ankunft in Hamburg zu denken.

So schnell sei ihm die Zeit auf der weiten Reise noch nie verflogen, bedankt sich Martin, als schulde er mir ein Kompliment.

Ich quittiere es mit einem generösen Lächeln; ein Ruheständler, der unverhofft eine Gelegenheit zum Dozieren bekommen hat.

Tagessonate 1.6

Der sensible Ernesto lernt auf dem Weg zum Erwachsenen die brutale Diskriminierung der Indigenen im Land kennen.

Ein Problem ist, dass Gegengifte sehr teuer und oft nicht verfügbar sind, vor allem in ländlichen Regionen, wo die meisten Menschen gebissen werden.

Jugendämter haben insgesamt eine schwierige Arbeit zu leisten.

Ein Aufsteller vor einer Zeitarbeitsagentur in der Augsburger Straße in Neu-Ulm: *Gesucht: Kunststoffhelfer.*

Ich übersetze: arbeitslose Musen.

Bäckerei / Cafe BAYER, Augsburger Straße, Neu-Ulm. Werbung für eine Neuigkeit im Sortiment: *Handgemachte Quark-Träumchen.* Wer bestellt, mit durchschnittlicher Vorstellungskraft begabt, diese softsüße Spezialität?

Gestern, während ich dort meine Butterbrezel zum Frühstück verzehrte, saß mir auf dem Schaukelplatz ein Paar mittleren Alters gegenüber.

Zwei Sitzbretter an Tauen, parallel, dazwischen ein Tisch.

Die Frau, die ich von hinten sah, angeschnittenes Halbprofil, sprach leise, von Angst, Schmerzen, diffusen Beschwerden, einem Anruf, den sie heute erwartete. Ein Tumorverdacht, noch in der Schwebe.

Der Mann beschwichtigte. Er schaute die Frau nicht an und teilte seine Unsicherheit seinem Smartphone mit, unterhalb der Tischplatte, als habe er etwas zu verbergen.

Heute sind die Schaukeln leer.

Tagessonate 1.7

Vor kurzem habe ich mich an einen Software-Ingenieur erinnert, der einen Doktortitel in Musikwissenschaft hatte.

Aber das Glück zog fort, und die Kollektivierung kam.

Doch das ist nur das vergleichsweise harmlose Vorspiel.

Wahlkampf und Wurzelbrut. Die SPD hat zum Neujahrsempfang ins Rathaus eingeladen. An die tausend Gäste, darunter viele Frühschoppenroutiniers, sind der Einladung gefolgt und harren nun dicht gedrängt im Festsaal, sonntags gegen elf, des Auftritts von Dirk, Franziska und Peter. Der vielstimmige Geräuschpegel steigt und steigt. Jazz-Einwürfe (Trompeter und Echo-Gewinner Joo Kraus) verbrämen das Geschnatter; akustische Raufasertapete.

In der Mitte des Raums eine imposante Parteikunstlinde, ökologisch unüberbietbar immergrün. Im Blattwerk, das einen guten Kontrast abgibt, rote Früchte, die sich, deutlich beschriftet, selbst preisen.

Fraktionschef Dirk erklärt die Linde zum Wappenbaum der SPD. Urbanes Volkslied; Tag der Arbeit; honigsüße Wahlträume.

Die Linde bildet Schließfrüchte aus, jenseits des Rathausfestsaals. Eine Schließfrucht fällt in geschlossenem Zustand ab und öffnet sich auch bei der Reifung nicht. Linden vermehren sich meistens vegetativ, durch Stockausschlag und Wurzelbrut, gelegentlich auch generativ.

Dirk bittet die Mitglieder der Fraktion auf die Bühne. Ihr Auftritt erinnert an die Art und Weise, wie sich ein Chor vor Beginn eines Konzertes auf einem gestaffelten Podium formiert. Nur dass die Fraktion, kaum ist sie vollzählig versammelt, weder singt noch sonst einen Ton hervorbringt, sondern gleich wieder abtritt.

Wer mag sich ausmalen, wie enttäuscht die Linde ist.

Immer wieder wird Applaus laut, so niedrigschwellig, dass man sich hüten muss, aus Versehen ein lautes Wort zu sagen. Es würde unweigerlich beklatscht.

Gute-Familie-Ministerin Franziska verkündet eine Zwei-Typen-Lehre als politische Basislektion: Bedenkenträger und Möglichmacher. Ihren Saalsegen spendet Franziska pauschal und generös: Wer hier sei, gehöre zu den Möglichmachern!

Bürgermeister Peter der Freien und Hanseaten sagt, dass alles schon gesagt sei, nur noch nicht von ihm.

Bald habe ich die Wahl.

Tagessonate 1.8

Auch der behördliche Umgang mit Schnee kann diskriminieren.

In welchen Fällen ist es eine gute Idee, zu KI zu greifen?

Ein 72-jähriger polnischer Landwirt ist von seinen Schweinen gefressen worden.

Tagessonate 1.9

Wer nicht an Gott glaubt, glaubt an alles Mögliche.

Schafe dagegen erkennen sich gegenseitig besser mit dem linken Auge, und Riesenkängurus heben Blätter fast immer mit der linken Pfote auf.

Wer nun der Meinung ist, dass sich dies alles ziemlich spaßbefreit und esoterisch anhört, der liegt richtig.

Trump spricht in Davos, als sei die Schweiz ein weiterer Bundesstaat der USA, den es bei der Wahl zu erobern gelte.

Seit bald acht Jahren lebe ich mit einem inneren Feind, dem Glaukom. Er hat in den entlegenen Regionen meines Augenhintergrundes ein perfektes Rückzugsgebiet. Nach einer ersten Attacke, die mir Verwüstungen und Verluste meiner Gesichtsfelder beibrachte, geriert sich der innere Feind bis heute harmlos, ein Schläfer, im vertrauten Terror- und Konspirationsjargon. Aber wer weiß, ob er nicht schon das nächste Attentat plant, das meinen Sehnerven gilt.

Wer sich von mir aus den Augenwinkeln beobachtet wähnt, täuscht sich kategorisch. Ich starre an, was mich interessiert, gründlich, ausdauernd, unverschämt, bis ich etwas erkennen kann. Die kräftige Rotationsmuskulatur meines Halses erlaubt mir Rundumblicke, die nicht jedermanns Sache sind.

Manchmal zieht in mir die bange Frage herauf, ob die visuellen Grauzonen und Halbsteppen, die mir der innere Feind zugefügt hat, nicht schon zu Gemütseintrübungen und Mentalitätsblessuren geführt haben. Eine auf chronischem Lichtmangel und Bildschwäche beruhende Verwahrlosung meines Gedankenhaushalts. Gelegentlich bringt mich diese Vorstellung zum Lachen.

Ich sehe was, was du nicht siehst.

Traum: Winterlicht stellt die Welt bloß und verstärkt die Sehnsucht nach Schnee. Es ist windstill. Ich befinde mich an der Binnenalster, in der Nähe des Jungfernstieges. Was ich hier verloren habe, weiß ich nicht. Unwillig wehre ich eine Stimme ab, die mir einzureden versucht, dass ich jetzt eigentlich zur Wassergymnastik in die Therme des Bartholomäusbades bestellt sei. Plötzlich, aus dem Nichts, türmt sich eine Riesenwelle in der Binnenalster auf, ein Kaventsmann, und rast auf das befestigte Ufer zu. Niemand rührt sich von der Stelle. Es ist phänomenal. Einige besonders alsternahe Passanten, ich nicht, leuchten, in einen Gischtkokon gehüllt, kurz auf, bevor sie in ein neues Leben schlüpfen. Dann sind sie verschwunden.

Dissens für die Ewigkeit. Es ist kein Streit, aber vielleicht die letzte offene Frage von Belang zwischen uns. Wir kommen periodisch darauf zu sprechen. Die Zeit ist seit jeher und sowieso knapp. Vorerst lenkt keiner von uns ein. Waldfriedhof Medingen oder Parkfriedhof Ohlsdorf; den Begriff Alternative meiden wir. U. möchte ins geräumige Familiengrab einziehen, klosternah, in der Lüneburger Heide. Ich scheue das Familiengedränge bis zum Jüngsten Tag, das provinzielle Abseits; mich zieht es nach Ohlsdorf – keine Eile, bitte –, eine urbane Adresse und eine weitläufige Gartenkunstlandschaft zugleich. Kommt immerhin bei Beckett vor.

Die dem Familiengrab nahe Friedhofskapelle von Medingen wurde von einem Hamburger Unternehmer aus dem Rotlichtmilieu gestiftet. Nach dem Rohbau ging ihm das Geld aus. Die Toiletten fehlen bis heute.

Eine Trennung in der Ewigkeit schließen wir beide aus, U. und ich. Vorerst gilt: Wer länger Zeit hat, bestimmt.

John Cage in Halberstadt. In der St.-Burchardi-Kirche zu H. wird das langsamste Orgelstück der Welt aufgeführt, »As slow as possible«, von John Cage 1985 komponiert.

Am 5. September 2001 hat es mit einer langen Pause begonnen; siebzehn Monate lang waren nur die rhythmischen Geräusche des Blasebalgs zu hören. Gespielt wird das Stück auf einer Miniaturorgel aus Holz, an deren Tasten Sandsäckchen hängen, damit der Ton nie abreißt. Geplante Aufführungsdauer: 639 Jahre. Wer es sich vormerken will: am Freitag, dem 4. September 2640, soll die Aufführung voraussichtlich enden. – Apokalyptiker aller Länder, trefft und besinnt euch in Halberstadt, solange noch Zeit ist. –

Tagessonate 1.10

Gritty, das muss man zu seiner Verteidigung sagen, wird nicht bezahlt dafür, nett zu sein.

Die eigne Ehefrau aber ist betrübt.

Fast niemand hat ein klares Bild von sich selbst.

Uniaugenklinik Dresden, Spezialstation Glaukom. Wer hier noch über 50–60% seiner Sehkraft verfügt, gehört zu den Privilegierten.

Jojo Rabbit, ein Film von Taika Waititi. Der Regisseur, der selber Hitler als eine Art linkisches und läppisches Über-Ich eines zehnjährigen Nazitölpels spielt, habe maorisch-jüdische Wurzeln, lese ich und versuche, mir diese Familiengeschichte auszumalen.

Lubitsch, Chaplin, Benigni – so ließe sich eine Filmtradition andeuten, in der Regisseure auf je eigene Weise dem als Stoff geläufigen Nationalsozialismus spielerisch, phantastisch oder grotesk nicht das letzte Wort oder Bild überlassen möchten. Daran scheiden sich seit jeher die Geister. Imre Kertész war ein überzeugter Fürsprecher dieses radikal überbordenden cineastischen Erzählens.

Waititi wählt die Perspektive des besessenen und fanatisierten Kindes, das, wie alle Kinder, die Welt schräg von unten anschaut. Ein wilder Mix der Genres und Stile: verschrobene Niedlichkeit und Action, Comic und Nazipunk, Kammerspiel in Puppenstubenmanier, Slapstickdramolett. Eine Passage aus Leni Riefenstahls »Triumph des Willens« wird mit »I Want to Hold Your Hand« der Beatles unterlegt. Humor hält das Material kühl. Ein kräftiges ästhetisches Immunsystem wehrt jede Art von Sentimentalität ab. Und doch riskiert der Film viel, indem er etwas vermeintlich Unmögliches versucht: Er zeigt, dass eine antiquierte und abgewirtschaftete Kategorie namens Erbauung oder Erbaulichkeit als zeitgenössische Kunstoption möglich ist.

Ein Hoffnungstraktat in Pastell. Teils knallbunte Eloquenz, teils hochtourige Spielfreude und Spielwut, die zwischen ästhetischer Reflexion und billigen Effekten oszillieren.

Erbauungsvirtuosität, laut, aber ohne falsche Töne.

Empörter Einspruch?

Überzeugt mich.

Irene Weiss, eine Auschwitzüberlebende, sagt: Ich mag einige Menschen. Aber die Menschheit ist eine Bestie.

Ich muss an Imre Kertész' geschichtsteleologische Konfession denken: Die Menschheitsgeschichte zielt darauf ab, die Welt in Auschwitz zu verwandeln. Ob Kertész – die Liebenswürdigkeit in Person – dem Film »Jojo Rabbit« entschieden zugestimmt hätte, wie er es bei »Das Leben ist schön« getan hat? Das KZ-Märchen hatte einen deutlich höheren Sentimentalitätspegel als die Pimpfklamotte.

Ein Bierdackel macht noch keinen Kater. Glaukompoesie.

»Wo du nur hinsiehst, da ist Gott.« Ob Jakob Böhme ein Glaukomkollege war?

Uniaugenklinik Dresden, Spezialstation S 4: eine gute Adresse für Sehkrüppel, Halbblinde, Schwarzseher und Glau-komatöse aus ganz Deutschland.

Aufnahmevisite durch den jungen Augenarzt, den ich bereits von einem früheren stationären Kontrollaufenthalt kenne. Schlaksig, selbstbewusst, Bartschatten, redselig.

Einst hat er mir erzählt, dass er Kampfsportler sei. Kendo. Er sei schon Deutscher Meister gewesen. Und er würde gerne ein Buch schreiben, könne es aber nicht. Einen großartigen Titel, in dem der ganze Stoff schon enthalten sei, habe er bereits: »Kommen und Gehen«. Geboren werden und sterben. Aber wer es als Andeutung eines One-Night-Stands lese, liege auch nicht ganz falsch.

Er selbst, beteuerte der junge Augenarzt damals treuherzig, sei in erotischer Hinsicht kein Verschwindikus. Sächsische Niedlichkeitsform für geile Verantwortungslosigkeit.

»Schön sind Geschichten ohne Pointe, Handlungen ohne Bedeutung, man weiß nicht, warum sie erzählt worden sind.«

Christoph Meckel ist tot.

Hohe Schule der Geschmacklosigkeit.

Man trifft sich auf Spezialstation S 4 in der Cafeteria zum Essen. Was man uns auftischt, ist weich und in seinem freudlosen Massenküchenleben nie mit einem Gewürz in Berührung geraten. Vermutlich handelt es sich um die geläufige Kombination von Kantinenroutine und Kostendruck, aber man könnte leicht auf den Gedanken kommen, da sei ein fieses Kalkül im Spiel: Die Annahme der für den faden Brei verantwortlichen Köche, wenn das Auge sich vom Mitessen verabschiedet hat, verkümmere bald der ganze Geschmackssinn. So könnte es zumindest ein mit Augenblödigkeit Geschlagener sehen.

Als ich höre, wie oft Tischnachbarn von dem wunderbaren Essen auf Station S 4 schwärmen, behalte ich meine Ansicht für mich.

Frau S., eine Leidensgenossin, reist mit dem Taxi aus Hannover an. In Dresden angekommen, hier auf unserer Station, stellt sie fest, dass der Koffer im Taxi geblieben und nach Hannover zurückgefahren ist. Aufbrausend dominant und manisch schwadronierend gibt Frau S. am Stationstresen die Parole aus, *Gut gesprayt ist halb geduscht.* Sarkasmus ist eine Grundtonart von Frau S., denn alle auch nur vorstellbare Unbill des Lebens hat es seit jeher auf sie abgesehen, daran kann es keinen Zweifel geben. Ob wir es hören wollen oder nicht.

Einst eine strenge Schönheit, haben die groben und subtilen Schicksalsschläge Schrunden und Schrammen in Frau S.' Zügen hinterlassen.

Wenn Frau S. in der Cafeteria während einer der Mahlzeiten ihre Stimme erhebt, verdrehen viele ihre kranken, abgeklebten, erloschenen, verbundenen, traurigen Augen. Gleich geht eine bittere Lektion auf uns und unsere ohnehin schwachen Aussichten nieder.

Tagessonate 1.11

Einige Fahrer hupten, um die Giraffen zu vertreiben.

Senator Rand Paul aus Kentucky, ein guter Freund von Donald Trump, löste Kreuzworträtsel.

Wie angenehm grob, ein Ausrutscher regelrecht, ein Griff ins Klo.

Tagessonate 1.12

Man könnte bei dem Bild an Goldnuggets denken, an Popcorn oder sogar an Müsliriegel.

Für die einen war das der intelligente Mittelfinger in Richtung Pegida.

Mancher zieht die Augenbrauen hoch, wenn Wagner die Zeichnung aus der Plastehülle zieht.

Februar

In der Nacht ist im US-Senat die Entscheidung gefallen, dass im laufenden Amtsenthebungsverfahren gegen Trump keine Zeugen einbestellt und vernommen werden. Abstimmungsergebnis 51:49.

Zwei republikanische Senatoren haben das Begehren der Demokraten unterstützt; zweier weiterer Stimmen hätte es bedurft.

51:49 – ein Quotient als Menetekel?

Gewinnt der Pöbel, digital vermummt oder dreist umstandslos, gerade knapp die Oberhand?

Nicht obwohl oder trotzdem er ist, wie er ist, wählen Leute Trump. Weil er ihnen genau so imponiert.

Die Ratten wittern Morgenluft. Ein schon fast abgehalfterter Trash-TV-Sadist und Betongewinnler. Eine von Jugend an verschlagene KGB-Fresse, zum Zarenartigen mutiert, eine Visage von wächserner Faltenlosigkeit, darin dem einbalsamierten Lenin immer ähnlicher.

Maligner Narzissmus bringt mit der Zeit von ihm befallene Personen ganz in seine Gewalt.

Tagessonate 2.1

Das meistverwendete Passwort in Deutschland ist nach wie vor »123456«.

In der Halle hat Trump inzwischen unter großem Jubel die Bühne betreten.

Anschließend wurden die Pegelstände der Flüsse verlesen.

»Es hat wenig Sinn, mit dem kleinen Schlittschuh seiner Feder auf Reisen zu sein, wenn man das Ziel schon kennt.« Les Murray

Im ersten Moment wirkt der Satz ein wenig pläsierlich und antiquiert, wie ein aus einem niederländischen Genrebild herauskopiertes Detail. Dann erinnert er an den sich immer deutlicher abzeichnenden Verlust der Jahreszeiten, die Grauzone zwischen Wetterkapriole und Klimaverwerfung, und er weckt die Sehnsucht nach einem Winter, der diesen Namen verdient.

Manduria – eine apulische Vokalschönheit, die Hauptstadt des Primitivo. Der früh Reifende. Auswanderer brachten die Rebe nach Kalifornien, wo sie als Zinfandel bekannt wurde. Die älteste Bezeichnung lautet jedoch Tribidrag, ein Name kroatischen Ursprungs.

Mischen sich Namen in unsere Geschmackswahrnehmungen ein, und wenn ja, wie?

Nachdenken mit Jaspers / Dialoge zur Zeit: Im Oldenburger Kommunalfernsehkanal O1 führt Matthias Bormuth ein einstündiges Gespräch mit mir, über Leben, Arbeit und Werk.

Nun kann man die Sendung bei YouTube anklicken.

So stimmig und wohlbedacht Moderation und Gesprächsdramaturgie sind, so wahr oder zumindest richtig meine Selbstauskünfte – ich erschrecke, als ich mir die Aufzeichnung mit U. anschaue. Diese überbordende, atemlose Leutseligkeit in meiner Stimme, dieser latente körpersprachliche Kontrollverlust, teils verlegen, teils auftrumpfend, dieses sächsische Bedeutungsgefuchtel. Der Schriftsteller wird bestraft, wenn er sich zeigt; diese Lektion hatte ich offenbar vergessen oder verdrängt.

U. bedauert das schrecklich neunmalkluge Kind, das ich gewesen sein muss, hinter der Mauer.

In Iowa stehen Vorwahlen an.

Biologen der University of Iowa und der Rice University haben Erstaunliches herausgefunden über mehrstufigen Parasitismus und Gehirnwäsche als gängige Familienpraxis, am Beispiel von Wespen.

Die in Nordamerika beheimatete Gallwespe Bassettia pallida attackiert Blatt oder Rinde von Eichen, sodass Höhlen entstehen, die zur Kinderstube taugen. In ihrem Schutz sollen die Larven wachsen und gedeihen, bis sie flügge sind, sich nach draußen graben und davonfliegen.

Wäre da nicht der familiäre Widersacher, die bunt schillernde Erzwespe Euderus set. Der Parasit dringt nicht nur in das fremde Kinderzimmer ein, sondern auch gleich in den Körper der Gallwespenbrut.

Beginnt der nun bereits angefressene Gallwespennachwuchs, sich einen Weg nach draußen zu bahnen, so stoppt der Feind im Inneren das Wachstum seines Wirtes auf rätselhafte Weise genau in dem Moment, da der biologisch Manipulierte wie ein Pfropfen in dem Bohrloch steckt und es mit seinem fremd programmierten Leib perfekt verschließt. Beste Brutbedingungen für die Erzwespe, deren englischer Name crypt keeper lautet, Hüter der Gruft.

Namenspatron der Erzwespe ist der ägyptische Gott Seth, der seinen Bruder in einer Gruft internierte, bevor er ihn dort umbrachte.

Was die Biologen von Iowa noch herausgefunden haben: dass Parasiten flexibler sind als bisher angenommen. Wer nach herkömmlicher Lehrmeinung eine starke, taxonomische Spezialisierung zwischen Parasit und Wirt vermutete, wird eines Besseren belehrt. Außer mit Gallwespen treiben Erzwespen mit mindestens sechs weiteren Wespenarten ihr heimtückisches Spiel. Bei ihrem Vorgehen, so die vorläufige Einsicht der Biologen, setzen die Parasiten Prioritäten: Kinderbunkersicherheit geht vor Fressneigung, innenarchitektonische Perfektion vor Gourmetbedürfnisse.

Tagessonate 2.2

Auf der Venus geht die Sonne im Westen auf und im Osten unter.

Präsident Donald Trump wird das vorerst egal sein.

Soll noch einer behaupten, deutsche Bäcker seien nicht kreativ.

Vorwahlen in Iowa. Trump kommt bei den Republikanern auf 97%.

Wegen einer technischen Panne stockt die Auszählung der Stimmen bei den Demokraten; im Laufe des Tages wird ein Ergebnis erwartet.

Wer bei den Vorwahlen in Iowa nicht unter den ersten Drei rangiert, ist noch nie Präsident geworden.

Heimatfilm im Vorabendprogramm: Winterhude, wo einst die Schiffe vom Sommer träumten, eine alsternahe Geschäftsidylle. Hier blüht die flexible Kommunalwirtschaft. Hanseatische Kunsthandwerkeraristokratie unter sich. Erben oder einheiraten, das ist die Frage.

Wir Zuschauer, die wir unseren Neid kaum noch verhehlen können, werden in einer Lederboutique schon erwartet. Die Inhaberin, einst staatliches Top-Modell in Schwerin, hat sich selbst zur Feinsattlerin umgeschult und fertigt nur Unikate für Individualisten an. Sie arbeitet mit siebzig Lederarten. Die Boutique der Feinsattlerin dient einer Autodidaktin aus dem Hinterhaus, die der Heimatfilm uns als Malerin vorstellt, als Simultangalerie. Wer gerade keine Ledertasche braucht, kann sich für ein Bild entscheiden. Multipler Geschäftssinn eben. Die Feinsattlerin bringt es beiläufig auf den Begriff: Die Winterhuder Binnenwirtschaft lebe von der stillen Empfehlung.

Ein Kunde tritt auf, holt die nach seinen Wünschen geformte Tasche ab, sagt seinen Beruf und den Preis der Tasche ins Mikro, IT-Manager und 740 Euro. Leder, Segeltuch, blau abgesetzt. Der Kunde wirkt, als sei er in seiner Individualität ein wenig verkantet.

Dann schaut zufällig die Malerin vorbei, und kurz darauf dürfen wir ihr im Atelier im Hinterhaus bei der Arbeit über die Schulter blicken.

Sie trägt Rost, den sie aus irgendeiner Quelle im Hafen bezieht, auf eine Leinwand auf. Es könnte aber auch Blattgold sein.

Zum Schluss erweist sich die Feinsattlerin als Flexibilitätsdiva und verblüfft uns Zuschauer und Heimatfilmfreunde mit einer neuen Geschäftsidee. Kreativität kennt in Winterhude keine Grenzen: Das einstige staatliche Top-Modell will sich bald als Designerin von Luxus-Hundebetten mit Bioschaummatratzen einen Namen machen. Für arme Hunde reicher Leute, die, zumindest die Vierbeiner, an Arthrose leiden.

Potz Blattgold und Rost!

Wüssten die schillernden Erzwespen, wie sich der genialste Parasit der Evolutionsgeschichte, der Haushund, seinen Wirt, ob Herrchen oder Frauchen, zugerichtet hat, sie würden vor Neid erblassen.

Tagessonate 2.3

Schüsse hallen, Frauen singen, das Morgenrot leuchtet zum frühen Tod.

Das sind Gefühle, die man schwer beschreiben kann, sagte Jürgen Klinsmann.

Auch deshalb warnen Aktivisten wieder vor Massakern.

Tagessonate 2.4

Das junge Känguru steht hinter einem Maschendrahtzaun, den Blick nach oben gewendet.

Einen Tag vor der Wahl eines neuen thüringischen Ministerpräsidenten haben Spitzenvertreter von Linkspartei, SPD und Grünen ihren neuen Regierungsvertrag unterschrieben.

Interessant ist, wie solche Sätze in ihrer auf Effekt zielenden Rücksichtslosigkeit heute allein dadurch überführt werden, dass rassistische Begriffe vollkommen unreflektiert in dieser linken Figurenrede verwendet werden.

Den größten Erfolg erzielten wir in Thüringen, notierte Hitler 1930. Das Land galt ihm als spannendes politisches Experimentierfeld.

Anfang 1930 kam in Thüringen die Baum-Frick-Regierung an die Macht, die erste deutsche Landesregierung, an der die NSDAP aktiv beteiligt war. Wilhelm Frick – am 16. Oktober 1946 in Nürnberg als Kriegsverbrecher hingerichtet – wurde Minister für Inneres und Volksbildung.

Die Historikerin Alexandra Esche hat darauf hingewiesen, dass der Vorsitzende der Wirtschaftspartei, kurz: WP

(Langform: Reichspartei des deutschen Mittelstandes), Max Robert Gerstenhauer, geschickt und maßgeblich die Strippen gezogen hat, damit die Regierungsbildung mit den Nationalsozialisten zustande kam.

Gerstenhauer war Gutsbesitzer, völkischer Politiker und Vorreiter des Deutschen Christentums.

Volksbildungsminister Frick untersagte in Thüringen Theateraufführungen und Filmvorstellungen mit pazifistischem Inhalt. Sein Versuch, den Schulen Gebetsvorschriften deutschchristlicher Art oktroyieren zu wollen, scheiterte an der Verfassung.

Zu Fricks ministeriellen Umtrieben zählten, beispielsweise, der Erlass *Wider Negerkultur für deutsches Volkstum* und die Berufung des Rasseforschers Hans F.K. Günther auf eine Professur für Sozialanthropologie an der Universität Jena.

Bei den Landtagswahlen 1932 holte die NSDAP 42,5 %; da hatte die Steigbügelhalterpartei WP ihre Schuldigkeit getan.

Kurzer Prozess, ohne Beweismittel, ohne Zeugen: Freispruch für Trump in beiden Anklagepunkten.

Nur einer fällt bei dem Schauprozess, diesem Kotau der republikanischen Senatoren vor ihrem Präsidenten und seinen Wählern, aus der Rolle. Mitt Romney, vormals Gouverneur von Massachusetts, jetzt Senator.

Dass das Verfahren endet, wie es nun geendet hat, war gewiss wie der Tod.

Mitt Romney, kein Charismatiker, eher ein Mann von statuarischer Unnahbarkeit, plädierte im Anklagepunkt *Amtsmissbrauch* für *schuldig.* Und er verwies lakonisch auf seinen Eid, den er vor Gott abgelegt habe.

Was ihn erwartet, hat Mitt Romney gewusst.

Kurz nach seinem Votum postete Donald Trump jr., ein Sohn ganz vom Stamm des Alten, auf irgendeinem der sozial genannten Netzwerke ein Foto von Senator Romney, das ihn unvorteilhaft zeigt, in einer zu großen Jeans, die über die Hüften quillt. Und kommentiert: *Seht her, ein Muttersöhnchen.* Gewissensmuschi oder Weicheifotze eben.

Vielleicht stellt dies eine der größten Gefahren für ein demokratisches Gemeinwesen dar: die wachsende Unfähigkeit des Einzelnen, aus einem Konsens herauszutreten, weil es die eigene Überzeugung so gebietet. Selbst dann, wenn dieser Schritt nicht mehr als ein wenig Zivilcourage verlangt und keine existenziellen Konsequenzen hat. Schon die Vorstellung, allein einer Mehrheit gegenüberzustehen, gilt, so kommt es mir vor, als psychopolitische Tortur. Von niemandem diktierter Gemeinschaftsterror bedroht die offene Gesellschaft vermutlich mehr als irgendein Anschlag politischer oder religiöser Extremisten. Und dem Begriff *Mehrheit* wohnt die Tendenz inne, *ALLE* sein zu wollen. Auch wenn in der Gesellschaft alles Militärische obsolet oder zumindest marginal und rein pragmatisch geworden zu sein scheint, so zeichnet sich auf unheimliche Weise die vielbeschworene und hochgeschätzte Authentizität als ein innerer Einberufungsbefehl ab: Ich bin unverwechselbar, kreativ, wie ALLE eben.

Freimut – eine antiquierte Tugend.

Beim Friseur plaudert es nebenan aus einer Haube.

Greta Thunberg, erfahre ich, sei seit ein paar Tagen als Protestierende in Wachs im Hamburger Panoptikum ausgestellt, in unmittelbarer Nachbarschaft von Papst Franziskus und Helene Fischer. Greta, so die Stimme unter der Haube weiter, sei eine ebenso perfide wie perfekte Geschäftsidee ihres Vaters und der ganzen Familie.

Ein Millionending, das man da mit dem armen kranken Kind drehe.

Drei Tage lang verfolgte der Trupp aus Jägern und Soldaten das Flusspferdmännchen Pepe, bis sie es im kolumbianischen Urwald zur Strecke brachten. Stolz posierten die Schützen neben und mit dem Kadaver des Bullen. Das geschah 2009.

In ähnlichen Posen ließen sich die Sonderermittler mit dem Leichnam Pablo Escobars ablichten, nachdem der Drogenboss im Dezember 1993 im Kugelhagel eines Hinterhalts gestorben war.

Anfang 1980 hatte Escobar vier Exemplare der aus Afrika stammenden Art für seinen Privatzoo ins Land schmuggeln lassen.

Die Narco-Hippos gediehen prächtig, wilderten aus und vermehrten sich, ohne natürliche Feinde. Wie etwa anderswo beim Victoria-Barsch zu beobachten, richtete die invasive Art beträchtliche Schäden im heimischen Ökohaushalt an: Nachts grasen die Narco-Hippos, inzwischen auf achtzig Exemplare geschätzt, und bei Tagesanbruch ziehen sie sich ins Wasser zurück, um zu schlafen und zu scheißen. Die Fäkalienbomben lassen die Gewässer kippen.

Pepe ist tot. Doch eine neue Studie warnt und mahnt, es könnten bald mehrere Tausend Flusspferde in der kolumbianischen Wildnis friedvoll ihr Dasein fristen. Ein evolutionärer Kollateralschaden des Drogenhandels.

Was tun?

Tagessonate 2.5

Amnesty International hat vor der Oper eine Mahnwache angekündigt.

In Davos fand Frau von der Leyen starke Worte.

Goethe war nie in Paris gewesen.

Donald Trump jr. hat sich bislang nicht nur als Pöbler, sondern auch als global agierender Großwildjäger einen Namen gemacht.

Könnte ihn nicht das Weiße Haus, derzeit in Familienbesitz, mit einer Sondermission betrauen, in der alle seine Talente zur Geltung kämen? Indem man ihn in die kolumbianische Wildnis schickte, dass er dort den Kampf gegen die Hippo-Guerilla aufnähme? Die Aufgabe ist übersichtlich: die invasiven Schädlinge durch Beschimpfungen aus ihren verschissenen Wasserlöchern locken und dann umlegen.

Donald Trump jr. – ein patriotischer Öko-Contra?!

»Ivanov« am Deutschen Schauspielhaus, von Karin Beier inszeniert.

Čechovs erstes Stück, und nicht sein stärkstes.

Beier legt es ganz auf eine virtuose Inventur des zeitgenössischen Mentalitätshaushaltes an. Spackentanz, wortreicher Ennui und authentische Jämmerlichkeit. Da beschwert sich schon mal eine Čechov-Figur darüber, womöglich Musik von Mauricio Kagel hören zu müssen.

Robuste Unterhaltung. Gelegentlich lustig, nie komisch. Nobelboulevard.

Man verlässt das Theater nicht enttäuscht, fragt sich aber doch, warum man drei Stunden lang in einen Spiegel schauen sollte, der zeigt, was man ohnehin sieht.

In der Titelrolle Devid Striesow. Bei all der gut gespielten Niedergeschlagenheit, der Zerknirschung, den Depressionsschüben und Selbstekelanfällen inklusive erotischer Eskapaden schimmert immer das mecklenburgische Apfelbäckchen durch.

Tagessonate 2.6

In der Revolution entlud sich vielerorts auch der Frust der Untertanen, die unter der Jagdbegeisterung ihrer Herrschaften zu leiden hatten.

Sie hat mit Rosen, Kerzen und Schaumbädern nur gelegentlich etwas zu tun und nichts mit Hotelhandtüchern, die zu Schwänen aufgezäumt wurden.

Strauß hatte die Jägerprüfung unter mysteriösen Umständen 1963 in Niedersachsen absolviert, und er war der einzige westliche Politiker, der in Albanien jagen durfte.

Kognitiver Geiz.

Vom Sparen am falschen Ende.

Traum: Ein Flur in meiner Hochschule. Es gibt keine Türen, alles ist offen.

Ich sitze in der Öffnung zwischen einem Seminarraum und dem Flur auf einem Blecheimer und verrichte meine Notdurft.

Es muss sich um eine alte Gewohnheit handeln, denn ich habe nicht das Gefühl, mich in einer Ausnahmesituation zu befinden. Im Raum auf der anderen Seite des Flurs berät sich ein Gremium, und mein Anblick, wie ich mich über dem Eimer entleere, scheint die kleine Runde aus dem Kollegium euphorisch und siegessicher zu stimmen; ich deute die Gesten, die mir gelten, als nonverbale Ermunterungsrufe und Zustimmungssignale. Gleich erfülle ich, was der Eimer von mir erwartet.

Im Hintergrund schreddert eine Frau Akten, so gleichmütig und schlafwandlerisch unbeirrbar, als stünde sie unter Hypnose. Während die Frau ihr monotones Tagewerk verrichtet, hält ein so modulationsreiches Grinsen und Feixen ihre Züge in Bewegung, wie es sonst nur Alice Weidel beherrscht.

Irgendwo schreit ein Esel.

Mein grüner Esel, denke ich wehmütig.

Wie es dann weiterging, kann ich nicht sagen.

Tagessonate 2.7

Bartöl, Bartcreme, Bartwachs, Bartshampoo, Bartkamm, Bartbürste, Barthobel.

Nicht hinter jeder dorischen Säule verbirgt sich ein blutrünstiger Diktator.

Diese bittere Diagnose gilt selbstverständlich auch für Deutschland.

Ein Wintersturm, aber kein Winter-Orkantief: *Sabine* zieht über Deutschland hinweg, die Ansagen sind apokalyptisch verbrämt. Die Bahn stellt den Verkehr ein. In Nordrhein-Westfalen fällt die Schule aus. *Sabine* richtet Schäden an, wird aber nicht als Katastrophe in die Wettergeschichte eingehen.

In Berlin wird eine potenzielle Kanzlerkandidatin weggepustet.

Waldfriedhof Medingen oder Parkfriedhof Ohlsdorf?

Anfangen? Oder aufhören?

Wer sich im Kibbuz Ketura in der Arava-Wüste umschaut, kann das Staunen lernen: Dort wachsen und gedeihen Dattelpalmen, deren Samen älter als zweitausend Jahre sind. Sieben, um genau zu sein: Methusalem, Adam, Jonah, Uriel, Boaz, Judith und Hannah. Gefunden hat man die Samen in der Umgebung des Palastes von König Herodes in der Festung Masada und in den Höhlen von Qumran. Mit Hilfe der Radiokarbonmethode bestimmten Wissenschaftler das Alter der Samen: Sie stammten alle aus vorchristlicher Zeit.

2005 ereignete sich die Sensation: Methusalem – heute eine dreieinhalb Meter hohe Dattelpalme – schlug aus. Der Sprössling lief damals einer Lotospflanze den Rang ab, die aus einem eintausenddreihundert Jahre alten Samen gezogen wurde.

Methusalem hat inzwischen Gesellschaft. Drei der Nachwuchspalmen wurden aus dem Gewächshaus ins Freie verpflanzt. Adam und Jonah hatten bereits Blüten. Hannah gilt als eigensinnig; sie hält vorerst stur an ihrer Kleinwüchsigkeit fest.

Tagessonate 2.8

Ist das noch ein Konzert oder schon eine Installation?

Nach Feierlaune klang es längst nicht mehr.

Sonnenforscher haben bislang keine schlüssige Erklärung, was hinter diesem Phänomen stecken könnte.

Nicht der Schreiende Piha, wie man in der Fachwelt lange vermutete, sondern der Zapfenglöckner, eine weiße, taubengroße, im Amazonasgebiet beheimatete Sperlingsart, singt am lautesten, wenn er um ein Weibchen wirbt. Sein Liebesgebrüll erreicht bis zu 113 Dezibel. Lauter als ein Presslufthammer oder eine achtspurige Autobahn in voller Verkehrsekstase.

Anatomische Voraussetzung ist ein großer Schnabel, am Ende ausgestellt wie eine Trompete oder Posaune.

Gerhard Rühm wird neunzig.

Wie die Zeit vergeht, hat er selbst im Gedicht notiert: »sprang dem vater aus dem glied / rackerte sich nimmermüd / baute sich ein kleines haus / und da wars schon wieder aus.«

Tagessonate 2.9

Anhand der Kopfform bin ich mir sicher, dass es sich nicht um eine Kegelrobbe, sondern um einen Seehund handelt.

Dieses Bild setzt die kontinentaleuropäische Parlamentsgeografie voraus, wie sie sich seit der Nationalversammlung in der Französischen Revolution ausgebildet hat.

Eine Mitarbeiterin des Krankenhauses schöpfte Verdacht, weil er die falschen Personalien schon einmal verwendet hatte.

Nicht nur Russland, auch Äthiopien und Eritrea reklamieren Puschkin als Nationaldichter für sich. 2002 wurde in Addis Abeba ein Puschkindenkmal errichtet.

War der Dichter doch ein Urenkel von Ibrahim, einem dunkelhäutigen Menschen afrikanischer Herkunft, der, als Sklave vermutlich, ins Osmanische Reich geriet und von dort irgendwie an den Zarenhof. Da, auf den Namen Abraham Petrowitsch Hanibal resp. Ganibal getauft und von Peter dem Großen als Patenkind adoptiert, begann für den freigelassenen Sklaven Ibrahim eine märchenhafte Karriere. Er wurde Gouverneur von Reval, beispielsweise.

Puschkin hinterließ ein Romanfragment, das von seinem Urgroßvater handelt. Es bricht mit dem Satz ab: »Setz dich hin, braver Taugenichts, reden wir.«

Lange Zeit zeigte sich der Schriftsteller Uwe Tellkamp in der Öffentlichkeit nie ohne eine Kopfbedeckung, sonderbare Kappen oder Mützen mit steilen Flanken, ihrer Anmutung nach operettenhaft literarisch oder phantastisch militärisch.

Wer seinen Roman »Der Eisvogel« aus dem Jahr 2005 kannte, mochte gelegentlich auf den Gedanken kommen, es handle sich um Kostümzitate einer Tracht, wie sie womöglich die Mitglieder der »Organisation Wiedergeburt« als authentisches Outfit favorisierten. Eine rechtsterroristische Vereinigung, die das verhasste System sprengen will. Wiggo Ritter (!), der Protagonist des Romans, ein verkrachter Philosoph, ist empfänglich für diese Umsturzphantasien, und er gerät immer tiefer in diesen auskristallisierten Wahn, der Geisteraristokratie, Ständestaat und Gewalt verquickt.

Brigitte Kronauer machte mich einst auf dieses Buch aufmerksam, in dem bereits der ganze Tellkamp kenntlich werde.

Auf dem Rückweg vom Bäcker. Eine Amsel auf der Bordsteinkante, ohne Scheu, witterungsverdutzt; so ein milder Morgen im Februar.

Seit einer Weile tritt Tellkamp unverhüllten Hauptes auf, wenn er von engen Meinungskorridoren schwadroniert oder Flüchtlingen alles Schlechte unterstellt.

Kürzlich forderte der kulturpolitische Sprecher der AfD im Sächsischen Landtag den Ministerpräsidenten auf, er möge persönlich dafür Sorge tragen, dass der Dichter Tellkamp nicht länger mit Meinungsterror und Zensur malträtiert werde. Anlass des Appells: Ein Veranstalter hatte eine mit Tellkamp geplante Lesung abgesagt.

Was ich zu den bedenklichen Pathologien einer ganz und gar unbeschränkten Meinungsfreiheit rechnen würde, ist der Umstand, dass ihr der Sinn für Eigenschaften – ich könnte sie auch Tugenden nennen – wie Urteilskraft, Maß, Distanz, kritische Vernunft und Takt abhandengekommen ist. Stattdessen: schlaue Witterung für Erregungspotenziale, Skandalprofite und aufmerksamkeitsökonomische Pfründe und Margen. Eine ihre eigenen Modalitäten reflektierende und nur durch Rechtsnormen eingehegte Meinungsfreiheit könnte vielleicht als soziale Meinungsfreiheit apostrophiert werden. Was dort geschieht, wo sich der Begriff soziale Medien eingebürgert hat – Medien für alles –, ist etwas kategorisch Anderes.

Neueste Lava! Neueste Lava!

Tellkamps neuer Roman »Lava« erscheint nicht, wie angekündigt, im Herbst 2020, sondern frühestens im Frühjahr 2021. – Ein Blankoroman, dem das Feuilleton gern bei jeder Gelegenheit den Werbestempel *Lange erwartet!* aufdrückt. – Verzögerungen im Lektorat? Will sich Suhrkamp eines Autors wegen dessen politischer Meinungsäußerungen entledigen? Will jemand den Dichter der politischen Unschuldsvermutung berauben? Droht Deutschland ein Literaturskandal?

Neueste Lava! Neueste Lava! Heiß und brandgefährlich!

Ruhe, bitte.

Bevor Tellkamps Tischvulkan nicht öffentlich ausgebrochen ist und Sätze speit, wollen wir davon nichts mehr hören, liebe Meinungsfreiheit.

Tagessonate 2.10

Ich habe mich schon immer sehr für Schweiß interessiert.

Die radikale Geste ist wieder en vogue, die Barrikade ein dekoratives öffentliches Möbel.

Ein sterbendes Krankenhaus passt nicht ins Selbstverständnis dieser Stadt.

Was für eine zivilisatorische Befriedungsleistung, dass alles Militärische in der Öffentlichkeit keine Rolle mehr spielt und dort auch nicht vermisst wird, in der alten Bundesrepublik. Keiner wäre in den Siebzigern oder Achtzigern auf die Idee gekommen, sich samstags mit der Ausgehuniform stadtfein zu machen, um sich in Respekt zu sonnen und Renommee zu erhaschen.

Im Westen ging man zum Bund, im Osten zur Armee. Im Westen leistete man als Kriegsdienstverweigerer Zivildienst, im Osten diente man als Bausoldat und arbeitete an militärischen Anlagen, wenn man den aktiven Wehrdienst verweigerte. Und man hatte jede Aussicht auf einen Studienplatz verwirkt.

Oder man fuhr, als Totalverweigerer, in den Knast ein, ein gewöhnlicher Krimineller.

Im Osten herrschte ein Friedensmilitarismus, der jedem nicht durch marxistisch-leninistische Dialektik paralysierten Denken als grotesk und paradox erscheinen musste. Hochrüstung und alltäglicher innerer Schießbefehl als Ausdruck unüberbietbarer kommunistischer Friedfertigkeit.

Meine Mutter, Grundschullehrerin von Beruf, berichtete, dass sie gehalten war, am Ende eines vierten Schuljahres Meldung zu machen, wie viele Kinder sich verpflichtet hätten, eine Offizierslaufbahn in der Nationalen Volksarmee einzuschlagen oder zumindest über die Wehrpflicht hinaus Zeitsoldat zu werden.

Die Planwirtschaft sah auch dafür eine Quote vor, und ein Lehrer haftete für die Erfüllung.

Wo Renaissance war, soll Neue Sachlichkeit werden.

Aus dem Radio erfahre ich, dass zwölf Personen festgenommen und dem Generalbundesanwalt zugestellt wurden, die sich in einem Chatroom zu Anschlägen auf Politiker, Muslime und öffentliche Einrichtungen verabredet hätten. Die rechte Terrorgruppe habe nicht unter dem Tarnnamen »Operation Wiedergeburt« konspirativ agiert, sondern sie habe sich »Der harte Kern« genannt.

Am 1. Oktober 1987 wurde Ernst Jünger in Rom mit dem Premio di Tevere geehrt, durch den damaligen Staatspräsidenten Cossiga persönlich. Jünger logierte mit Frau und Sekretärin in der Deutschen Botschaft, und die Deutsche Akademie Villa Massimo richtete für den Preisträger einen Empfang aus.

Ich, neugierig und zu der Zeit Stipendiat in der Villa Massimo, war dabei.

Direktorin Wolken lud ein. Der Meister, immer im unsichtbaren Schlepptau seiner Frauen, klein, energisch und beweglich mit seinen zweiundneunzig Jahren, keine Schwäche zeigend. Das Marschieren ist im Alter zu einem gravitätischen Trippeln geschrumpft oder gereift. Ein vor langer Zeit gründlich aufgezogener Soldat, der unbeirrt durch einen endlosen Frieden schnurrt.

Außer den regulär mit dem Romstipendium ausgezeichneten Künstlern verbrachte damals auch Hans Bender einige Monate in der Villa Massimo, als Ehrengast.

Hans Bender, von leiser und diskreter Entschiedenheit, war zwanzig, als der Krieg begann, und er kehrte mit dreißig aus sowjetischer Kriegsgefangenschaft zurück. Dabei konnte er noch von Glück sprechen, dass er, Jahrgang 1919, nichts als die Zeit verloren hatte.

Hitlers Wehrmacht – dieses »herrliche Instrument« (Ernst Jünger) – hatte ihm zehn Lebensjahre gestohlen, um es bei dieser euphemistischen Verlustanzeige zu belassen.

Bender sagte seine Teilnahme an dem Empfang zu Jüngers Ehren beiläufig ab; er hatte kein Verlangen, dem Autor zu begegnen, der als Besatzungsoffizier mit Feldpost- und Frontbuchhandlungsausgaben ein blendendes Geschäft gemacht hatte.

Ende 1942 rechnete die Zentrale der Frontbuchhandlungen mit Jünger ab: vier Titel; 80.000 verkaufte Exemplare; 18.200 Reichsmark Honorar. Viel Geld für abenteuerliche Champagnerlaune.

Ich sprach Ernst Jünger im Oktober 1987 auf seine Begegnung mit Jorge Luis Borges an.

Am nächsten Tag traf Post aus der Deutschen Botschaft in Rom bei mir in der Villa Massimo ein, per Kurier zugestellt. Jünger ließ mir ein signiertes Foto schicken, das ihn und den blinden Argentinier zeigte. – Es ist seit langer Zeit in meinem Archiv verschollen. –

Ein Bio-Terrorist ist als blinder Passagier im Jahr 2005 unbemerkt in Europa eingereist, in einem Ziergefäß aus Keramik, das aus Ostchina in ein Gartencenter im südfranzösischen Departement Lot-et-Garonne geliefert wurde.

So gelang es einem Top-Gefährder und Erbfeind der Honigbiene, in unseren Luftraum einzudringen und sich schnell auszubreiten. Es ist von der Asiatischen Hornisse (Vespa velutina nigrithorax) die Rede. Wissenschaftler attestieren der Art eine Invasionsgeschwindigkeit von 78 km pro Jahr.

Dabei lassen sie allerdings die vielfältigen Möglichkeiten einer konspirativen Landnahme und Reiselist außer Acht, in Obstkisten und Blumentöpfen, beispielsweise.

Inzwischen hat die Asiatische Hornisse Hamburg erreicht.

Tagessonate 2.11

Wer hat Angst vor der grünen Frau?

Das sind längst nicht alle Fragen.

Das geht aus aktuellen Daten des Statistischen Bundesamtes auf Anfrage der Linken hervor.

»Auch in den Augen der Schildkröte ist Nachdenklichkeit, auch im Schlehdorn Duft, darin zeigt sich die große innere Würde des Seins, die keiner Ergänzung durch die Seele des Menschen bedarf.«

(Andrej Platonow, Dshan, 1935)

Ror Wolf ist tot. Und er fehlt schon jetzt.

Brigitte Kronauer ist seit sieben Monaten tot. Und sie fehlt sehr.

Ror Wolf hat einmal von einer Vorliebe gesprochen: Er favorisiere Bücher, die man an einer beliebigen Stelle aufschlagen und mit Gewinn und Vergnügen zu lesen beginnen könne.

Ganz mein Fall.

Innere Reserven, ecce homo: Jeder Mensch hat so viel Eisen im Blut, dass es für drei bis vier Nägel reichen würde.

»Oh Gott, wie ist man gerannt für vier Bretter und ein Laken.«

Der letzte Stargarder Herzog, auf seinem Sterbebett.

Verblüfft und voller Selbstzweifel höre ich immer wieder respektable Leute von der Größe und dem Genie Heideggers reden und schwärmen.

Lässt sich in und mit einer solchen Sprache wirklich denken? Und was hülfe es groß Gedachtem, wenn es unlesbar daherkäme?

Arnold Gehlen zählt Heidegger zu den großen Bluffern. Der scheinbare Tiefsinn der Texte komme daher, dass Heidegger Wörter auskaue – »... ein Bürgermeister voll pontifikalem Humbug«, so apostrophiert Gehlen das Schwarzwälder Hüttenorakel.

In Wien ging soeben eine zweitägige Konferenz zu Ende, »Automating Apartheid«. Sie befasste sich mit Spiel- und Erscheinungsformen des Faschismus in der Gegenwart und formulierte die These, Faschismus sei eine Art Inlands-Kolonialismus.

Kalpana Seshadri, Professorin für Englische Literatur am Boston College, äußerte auf der vom Burgtheater ausgetragenen Konferenz, »manche« hielten Heidegger für einen Faschisten. Als Zuhörer aus dem Auditorium empört intervenierten, Heidegger sei tatsächlich Faschist gewesen, konterte die Referentin kühl, politische Ansichten seien ihr egal.

Arnold Gehlen war auch kein unbeschriebenes Blatt.

Und dann stoße ich zufällig auf diese Passage aus »Moral und Hypermoral« von 1969: »[...] teuflisch ist, wer das Reich der Lüge aufrichtet und andere Menschen zwingt, in ihm zu leben [...] Der Teufel ist nicht der Täter, es ist Diabolos, der Verleumder, es ist der Gott, in dem die Lüge nicht Feigheit ist, wie im Menschen, sondern Herrschaft. Er verschüttet den letzten Ausweg der Verzweiflung, die Erkenntnis, er stiftet das Reich der Verrücktheit, denn es ist Wahnsinn, sich in der Lüge einzurichten.«

Tagessonate 2.12

Nach dem Termin in der Schanze steht der Mond wie eine Sichel über der Elbe.

Steckt dahinter ein neues Denken in Islamabad?

Darob knirschte sein Unwille.

Phonetisches Fremdeln. Eine Sprecherin im Deutschlandfunk versucht, eine Sendung anzukündigen, aber der Begriff »Protestantismus« will ihr nicht über die Lippen kommen. Sie scheitert mehrfach.

Der diesjährige Fastenvorschlag der Evangelischen Kirche in Deutschland für die Passionszeit: Sieben Wochen ohne Pessimismus.

Weglächeln, was stört, betrübt, Angst auslöst, mir den Schlaf raubt – eine Parole von spiritueller Marktschnittigkeit.

Falls wir den Bio-Statistikern trauen mögen, läuft das Karibu, in den kanadischen Nordwest-Territorien und Alaska beheimatet, seinem nordeuropäischen Vetter, dem Rentier, den Rang ab: Platz 1 unter den Langstreckenläufern aus der Familie der Säugetiere. Karibus wandern im Jahr 1350 km, haben die Forscher ermittelt.

Auf Platz 3 folgt der Wolf, einziges Raubtier unter den Top Five, mit 1016 km.

Ein Ausnahmewolf aus der Mongolei soll es auf 7247 km in einem Jahr gebracht haben.

Aber dort wird gelegentlich auch Donald Trump jr. auf der Jagd gesichtet.

Tagessonate 2.13

Die Beziehung zwischen Bild und lebendigem Gesicht ist grundsätzlich prekär.

Und ehe man sich schon fest auf den Weltuntergang einstellt, sollte man prüfen, wie realistisch denn die vielen neuen Modelle sind.

Investmentbanker, die mit Fusionsgeschäften ihr Geld verdienen, sind da naturgemäß gelassener.

Es regnet und regnet. Meteorologen sprechen von einem kernlosen Winter. Und auch das Konsumklima trübt sich ein.

Tobias R., 43, hat in Hanau zehn Menschen erschossen, vor und in einer Shishabar und in der Nähe eines Kiosks.

Später fand die Polizei den Täter, den man Untäter nennen sollte, in seiner Wohnung, tot, und seine Mutter, 72, auch.

Er hinterließ ein Bekennerschreiben und ein Video; Rassismus und krude Verschwörungstheorien sollen sich ein Stelldichein geben.

Ein Deutscher, bislang unbescholten und unauffällig.

Wie unser gesunder Nachbar auch.

Tagessonate 2.14

Der Traum, das Wetter beeinflussen zu können, ist so alt und groß wie der Traum vom Fliegen.

Allerdings gibt es eben auch noch die große, dunkle Weite hinter den Kulissen, in der die etwas weniger Perfekten um Karrieren und Anerkennung ringen.

Unsere Eier haben keine Geheimnisse.

Tagessonate 2.15

Schneewittchen bestellt sich gerade einen Kaffee bei Starbucks, Superman läuft mit einer Hexe im Schlepptau Richtung Gleis, und Pippi Langstrumpf steht etwas verloren vor dem REWE To Go.

Jedoch gibt es auch Gründe für Pessimismus.

Einer okkulten Tradition zufolge merken die Gestorbenen lange nicht, dass sie tot und in die Geisterwelt eingegangen sind.

Aus den Konfessionen des antisemitischen Mörders von Halle, der an der Tür der Synagoge scheiterte: Ich glaube nicht an den Holocaust, und Feminismus ist der Grund für die sinkende Geburtenrate in Europa.

Biopolitische Obsessionen treiben auch Viktor Orbán um, der für christliche großungarische Babys Baumprämien auslobt. Zucht und CO2-Verhütung, ungarische Volks- und Klimahygiene.

Vereinzelt lässt die Stadtreinigung bis heute ausgediente Weihnachtsbäume am Straßenrand liegen. Ein System ist nicht zu erkennen.

Der Zufall stellt auf die Probe, die an ihm zweifeln.

Tagessonate 2.16

Kein Zweifel, im Zeitalter des anschwellenden Veganismus ist das Image der Blutwurst angekratzt.

Friedrich Merz hat vor ein paar Wochen etwas sehr Unangenehmes gesagt.

Als Pippi Langstrumpf würde er sich ja vermutlich nicht verkleiden, denn das hat ja gar kein Hämepotenzial und wäre eher peinlich bei den Kumpels.

Nach Rom!

In Venetien und der Lombardei ist der Ausnahmezustand ausgerufen; Mailand stark umkämpft.

In kürzester Zeit hat das Coronavirus – eben noch ein chinesisches Gerücht – mit seinen perfiden Attacken erste Hochburgen in Norditalien erobert.

Bei der Ankunft misst man uns – es ist nur ein kleiner Schritt vom Passagier zum quarantänepflichtigen Patienten – mittels einer Infrarotpistole Fieber. Brille ab!

Der Chauffeur, der uns vom Flughafen zur Villa Massimo bringt, hat den Habitus eines unverschuldet in Altersarmut geratenen Notars. Eine Erscheinung von leicht lädierter Dignität. So ruhig und unbeeindruckt von allen Zumutungen eines Verkehrschaos, für das Rom berüchtigt ist, auf einer ausgeklügelten Route durch Seitenstraßen und Schleichwege fährt er dahin, dass man glauben möchte, man gleite durch einen römischen Traum. Da, plötzlich, tauchen Pyramide und Paulus-Tor vor uns auf, bald darauf das Kolosseum.

Wir beziehen Studio 14. Hier logierte vor dreiunddreißig Jahren Hans Bender als Ehrengast, damals just so alt, wie ich es heute bin.

Tagessonate 2.17

Die Stadt ist voll von Schmerzgeweihten, sie werden am nächsten Tag mit dem Kater ringen, jeder für sich.

Aber mit Grübeleien und Selbstzweifeln gewinnt man keine Wahlen.

Mussolini weinte.

Tagessonate 2.18

Die Streitkräfte stehen bereit, sollten sich die örtlichen Sicherheitskräfte überfordert zeigen.

Die Damen freuen sich, dass überhaupt jemand ihren Laden betritt.

Die Koalitionsverhandlungen könnten mühsam bis schwierig werden.

Das Coronavirus, der innere Feind, könnte, was sonst niemand schafft, dem Kapitalismus gefährlich werden. Der DAX stürzt ab. Die Lombardei fällt als Handels- und Geschäftspartner aus.

Der filigrane gelbe Jubel der Mimosen, das Blühen als ein Inbild der Selbstverausgabung. Leitet sich davon der Ruf nervöser Empfindsamkeit ab? Die Mimose als Wappenpflanze der Idiosynkrasie?

Auf der Via Nomentana, gen Norden.

Schlaue Krähen zetern von schlangenhäutigen Platanen hinunter.

Wilde Pflaumen blühen lautlos.

Die obskure Mariengrotte neben der Kirche Sant'Agnese fuori le mura. Sie galt einst als konspirativer Treffpunkt, schenkt man gewissen Erzählungen Glauben, die kurz vor dem Ende des kalten Krieges spielen. Heute womöglich ein unspektakuläres Epizentrum der Corona-Verschwörung?

Mit einer Gruppe kalifornischer Schüler oder Studenten, religiös und historisch gut unterrichtet, durch die Agneskatakomben aus dem 3. Jahrhundert.

Daneben das Mausoleo di Santa Costanza für die Tochter des Kaisers Konstantin, ein Rundbau, dessen Schönheit einen Vergleich mit jener des Pantheons nicht scheuen muss.

Studio 14; Mittagsruhe in der kräftigen Februarsonne auf der weitläufigen Dachterrasse, im Hoheitsgebiet eines Schmetterlings. Der Falter, dunkelbraun, mit je einem weißen und einem ockerfarbenen Streifen auf jedem Flügel, steigt von Zeit zu Zeit zu einem Patrouillenflug auf, um kurz darauf wieder an dem angestammten Platz zu landen. Einige Augenblicke lang stellt er die Flügel schräg aus, dann breitet er sie flach auf den warmen Fliesen aus.

Traum: Eine triste Gewerbesteppe vor der Stadt. Auf einem Streifen Brachland sitzen Männer und Frauen im Kreis, von denen ich weiß, dass es Fahrlehrerinnen und Fahrlehrer sind, die Nachhilfestunden anbieten. Eine Frau erklärt, sie habe sich darauf spezialisiert, frisch entlassene Strafgefangene und noch unter Bewährung Stehende dabei zu unterstützen, den Weg zurück ins mobile Leben zu finden. U. nähert sich dieser Frau, und ich habe den Eindruck, dass sie ihre Dienste in Anspruch nehmen will. Ich gestikuliere wütend und rufe U. etwas zu. Dass wir seit Langem kein Auto mehr haben, ist nicht das wichtigste Argument meines Protestes. Meine Erregung hat nicht Benzin oder Diesel getankt, eher schwarze Galle.

Tagessonate 2.19

Der Diktator litt unter Käsefüßen.

Was das alles aber nun für den einzelnen Bürger bedeutet, ist am schwierigsten zu beantworten.

Auch Natascha ist angeschlagen.

Campo Verano. Die Nekropole an San Lorenzo und der Via Tiburtina mit ihren Feldern, Hochplateaus und Grabsilos. Ich jage einer braunweißgefleckten Katze, die sich arglos sonnt, einen Schrecken ein, und es tut mir leid.

Marcello Mastroianni haben wir verpasst.

Ein Rat, der in Zeiten der Coronagefahr an Gewicht und Dringlichkeit gewinnt: 30 Sekunden unter warmem Wasser mit Seife die Hände waschen. Zwei Mal »Happy Birthday« singen, das sei das Zeitmaß. Das Vaterunser tauge auch.

Tagessonate 2.20

Als Vater der Phrase wird übrigens ein Stück weit Wolfgang Schäuble vermutet.

Damit sieht das Forscherteam um Fiona Mathews von der University of Exeter die Hypothese bestätigt, dass Frauen eher Jungen gebären, wenn es reichlich Ressourcen gibt.

Birken wachsen nicht nur in Russland.

Der Anruf erreichte mich in der Villa Torlonia, dem Herrenhaus eines alten Adelsgeschlechtes inmitten eines Parks an der Via Nomentana. »Willst du nicht Präsident werden?«, krähte mir fröhlich eine Schriftstellerkollegin aus der Hamburger Akademie ins Ohr. Ich konnte mein Prusten nicht unterdrücken.

Da ich auf Reisen E-Mails weder empfange noch lese, konnte ich noch nicht wissen, dass der Amtierende, Nummer sechs, nicht wieder kandidieren würde und zu Wahlvorschlägen aufgerufen hat. Eine Nachfolgeempfehlung kam gleich von ihm selbst.

März

Im alten Rom begann jetzt das Jahr.

Die Vestalinnen feierten. Wenn ein zum Tode Verurteilter den Weg einer Vestalin kreuzte, wurde er begnadigt.

Der Unkeuschheit überführte Vestalinnen begrub man lebendig.

Das Coronavirus greift nach der Weltherrschaft.

In Rom soll der Tourismus bereits um 80 % eingebrochen sein.

Ein feingliedriger Mann sagt im Fernsehen angesichts leerer Pasta-Regale in einem Mailänder Supermarkt, konsterniert und sarkastisch, das sei ja schlimmer als beim Ausbruch des Krieges.

Maria Gazzetti, Hausherrin der Casa di Goethe, beschwört die Dramatik der ökonomischen Situation in Italien herauf: Die Lombardei, nun stillgelegt, sei der einzige Industriedistrikt von Belang im Land. Rom lebe vom Tourismus, vom Drogenhandel und von dubiosen Clanstrukturen.

Kürzlich habe sich die Casa di Goethe für einen kleinen benachbarten Raum interessiert, der als Archiv und Ablageort getaugt hätte, eine bessere Rumpelkammer. 20.000 Euro Miete im Monat, so habe das Angebot gelautet. Das sei die Blase von Rom.

Ein ausgedehntes Tiefdrucksystem südlich der Alpen fällt mit wüsten und wütenden Schauerstaffeln über die Stadt her.

In der Abenddämmerung erscheint die Mondsichel in der Himmelsöffnung des Pantheons.

Die Buchmesse in Leipzig wird abgesagt, wegen der Seuche.

Begreifen wir, was wir gerade erleben?

Anfangen oder Aufhören.

Medingen oder Ohlsdorf. Die letzte Frage.

Die spanische Treppe, beinah menschenleer.

Gleich neben der Piazza Navona hackt eine Möwe auf die blutigen Reste einer Taube ein.

Fremdheitsgefühle im Petersdom; Grandiositätsmissmut und Überwältigungsverdrossenheit. Eine Machtdemonstration, inszeniert als architektonisch-ästhetischer Komplex.
Habe ich das bei früheren Besuchen auch so empfunden?

Ein schwarzer Schwan attackiert die Börsen.

In Italien werden heute alle Schulen und Universitäten geschlossen, vorerst bis Mitte März.

Wir haben inzwischen Studio 14 in der Villa Massimo verlassen und sind auf die andere Seite des Tiber gezogen.

Als wir den Nachtportier im Hotel auf Corona ansprechen, sagt er, entschieden und trocken, dies sei das Ende der Globalisierung.

Die Casa Valdese beherbergte hundert Jahre lang deutsche Diakonissen der Kaiserswerther Mission. Ende der achtziger Jahre schenkte die Kirche im Rheinland das Haus den Waldensern.

Ulrich Alexander Boschwitz, »Der Reisende«.

Die Irrfahrt des immer noch wohlhabenden Kaufmanns Otto Silberstein, ehemals Frontkämpfer im 1. Weltkrieg, auf der Flucht vor den Deutschen durch Deutschland; Kaskaden der Niedertracht, biografische Paradoxien, strukturelle Idiotien – in Prosapassagen beglaubigt der dreiundzwanzigjährige Autor erzählerisch, was die existenzielle Phrase von der Ausweglosigkeit wirklich bedeutet.

Boschwitz, 1915 in Berlin geboren, emigrierte 1935, zunächst nach Skandinavien, dann nach England. Trotz seiner jüdischen Herkunft wird Boschwitz als *enemy alien* interniert und nach Australien verbracht. Auf der Rückreise wurde das Schiff, ein paar hundert Kilometer vor den Azoren, von einem deutschen U-Boot torpediert, und Boschwitz ertrank, siebenundzwanzig Jahre alt.

An der türkisch-griechischen Grenze versuchen tausende Flüchtlinge, von türkischen Sicherheitskräften zum Grenzfluss eskortiert, den Durchbruch nach Europa. Massive griechische Militärverbände wehren die Andrängenden mit Tränengas, Wasserwerfern und Blendgranaten ab. Das Asylrecht wird vorübergehend – und mit Billigung aller EU-Innenminister – suspendiert.

Erdoğan und die EU spielen Armdrücken. Flüchtlinge zerquetschen.

Wer weiß einen Ausweg.

»Ich kann nicht mehr jung sterben«, notierte Jules Renard am 6. März 1905 in seinem Tagebuch. Da war er einundvierzig Jahre alt.

In der Apostelgeschichte berichtet Lukas lapidar vom Schicksal der Eheleute Ananias und Saphira. Ein privates Geschäft erscheint als sakramentaler Straftatbestand und führt zu einem kurzen Prozess samt sofort gewaltlos vollstreckter Exekution.

Ananias verkaufte einen Acker und behielt mit dem Wissen seiner Frau Saphira einen Teil des Erlöses für sich, statt der Gemeinde den gesamten Betrag auszuhändigen. Petrus aber durchschaut das Manöver sofort, und er wirft Ananias vor, den Heiligen Geist und Gott betrogen und belogen zu haben. – Wie und wodurch der Apostel von der Unterschlagung wusste, verrät der Erzähler nicht. – Ananias fällt, als er diese Worte hört, sofort tot um. Dienstbare Gemeindeglieder tragen ihn hinaus und begraben ihn auf der Stelle. Etwa drei Stunden später tritt Saphira, die nicht ahnt, was geschehen ist, bei Petrus ein, und der Apostel stellt die Frau auf die Probe, indem er fragt, ob es stimme, dass ihr Mann den Acker zu dem Preis veräußert habe, den Ananias zuvor genannt hatte. Saphira hält sich an die eheliche Verabredung und bejaht arglos. Und dann legt Lukas dem Apostel einen Satz von stalinistischer Perfidie in den Mund: Vor der Tür stünden schon die Füße derjenigen, die soeben ihren Mann Ananias begraben hätten, und sie warteten nur darauf, auch ihren Leichnam hinauszutragen. Sprachs, und Saphira fiel tot um.

Im Petersdom, wo sonst, ich hatte es nur vergessen, hängt ein Bild, das die tot zu Boden gesunkene Saphira darstellt.

Eine kommunistische Urszene, aufgezeichnet in der Zeit, da die ersten Christen unbedingte Gütergemeinschaft hielten: »Die Menge aber der Gläubigen war *ein Herz und eine Seele;* auch nicht einer sagte von seinen Gütern, dass sie sein wären, sondern es war ihnen alles gemeinsam.« (Apostelgeschichte 4.32)

Und eine anthropologische Schlüsselszene.

»Es sind seit der Wende ja nicht nur romantische Illusionen auf der Strecke geblieben, sondern die Lebenssubstanz an Unmittelbarkeit und einer – wenn auch stasiüberwachten – Unantastbarkeit, die die Menschen als Freiheit erleben konnten, während die mediale Übermacht der Gegenwart ihnen als übergriffige Daueragitation erscheint. Freiheit ist nicht nur einfach eine Systemfrage, sondern ein Lebensgefühl, das sich auch innerhalb einer Diktatur im Abseits einigeln kann.« (Aus einer Rezension von Jörg Magenau über Ingo Schulzes Roman »Die rechtschaffenen Mörder«)

Nichts weiter als ein Lebensgefühl. Der Freiheitsbegriff des Literaturkritikers erinnert mich an ein Diktum vom G.K. Chesterton, dass das innere Licht die trübste aller Beleuchtungsarten sei.

Tagessonate 3.1

Nach allem, was man weiß, war Jesus nie in Castelvetro di Modena.

Auch Arbeitnehmer, die Sorgen vor einer Ansteckung haben, müssen sich mit ihrem Unternehmen abstimmen, wenn sie lieber zu Hause arbeiten wollen.

20 Jahre wird es ungefähr dauern, bis Mitholz wieder sicher ist.

Tagessonate 3.2

Nur keine Panik.

Eine Frau zu würgen, das gilt als kriminologischer Konsens, ist eins von vielen Indizien dafür, dass ein Mann seine Frau umbringen könnte.

Dabei ist Intelligenz nicht einmal im landläufigen Sinne erblich – auch wenn diese Vorstellung weit verbreitet ist.

Als wir unser Hotel Casa Valdese in Rom verlassen, erkundigen wir uns bei der Frau an der Rezeption nach der Stimmung in der Stadt. Zwei Tage zuvor hatten per Regierungsdekret alle Schulen und Hochschulen im Land ihren Betrieb eingestellt.

Die Rezeptionistin, Phänotyp Diakonisse, schmunzelte, fuhr den Computer auf dem Empfangstresen hoch und zeigte uns einen Cartoon: Eine Prozession von Schulkindern, unterwegs zu Corona, um ihm zu huldigen und zu danken. Corona, ich muss heute keine Hausaufgaben machen, ich danke dir. Corona, mein Mathematiklehrer hasst mich, und nun liegt er auf der Intensivstation, ich danke dir.

Inzwischen sind auch die Restaurants und Läden dicht; das Leben stagniert.

Kurzes Lachen, Beckett'sche Regieanweisung, gelegentlich.

Sollte Corona gelingen, was das Impeachmentverfahren nicht vermochte?

Kurz vor einer Brücke über den Tiber, an einer Straße parallel zum Fluss: eine Frau in einem schmutzigweißen Katzenkostüm. Wenn die Autos bei Rot an der Ampel stoppen, bietet die Katzenartige mit einer knappen Geste an, die Windschutzscheibe zu säubern. Eine Erscheinung von entwaffnender Traurigkeit.

Buchpremiere in Berlin; familiär, ein schütteres Auditorium, kaum Fremde.

Als ich zu lesen beginne, fängt meine Nase zu bluten an. Zum Glück lässt sich die Blutung leicht stillen. Was ich erst später bemerke: Ich habe meine Capriccios mit einem blassroten Hitlerbärtchen vorgetragen.

Trump apostrophiert Corona als ein ausländisches Virus.

Bayern und das Saarland schließen die Schulen, Halle und Bremen auch.

Fabio Wajngarten, Pressesprecher des brasilianischen Fascho-Präsidenten Bolsonaro, ist positiv auf Corona getestet.

Und gerade haben sein Chef und er mit Trump in seinem Privatclub Mar-a-Lago diniert. Trump lässt sich nach der Begegnung weder untersuchen noch schirmt er sich ab.

Der kanadische Premier Trudeau begibt sich in Quarantäne, seine Frau hat sich angesteckt.

Die Elbphilharmonie wird geschlossen.

Seit einer Weile ist auch keine Tagessonate zu hören. Aber das soll sich bald wieder ändern.

Angewandte Kunst im Grassi-Museum zu Leipzig: was für eine opulente Passage.

Ich frage mich, warum ich nie zuvor hier gewesen bin. Später kommen wir mit einem gebildeten, auf die seiner Obhut anvertrauten Schätze stolzen Museumswächter ins Gespräch, und er hilft mir, meinen blinden Fleck zu konturieren und aufzuhellen. In meinen Reudnitzer Jahren, als ich ganz in der Nähe wohnte, war das Museum geschlossen. Im harten Winter 1979, als Soldaten der Nationalen Volksarmee in Tagebaue abkommandiert wurden, um Braunkohle zu erbeuten für die frierende Bevölkerung, durfte das Museum nicht geheizt werden. Die Heizung fror ein, barst, und es gab einen riesigen Wasserschaden.

Zwei Blinde tasten nach einem Elefanten.

»Wenn Sie einen japanischen Eindruck zu erlangen wünschen, werden Sie sich doch nicht wie ein Tourist benehmen und nach Tokio reisen. Im Gegenteil, Sie werden zu Hause bleiben und sich in die Arbeiten gewisser japanischer Künstler vertiefen. Und wenn Sie dann den Geist von ihrem Stil aufgesaugt und die phantasiereiche Art ihres Sehens begriffen haben, dann werden Sie sich eines Nachmittags in den Park setzen oder am Picadilly bummeln gehen, und wenn Sie dann dort keine absolut japanische Wirkung empfinden, dann werden Sie eine solche nirgendwo bekommen.«
Oscar Wilde, The Decay of Lying, 1891

Mal mag es einen bestürzen, mal amüsieren, wenn man dem inneren Abwiegler bei der Arbeit zuschaut: Wenn ich an Termine in mittlerer Distanz denke, auf die ich mich in diesem Jahr schon freue, so kommt es mir so vor, dass die in naher Zukunft bevorstehenden, mir bevorstehenden Ereignisse – Lesungen, Podiumsgespräche – ganz gewiss nicht mit dem vagen Coronavorbehalt behaftet sind. Beiläufig manipuliert der quicke Agent meinen Erwartungshaushalt und lässt nichts als eine unbegründete Zuversicht gelten. Es wird alles gut, weil du es bist.

Was für ein unbeschwertes Jahr für Leute mit einem Waschzwang.

Make law not war. Ben Ferencz, der letzte noch lebende Chefankläger von Nürnberg, feiert in Florida seinen 100. Geburtstag. Der Sohn jüdischer Eltern aus Siebenbürgen, die bald nach seiner Geburt in die USA auswanderten, studierte in Harvard Jura und kam mit der amerikanischen Armee kurz nach dem D-Day nach Europa und nach Deutschland.

Einer vom Jahrgang meines Vaters.

Stur und bis dahin ohne jede eigene Prozesspraxis, drängte er darauf, dass Anklage gegen die Angehörigen der sogenannten Einsatzgruppen erhoben wurde; ihr Auftrag war es, hinter den Linien der Wehrmacht systematisch Juden, Sinti und Roma aufzuspüren und zu ermorden. Mehr als 500.000 an der Zahl.

Das Verfahren begann am 15. September 1947 in Nürnberg. Von den etwa 3000 staatlichen Auftragskillern klagte Ben Ferencz 24 an; darunter einen Zahnarzt, einen Lehrer, einen Opernsänger und einen evangelischen Pfarrer, der vor Gericht aussagte, er habe gegen das Gebot der Liebe nicht verstoßen.

Später lehrte Ben Ferencz Internationales Recht. Und ohne sein stures und geduldiges Insistieren gäbe es heute den Internationalen Gerichtshof in Den Haag nicht, den Diktatoren und Kriegsverbrecher in der ganzen Welt fürchten müssen.

Ein kleiner, für sein Alter sehr beweglicher Mann trippelt aus dem Bild; man könnte ihn winzig nennen. Seine Botschaft ist so lapidar wie präzise: Krieg ist schlecht. Recht ist gut.

Trump negativ getestet.

Musik!

Tagessonate 3.3

Jeder Hit trifft einen Nerv.

Und wenn das immer noch nicht genug Futter ist?

Aus einer Sechserpackung Eier lässt sich eine kleine Kükenschar formen.

Parolen auf den Rückenlehnen einiger Parkbänke in der Nähe des Biedermannplatzes: *Nie wider 2015!* Weiß auf Braun.

Die schriftliche Reaktion lässt nicht lange auf sich warten: *Fuck nazis!* In roten Lettern.

Oder ein Label: *Hier wird faschistisches Gedankengut überklebt.*

Tagessonate 3.4

Wobei sich mit den Folgen von Lagerkoller und Netflixmüdigkeit durchaus auch Geld verdienen lässt.

Dafür muss man eben ein bisschen schwitzen, zum Beispiel beim Froschsprung über drei gespannte Seile.

Ansonsten soll im Gefängnis rege Betriebsamkeit herrschen.

Das öffentliche Leben kommt per Kanzlerinnenbeschluss zum Erliegen. Nur die Ausgangssperre, der Hausarrest, fehlt vorerst im Katalog der Verbote, den die Kanzlerin mit der stoischen Ergebenheit und rhetorischen Routine eines Notars vorträgt.

Gebieten es die Umstände, dass eine temporäre Gesundheitsdiktatur ausgerufen wird? Reichen die Einsichten der Virologen und Epidemiologen, gesundheitspolitische Abwägungen und gesamtgesellschaftliche Verantwortung hin, um den so nie dagewesenen Ausnahmezustand zu begründen? Oder bietet die Situation der Politik die Gelegenheit zu einem gefährlichen Probehandeln: die Freiheitsrechte zugunsten der Daseinsfürsorge radikal einzuschränken?

Dass synchron zu diesem Geschehen exemplarisch an der türkisch-griechischen Grenze das zum europäischen Wertefundament zählende Asylrecht suspendiert wird, in gespenstischer Einvernehmlichkeit von Orbán bis Merkel, schärft den Argwohn.

Fest und Krieg üben auf Menschen eine je spezifische Faszination aus, weil es Spielarten eines Moratoriums des Alltags sind, so, in stark gestrafftem Zitat, der Philosoph Odo

Marquardt. Und die Weltkriege des 20. Jahrhunderts seien für viele Männer erste Erfahrungen mit dem Massentourismus gewesen. Ein abenteuerlicher Aufbruch ins Niegesehene, das gut organisierte Heraustreten aus der Lebensnormalität.

Der Rest ist Geschichte.

Nun also ein Moratorium des Alltags mit Umkehrschub. Nicht allgemeine Mobilmachung und begeisterter Abmarsch, sondern Zwangskasernierung.

Was werden die Folgen sein? Ein Babyboom? Sprunghaft ansteigende Suizidzahlen? Die unspektakuläre Einsicht, was für ein öder Zeitvertreib es ist, sich für teures Geld der uniformierten Fröhlichkeit auf einem Kreuzfahrtschiff auszuliefern, samt traumhafter Landschaftstapeten?

Noch darf ich das Haus verlassen. Was ich draußen beobachte, erweckt den Eindruck von ratloser Besonnenheit oder besonnener Ratlosigkeit. Weder Hysterie noch Panik.

Wer Klopapier hortet, ist auch sonst nicht ganz dicht.

No fear. Igor Levit lädt zu Hauskonzerten ein, via Twitter.

Einmal spielt er Bachs *Chaconne* in der Klavierbearbeitung von Johannes Brahms.

Johann Sebastian Bach komponierte das Stück für Violine solo in d-Moll 1720. Gerade ist er von einer dreimonatigen Dienstreise zurückgekehrt und erfährt, als er sein Haus betritt, dass seine Frau vor einer Woche gestorben sei.

In der *Chaconne* klingen einige Choräle an, *Befiehl du deine Wege* und *Jesu, meine Freude.*

Eine Familienanekdote, die darüber Auskunft gibt, dass Zerstörung und Ordnung, quasi quantenmechanisch, strikt gleichzeitig gelten können.

Im Frühjahr 1945 wurde meinem Vater im völlig zerstörten Dresden seine Promotionsurkunde aus Wien zugestellt, von der Hochschule für Welthandel.

Noch ist der Weg des Leverkusener Wunderknaben mit dem linken Zauberfuß und der leicht melancholischen Attitüde ein Geheimnis.

Die Lieferketten seien intakt, heißt es.

Unsere Gefangenen bevorzugen Pommes rot-weiß, Grillhähnchen und andere Speisen der rustikalen Küche.

John Hummel, 44, verdankt dem Coronavirus, dass sein Leben länger währt, als er bis gestern noch hoffen durfte. John Hummel wurde 2009 in Texas zum Tode verurteilt, weil er seine schwangere Frau, seine fünfjährige Tochter und seinen Schwiegervater ermordet hat. Heute sollte John Hummel in Huntsville, Texas, mit einer Giftspritze hingerichtet werden. Doch die US-Behörde für Seuchenkontrolle und -prävention rät von allen Zusammenkünften ab, bei denen sich mehr als zehn Menschen versammeln. Und eine Exekution ist ein geselliges Ereignis: Es finden sich Anwälte, Gefängniswärter, Zeugen, Familienangehörige der Ermordeten und des Mörders ein.

Die Hinrichtung wird aufgeschoben.

Wir alle sind befristet.

Nicht nur Waldbrände lassen sich aus der Luft bekämpfen, auch für die wirtschaftlichen Folgen der Seuche soll das gelten. Berater drängen den US-Präsidenten dazu, zum Mittel des Helikoptergeldes zu greifen: Abwurf für alle! Ausschüttung für jedermann! Tausend Dollar pro Kopf oder auch zehntausend.

Nur Millionäre sollen nicht von dem warmen Staatsregen profitieren.

Wir befinden uns im Krieg. Alle denken es, Macron spricht es aus. Taktik, Kampf und Sieg sind, neben allerlei Durchhalteparolen, Vokabeln aus dem Spracharsenal der Epidemiologen und der auf sie angewiesenen Politiker.

Nun macht ein Begriff aus der Militärmedizin von sich reden: Triage. Das Sortieren der Kranken und Versehrten nach Alter, Überlebenschancen, Verdiensten etc. Purer Utilitarismus. Souverän ist, wer die Kriterien bestimmt. Leicht könnten es auch Liquidität, Geschlecht oder Religionszugehörigkeit sein, die über die Chancen eines Patienten entscheiden, dass er überleben darf.

Wer von Immanuel Kant her denkt oder von Jesus Christus her glaubt und Leben für unverrechenbar und heilig hält, gerät in Aporien.

Berichte aus Italien lassen Schreckliches ahnen. Wie Ärzte, die angesichts fehlender Intensivbetten und Beatmungsmöglichkeiten eine Wahl treffen müssen, verzweifeln und zusammenbrechen. Schuldlos schuldig.

Christian Drosten, Virologe aus Berlin, ältester Sohn eines Landwirts aus dem Emsland und plötzlich prominenter Seuchenprofi von sympathischer Jungenhaftigkeit, hat es auf den Begriff gebracht: Die Coronapandemie sei eine *Naturkatastrophe in Zeitlupe.*

Tagessonate 3.6

Holen Sie eine Weihnachtsglocke aus dem Keller, montieren Sie eine Fahrradklingel ab oder fragen Sie das Kind, mit welchem Spruch der Schultag beginnt.

Hört auf die Experten, ignoriert die Idioten.

Wir werden das Tal mit Handdesinfektionsmittel fluten und den Preis runtertreiben.

Dankbarer Idealismus und Scheißhausparolen: Aus offenen Fenstern und von Balkonen herab brandet Beifall über menschenleeren Straßen auf, ein symbolischer Dank an die Helfer, die altruistisch einspringen, das medizinische Personal.

Und die Deutschen horten Klopapier; was für ein psychopathologischer Abort germanicus tut sich da auf.

Bundeskanzlerin Angela Merkel wendet sich an uns alle, zum ersten Mal außerhalb und jenseits ihrer alljährlichen Neujahrsansprache. Die Lage sei beispiellos ernst, wie seit dem

Fall der Mauer nicht, nein: wie seit dem Ende des 2. Weltkrieges nicht. Die Regierung tue alles, was in ihrer Macht stehe.

Wir hoffen und wir fürchten es.

Amazon, auch mit dem Lebensmittel- und Klopapierhandel befasst, stellt 100.000 neue Mitarbeiter ein.

Als Kinder stellten wir uns manchmal Leute vor, die aus Scheiße Bonbons machten.

Grusellust.

Tom Hanks, coronapositiv, mit seiner Frau in Australien unter Heimquarantäne, benutzt eine historische Reiseschreibmaschine der Marke *Corona.*

Corona 3, Jahrgang 1912. Amerikanische Folding, hergestellt von Standard Typewriter Co.

Tagessonate 3.7

Fußballer müssen sparen, aber das wissen sie spätestens jetzt selbst, deshalb ist der Horst aus Köln so böse.

Tatsächlich klingen die Prognosen gruselig.

Schon mit acht Monaten reagieren Babys auf falsche Grammatik.

U.s Traum: In unserem Garten, zwischen Rangiergleisen, treiben die Pflanzen mit den Wurzeln nach oben aus.

Aufgewacht vor Entsetzen.

Auf dem kleinen Balkontisch mit runder Platte aus dunkel gesprenkeltem Gusseisen ein Stillleben: Kürbis, Stangensellerie, Petersilie.

Die meisten Legenden überliefern, dass die hl. Corona, auch Stephana genannt, am 14. Mai 177 nach Christus im syrischen Lycopalie als Märtyrerin starb, eine junge Frau von sechzehn Jahren. Die Römer ließen einen Soldaten foltern, da er sich zu Christus bekannte. Da trat Corona hinzu und spendete dem Glaubensbruder Mut und Trost.

Die Römer ersannen eine perfide Hinrichtungsart für die Unerschrockene: Sie bogen zwei Palmen zusammen und spannten die Frau dazwischen. Als die Bäume wieder nach oben schnellten, zerriss es Coronas Leib.

Die Popularität der Märtyrerin war im Mittelalter riesig. Kaiser Otto III. brachte 997 Reliquien von ihr nach Aachen, wo sie im Dom verwahrt sind.

In ihren Beistandsressorts zeigte sich die Heilige flexibel: Patronin der Metzger, Fürsprecherin in Geldangelegenheiten.

In der niederösterreichischen Gemeinde St. Corona am Wechsel, wo seit 1504 eine Wallfahrt stattfindet, rief man die Heilige auch bei Seuchengefahr an.

Tagessonate 3.8

Ein heikler Punkt sind auch die Coronatests.

Dabei wurden Schusswaffen sichergestellt.

Bei dem Verdächtigen handelt es sich nach Angaben der Ermittler am Donnerstag um den Untermieter.

Die unsterbliche Amsel rastet eine ganze Weile auf unserem Balkon, in dem Kübel mit dem kleinen Rhododendron. Ich beobachte sie in verschiedenen Posen der Nachdenklichkeit. Sie legt den Kopf schief und wippt graziös, eine Amsel von Stand, auf und ab, als wolle sie das Schwungrad ihrer schwarzen Gedanken in Bewegung setzen. Sie denkt mit dem Schnabel, mal hierhin, mal dorthin.

Ich schaue ihr gern dabei zu.

U.s Traum. Wir haben eine Ferienwohnung gemietet, irgendwo am Meer. Als wir vom Strand zurückkehren, bemerkt U., dass unter der geschlossenen Wohnungstür hindurch Wasser nach draußen dringt, ein rasch anschwellendes Rinnsal. Jemand muss das Appartement geflutet haben.

In einiger Entfernung steht der Vermieter und schaut erstaunlich unbeteiligt drein. Er wirkt weder besorgt noch macht er uns Vorwürfe. Was U. über alle Maßen erbost:

Der Vermieter trägt Klamotten, die identisch sind mit dem, was U. selbst am Leibe hat. Dieselben handgestrickten Wollsocken, dieselben Birkenstockschuhe. Denselben Pullover.

Dieselben Sachen, behauptet U., nicht die gleichen.

Auf Initiative des Literaturhauses Graz hin beteiligen sich etliche Autorinnen und Autoren an einem kollektiven Corona-Tagebuch. Ann Cotton, Kathrin Röggla und Daniel Wisser sind mit von der Partie.

Hölderlin 250. Marcel Beyer ruft Goethe zum Franz Beckenbauer der deutschen Literaturgeschichte aus. Ein Ausnahmekünstler, zum gierigen und von der eigenen Macht verblendeten Funktionär mutiert. Der FIFA-Bonze sieht den asiatischen Wanderarbeiter, Hölderlin, der seinen VIP-Platz im Stadion montiert hat, gar nicht. Kann ihn nicht sehen. – Hölderlin sieht. Hölderlin kann Heu, vor allem Heu, aber auch Luft, Weinberg, Wasser, Wolken und Felsen.

– Was heißt das: Heu können? Heu als ästhetische Potenz? Heu als instabiles Element, der springende Punkt, an dem zu duften beginnt, was sich zeigt? –

Und gerade, so Beyer weiter über Hölderlin, im türkisch-griechischen Grenzgebiet gesichtet worden. Elegien dichtend. Im Tränengas.

Kürzlich hat das Fernsehmagazin *Kontraste* seinem Titel drastisch Geltung verschafft.

Zuerst ließ die Sendung uns Zuschauer an den Erlebnissen und Erfahrungen einer Frau aus Stralsund, Anfang vierzig, am Corona-Virus erkrankt, teilhaben. Die Frau schilderte variantenreich und eindringlich, wie schrecklich sie unter Atemnot und Erstickungsängsten gelitten habe. Im Krankenhaus sehen wir sie, von allen Seiten freundlich umsorgt; die einzige Patientin weit und breit, dem Anschein nach. Nach einer Nacht geht es ihr schon besser, und bald darf sie ihrer Familie ankündigen: Ich komme nach Hause.

Es folgen martialische Sequenzen aus Norditalien: Verzweiflung und Erschöpfung des Klinikpersonals, das dem furchtbaren Los der Triage nicht länger ausweichen kann.

Dann die makabre Parade der Militär-LKWs, in denen die Leichen in ein Nirgendwo gekarrt werden. Die Fahrzeuge halten Abstand, sei es aus Pietät, sei es, als könnte das Virus auch zwischen ihnen überspringen.

Wer ersinnt so eine ikonografische Dramaturgie, und was bezweckt er damit? Schwarze Dialektik von Beschwichtigung und Warnung? Visuelle Hegemonialpolitik? Ein deutlicher Wink an die deutschen Zuschauer: Ihr seid Europas Prämiumpatienten?

Tagessonate 3.9

Alle wischen an ihren Telefonen herum, und alle warten auf die ersten Anzeichen: Halsweh und Fieber.

An der verriegelten Eingangstür schlägt sich der Schauspieler Max Rothbart die Nase blutig, bevor er das ferne Publikum anspricht: »Wir bitten Sie, Ihr Telefon nun laut zu stellen …«

Wie lange so eine Grundstimmung hält, weiß niemand.

25.000 Infizierte in Deutschland heute, so die Tagesschätzung.

An der Spanischen Grippe nach dem 1. Weltkrieg starben weltweit etwa 50 Millionen Menschen. Die Pest, die 1348 in den Häfen von Venedig, Genua und Marseille anlandete, rottete ein Drittel der europäischen Bevölkerung aus.

Herfried Münkler sieht die westlichen Demokratien derzeit durch die verfügten Einschränkungen des öffentlichen Lebens nicht gefährdet.

Es handle sich um temporäre, administrative Eingriffe und nicht um die Aushebelung des Grundgesetzes. Anders sähe es freilich dort aus, wo Autokraten wie Putin, Orbán oder Erdoğan das Sagen hätten. Diese Herrschaften machten sich das Virus für diktatorische Selbstermächtigungen zunutze.

Was ihm auch zu denken gebe, so Münkler: Bislang breiteten sich Seuchen meist im Gefolge von Kriegen aus. Nun sei der Frieden mit seinen Touristenströmen und Lieferketten infektiös geworden.

Dass man einst von einer Epochenwende 2020 spreche, mag Münkler nicht ausschließen.

In München wurde ein dreiunddreißigjähriger Mann verhaftet und der schweren Körperverletzung beschuldigt. Der Delinquent, der sich als coronapositiv ausgab, hatte zuvor einen Fahrkartenautomaten der U-Bahn und den Handlauf einer Rolltreppe abgeleckt, sich dabei gefilmt und das Video veröffentlicht.

Tagessonate 3.10

Saša Stanišić, 42, Schriftsteller, ist das Handy heruntergefallen.

Natürlich brachte ihn das in Konflikt mit der Glaubenskongregation in Rom, die ihm 2001 ein Rede-, Veröffentlichungs- und Auftrittsverbot erteilt hatte.

Wenn wir Glück haben, kommt es zu einer Art Relevanzverschiebung.

Heute hätte ich in Weimar lesen sollen.

Ich habe meine Fahrkarte behalten, und nun schickt mir die bahn.de in panischer Frequenz einen Verspätungsalarm nach dem anderen, für meine Verbindung.

Paul Urbanski, Literaturkritiker von Beruf, Patient in der kardiochirurgischen Abteilung eines Hamburger Krankenhauses und Protagonist im Roman »Herz in Sicht«, zieht sich zum Arbeiten gern in ein Refugium in der Lüneburger Heide zurück. Dort findet er sich, über Nacht, von Wasser eingeschlossen vor, auf einer ominösen Insel.

Das habe ich vor etlichen Jahren gelesen oder geschrieben.

Nun kommt es mir wieder in den Sinn.

In Sydney und dem australischen Bundesstaat New South Wales verfolgt die Polizei den organisierten Klopapierdiebstahl.

Ich will mich bei einem Hof-Shop anmelden, der Biolebensmittel (und Toilettenpapier) an die Wohnungstür liefert. Der ID-Check meiner Kreditkarte verlangt von mir eine mTAN, die mir als SMS zugestellt wird. Und ich soll, auch das gehört zur Sicherheitsüberprüfung, notieren, wie mein erstes Haustier hieß.

Perplex starre ich auf diese alternativlose Aufforderung. Ich hatte nie ein Haustier.

Nicht ein Planet, wie in Lars von Triers Film *Melancholia,* rast auf die Erde zu, sondern ein Virus, eben noch winzig, vergrößert sich im Anflug rasant, verdunkelt die Welt und schlägt lautlos ein.

Wie es nach dem globalen Crash aussehen wird, kann heute noch keiner sagen.

Welthaltigkeit! Von der Literaturkritik gern imperativisch ins Feld geführt. Gegen eine Prosa, die mit der Kategorie *Handlung* wenig oder nichts anzufangen weiß. Und doch mit Welt kontaminiert ist, durch jedes einzelne Wort.

Was mag das jetzt heißen, bei der Koinzidenz von Isolation und Ubiquität?

Semantischer Sarkasmus.

Zoonotische Infektionen; der Begriff könnte eine steile Karriere vor sich haben.

Der Mensch dringt immer weiter in bislang unzugängliche Ökozonen vor, und tierische Pathogene haben ihre Chance.

Tagessonate 3.11

Es bleibt überall trocken.

Die Welt feiert die Rückkehr der Minnesänger.

Wenn das nach der Viruskrise Konsens wäre, hätte Corona sogar etwas Gutes.

Frank Ulrich Montgomery, Radiologe aus Hamburg und altgedienter Haudegen mit Befehlserfahrungen in nationalen und internationalen ärztlichen Standesvertretungen und Lobbykorps, zitiert, als er gefragt wird, ob er die Vorbereitung deutscher Krankenhäuser auf den Ernstfall für angemessen, hinreichend oder übertrieben hält, Clausewitz, sinngemäß: *Im Moment der Feindberührung sei alle Taktik Makulatur.* Mehr sei dazu nicht zu sagen, man könne es nicht wissen.

Kalifornische Paläontologen und Geologen haben im Süden Australiens in Gesteinsschichten, deren Alter auf 555 Millionen Jahre beziffert wird, unseren ältesten bislang bekannten Urahn entdeckt, Vorfahre vieler Tierarten und auch von uns Menschen. Ikaria Wariootia, reiskorngroß. In seiner Winzigkeit jedoch ein Zweiseitentier, ein evolutionsbiologisches Denkbild.

In seiner Körperstruktur waren links und rechts, hinten und vorne angelegt. Flügel, Schnauze und Arsch.

Die Entstehung von bilateraler Symmetrie gilt als entscheidender Schritt in der Evolutionsgeschichte von uns Tieren, auch von uns einzigartigen Menschentieren.

Kontingenztoleranz.

Gesundheitspolitiker und Notfallmediziner führen ständig den Begriff *Tsunami* im Munde. Noch sei nicht mehr als ein Kräuseln an der Oberfläche zu sehen, aber die Ankunft der zerstörerischen Welle stehe womöglich unmittelbar bevor.

Ein Jahr älter geworden. Jetzt kenne ich U. die Hälfte meines Lebens.

Die Süddeutsche hält, es hat einen Stich ins Groteske, an ihrem REISE-Teil fest. Heute handeln die Berichte und Reportagen von der Touristenebbe auf den Inseln Sylt, Rügen und Helgoland, von der Existenzkrise der Hotellerie, Schweinebraten to go, virtuellen Exkursionen durch Digitalien, und wir nehmen mäßig erschüttert Anteil an den Nöten der in Goa oder auf Bali Gestrandeten, die nach Hause wollen.

Schweinebraten to go werde ich nicht buchen.

Die letzte Seite – der Hintern der Zeitung – spricht die Kinder an und beginnt mit einem Witz: »Sagen Sie mal, haben Sie gepupst?« – »Selbstverständlich! Denken Sie, ich rieche immer so?«

Unsere nahe Zukunft: die Planung des Unplanbaren.

Tagessonate 3.12

Manchmal passiert auch lange: nichts.

Nun, das hat auch mit der Natur der Angst zu tun.

Der König gibt, der König nimmt.

Die Frauenhäuser erleben bereits, was den Notaufnahmen und Intensivstationen bald bevorstehen könnte: den Ansturm der Geschlagenen, schwer Gekränkten, an Leib und Leben Bedrohten.

Wie soll man sich eine Triage für Frauen vorstellen, die mit knapper Not häuslicher, nein: männlicher Gewalt entkommen sind?

In Hamburg darf man etwa 1400 Spielsüchtige vermuten, die derzeit in psychische Extremlagen kommen, als Folge des kalten Entzuges. Nun drohen sie durchzudrehen.

FC Delius berichtet in der Süddeutschen, wie er bereits im Dezember 2019, vor Corona, den Plan gefasst hat, ab März 2020 an einer Erzählung zu arbeiten, die seine Erfahrungen mit Todesnähe und Nahtod auf einer Intensivstation mit literarischen Mitteln zu rekonstruieren versuche. Eine Lungenentzündung; eine teuflische Kombination von Bakterien und Viren; fast drei Wochen im künstlichen Koma, im Jahr 2008.

Delius beginnt seine Werkstattnotizen, die nicht zuletzt die aberwitzige Verquickung von individueller Kranken- mit allgemeiner Zeitgeschichte in der Gegenwart des Schreibens thematisiert, so: »Viele schreiben jetzt eifrig Tagebuch, viele filmen, sprechen, streamen jetzt ihr Tagebuch ...«

Ich schreibe kein Tagebuch. Ich komponiere Aufzeichnungen. Es lebe die Differenz!

Tagessonate 3.13

Der Gutschein ist das wahre Wertpapier in der Corona-Krise.

Und so war es kein Wunder, dass es vielen Aktiven unwohl war.

Ich bin eine Figur aus einem noch zu schreibenden Roman.

Heute kämen die Gäste.

In Venedig, erzählt man, sei das Wasser der Kanäle wieder klar und ungetrübt, Fische spielten an der Oberfläche.
Und auch die Meere atmeten auf, nach einer erstaunlich kurzen Zeitspanne der Erholung.

In welchem Verhältnis stehen die vermeintlich benachbarten und doch kategorisch verschiedenen Wünsche, gehört oder erhört werden zu wollen?

Arktische Luft.

Am Vormittag ein kurzes, schütteres Schneetreiben, dem es nicht gelingt, die Lauffeuer der Forsythienblüte zu löschen.

Tagessonate 3.14

Dass man das Gold von Bäumen schütteln kann, davon träumt so mancher Spekulant.

Das olympische Dorf ist auch nicht weit entfernt.

Würden Alligatoren unter Gullydeckeln denn noch verwundern?

Worauf wir den ganzen Winter gewartet haben.

Am Morgen bedeckt nasser Schnee den Balkon und die Autodächer.

Später wechseln sich Schneeschauer und Regen ab. Große, ein wenig künstlich anmutende Flocken; Filmschnee, vielleicht.

Das ist das Frühjahr.

Was werden wir im Herbst der Pandemie erleben, im Winter gar?

Dass wir uns auf eine schwere Wirtschaftsdepression einstellen müssen, daran lassen die Ökonomen keinen Zweifel. Nur ob es eine V- oder eine U-Rezession werden wird, sei die Frage. Tiefer Einschnitt und rasche Erholung oder lange zu durchquerendes Tal voller Sorgen und Nöte.

Tagessonate 3.15

Sonst ist es heiter bis wolkig und trocken, nur südlich der Donau fällt anfangs noch Schnee.

Also holt die Posaunen raus, Leute.

Vermutlich empfinden sich ausgerechnet die Menschen als authentisch, die sowieso von sich überzeugt sind.

Ägyptische Hieroglyphen stellen die Forscher über 2000 Jahre vor ein Rätsel, das zu lösen ihnen nicht gelingt.

Dann kommt ein Mann dem geheimnisvollen Code auf die Schliche, ruft aus: Ich hab's – und fällt vor den Augen seiner durch den Lösungsschrei angelockten Familie tot um.

Vielleicht ein letaler Enttäuschungsschock.

Die Banalität dessen, was die entzauberten Zeichen dem

Schriftgelehrten nach jahrzehntelangen Mühen verrieten, versetzte ihm einen tödlichen Schlag.

Ziehen wir uns nicht morgens an, um uns abends wieder auszuziehen?

Die ohnehin frappierende Modernität dieses Satzes aus Goethes »Wahlverwandtschaften« eskaliert in Zeiten der von der Pandemie diktierten Quarantäne abermals.

Orbán schaltet das Parlament aus und regiert auf unbestimmte Zeit per Dekret; dem ungarischen Westentaschendiktator kommt Corona so gelegen wie Erdoğan 2016 der Putschversuch.

»Verbreitung von Falschmeldungen« wird in Ungarn ab sofort mit bis zu fünf Jahren Gefängnis geahndet. Was eine Falschmeldung im juristischen Sinne ist, bleibt vage, in Führerlein Orbáns Ermessen.

Wo Verrat nicht mehr scharf definiert ist, beginnt die Tyrannei.

Ist es physiognomischer Rassismus, wenn schon der Anblick von Autokratenvisagen wie jener von Putin, Bolsonaro, Orbán und Trump Ekel und Abscheu in mir auslösen? Das Auge denkt mit. Das Gewissen ist ein naher Verwandter des Wissens, und es macht den unbefangenen Blick unmöglich. Müsste eine Hermeneutik des Verdachts solchen Affekten Paroli bieten? Erschrickt man nicht gelegentlich auch beim flüchtigen Blick auf gewisse Kinder, aus deren Zügen eine notorische Neigung zu Tücke und Hinterhältigkeit zu sprechen scheint? Etwas früh Verschlagenes?

Da will ich mich doch an die Familienüberlieferung halten: Ab dreißig kann man etwas für sein Gesicht.

Und das »L« ist das ökonomische Horrorszenario: Von Erholung keine Spur.

Ein lakonischer Kopfgeldjäger bekommt einen lukrativen Auftrag.

Für viele Menschen in Brasilien geht es schon jetzt ums Überleben.

April

April, April.

Post von gestern: Am 31. März 1989 schreibt Sarah Kirsch an Christa Wolf, die gerade sechzig geworden ist: »... Heute kömmt Hegewald noch vorbei. Das Glückskind das stets einen Preis noch gewann, dem alle helfen weil er so gut und wie ein Waldmensch aussieht ...«

April, April.

Hier die allerneuesten Nachrichten vom Literaturpreismarkt: Kleist-Preis an Clemens J. Setz. D'accord. Auch wenn ich mit der Vertrauensperson, die im Auftrag der Kleist-Gesellschaft allein diese Wahl getroffen hat, gelegentlich noch ein Wiener Schnitzel zu rupfen hätte, als gutaussehender Waldmensch, in Sachen Rezensionskahlschlag und partieller Unterholzleseschwäche.

Aus der Preisbegründung der Vertrauensperson: ein »literarischer Extremist im besten Sinne, ein Erzähler und Dramatiker, der seine Leser mit anarchischer Fantasie und maliziöser Fröhlichkeit stets aufs Neue verblüfft, sie an seinem verstörenden Kopf-Universum teilhaben lässt und dabei hinausreißt in den Schwindel der Freiheit.«

Warum nicht. Austria first.

Aber das ist noch nicht alles von der Preisbörse: Literaturpreis für Hans Pleschinski. Ihm fällt immerhin Adenauer zu.

Hans Pleschinski erzählt »davon, wieviel uns die Freiheit wert ist ...« – ah, ein versierter Freiheitshändler, der seine Bude auf dem Markt der literarischen Möglichkeiten aufgeschlagen hat; aber dann kommt die Phrasenstanzmaschine made by Konrad Adenauer richtig in Schwung – »indem er angesichts der politischen Herausforderungen unserer Zeit eine ethische Verantwortung für gute Ordnung, für Recht und Freiheit übernimmt.«

So also stellt sich Adenauer einen Erzähler vor, den es zu belohnen gilt.

Über die Prosa von Pleschinski äußere ich mich jetzt nicht. Noch ein interessanter Gesichtspunkt: Schwindel der Freiheit oder ethische Verantwortung für die gute Ordnung, Kleist oder Adenauer – beide Preise sind gleich hoch (oder niedrig) dotiert. Schlechter als Hannelore Greve jedenfalls, über die wir heute noch gar nicht gesprochen haben.

April, April.

Trump bricht beim Golfen plötzlich in Tränen aus; ein Weinkrampf schüttelt ihn. Unter Schluchzen und Haareraufen wendet sich der aufgelöste Präsident an einen verdutzten Zaungast, der aus der Ferne das Golfspiel beobachtet.

Ob er ihm dabei helfen könne, bringt Trump, konvulsivisch zuckend, vor dem Fremden schließlich heraus, einmal freundlich oder zumindest nett zu sein. Das habe ihm nie jemand beigebracht. Das Honorar für diese Lektion spiele keine Rolle.

Der Fremde überlegt kurz, dann schlägt er Trump vor, er solle sich die Haare nicht so melodramatisch raufen, sondern wirklich ausreißen. Unter dieser Frisur könne sich kein Mensch mehr eine nette Person vorstellen.

Tagessonate 4.1

Das Blödeste, das man während einer Ausgangssperre machen kann, ist, sich mit der Ausgangssperre zu beschäftigen.

In einer Strafanstalt im syrischen Hasaka rebellierten Gefangene, rissen Wände ein und Überwachungskameras ab. Sie sind bekannt dafür, einen Teil ihrer Beute für erwachsene Artgenossen hervorzuwürgen, um diese vor dem Verhungern zu retten.

Tagessonate 4.2

Eine Flut von Gewinnwarnungen und Dividendenstreichungen hat die Anleger am Mittwoch in die Flucht getrieben.

Bayreuth findet nicht statt.

So ist das Unternehmen vor dem Zugriff der Gläubiger geschützt, ohne Insolvenz anmelden zu müssen.

Kurt Weill, Sohn eines jüdischen Kantors aus Dessau, glückte in letzter Minute die Flucht aus Deutschland. Über Paris gelangte er mit seiner Frau Lotte Lenya nach New York. Bald feierte er Erfolge am Broadway. 1943 erhielt er die amerikanische Staatsbürgerschaft. Er verwahrte sich dagegen, noch länger oder jemals wieder als deutscher Komponist rubriziert zu werden. 1950 starb er in New York, fünfzigjährig, an einem Herzinfarkt. Vor siebzig Jahren.

Friedrich resp. Frederik Trump, Friseur aus der Pfalz, wanderte als Illegaler in die USA ein, reüssierte als Hotelier und Bordellbetreiber, holte sich später noch eine Frau aus Deutschland, wo er sich einst vor dem Militärdienst gedrückt hatte, starb 1918 nach kurzer heftiger Krankheit an der Spanischen Grippe, ohne ahnen zu können, dass einer seiner Enkel die Welt einst als mächtigster Hurensohn heimsuchen sollte. Das Erbe von Friedrich Trump, Geld und eine Lebensversicherung, verwandte die Witwe dafür, Grundstücke in Manhattan zu kaufen.

Inzwischen blüht uns einiges da draußen vor der Tür.

Weichen mir die Passanten, verlegen lächelnd oder freundlich grüßend, so weit aus, weil sie fürchten, sie liefen mir sonst in den offenen Text?

April, April.

Tagessonate 4.3

Das Dach repariert man, solange die Sonne scheint.

Wirtschaftswachstum schlägt Menschenleben.

Der beste Schlaf kommt, wenn man nach dem Frühstück etwas Warmes im Magen hat, direkt wieder ins Bett geht und schläft.

Schreiben, um reich und berühmt zu werden, das kann jeder halbwegs Alphabetisierte und hinreichend mit Geduld Begabte wollen, und wer diese kindlich durchtriebene Berufsvorstellung empört von sich weist, macht sich womöglich gerade verdächtig.

Für mich heißt schreiben nicht zuletzt, der Augenblödigkeit nicht das letzte Wort zu lassen. Das Gewimmel von Wahnelementen und Wahrnehmungspartikeln namens Wirklichkeit immer wieder staunend unter der Sprachlupe zu betrachten. Das Fernglas der Grammatik scharf zu stellen.

Schreiben schützt vor Alter nicht. Und doch schließe ich nicht aus, dass es sich bei meinem Schreiben um ein intrinsisches Antiagingprogramm handeln könnte. Mit der Sprache baden gehen; nicht der schlechteste Zeitvertreib.

Tagessonate 4.4

Ich stelle mir den Tod manchmal vor wie jenen Pudel, der den Doktor Faust und dessen Famulus Wagner bei ihrem Osterspaziergang weiträumig umkreist, zunächst für ein »pudelnärrisch Tier« gehalten wird und später sein wahres Gesicht zeigt.

Man kann sich ja auch Thomas Mann nicht in Jogginghosen vorstellen.

Doch woher kommt das Virus dann?

»So schönes Wetter – und sie waren eben beide noch dabei.«

Der blödsinnige Ludchen Bock und Geheimrat Feyerabend, zu seinem 70. Geburtstag umjubelt, in Wilhelm Raabes letztem Prosastück »Altershausen«.

In Holland blühen Blumen auf Feldern, so groß wie Fußballstadien. Keine Nachfrage; niemand will sie haben.

Tulpen, einst kostbares Spekulationsgut, jetzt ohne irgendeinen Marktwert, werden mit Planierraupen gepflückt, zu Deponien verfrachtet und geschreddert.

Tagessonate 4.5

In Schweden bahnt sich ein Kurswechsel an.

Und dann der Schrei: »Akryl, Akryl.«

Die Weltenretter sind entzaubert.

Tagessonate 4.6

In einer idealen Welt könnten Bären und Menschen zufrieden aneinander vorbei leben.

Im Winter machte sich dann Erschöpfung breit.

Günstige Zeiten für Unternehmensberater?

Anlässlich ihrer Auszeichnung mit dem Lessing-Preis, am 28. September 1959, schenkte Karl Jaspers Hannah Arendt ein vergoldetes Collier.

Wolfgang Schuller ist in Konstanz gestorben.

Ich bin ihm – es mag bald dreißig Jahre her sein – einige Male in einer losen Berliner Autorenvereinigung begegnet und zählte eine Weile zu den Adressaten seiner diaristischen Reise- und Rundbriefe, Berichte, Kommentare, Glossen, Miszellen und Polemiken eines dem Denkabenteuer verpflichteten Stilisten von Rang.

Als Jurist hatte Schuller über das politische Strafrecht in der DDR promoviert; dann wechselte er hinüber in die Alte Geschichte, habilitierte sich mit einer Studie zum Attischen Seebund und spezialisierte sich auf die Bezirke Sklaverei und Geschlechtergeschichte. Schon früh, als alle anderen es für pure Schwärmerei oder politischen Obskurantismus hielten und mit ihrem Spott nicht zurück, erzählte Schuller gern, habe er von seiner Gewissheit gesprochen, dass der Fall der deutschen Mauer nahe bevorstehe. Lange

Distanzen läuterten eben den diagnostischen Blick des Althistorikers.

Am 3. Oktober 1990 hat Wolfgang Schuller seinen 55. Geburtstag gefeiert.

Tagessonate 4.7

Die zerstückelte Seele hat keine Lust zu singen.

Selbst dem Parteichef war das zu wenig.

Noch vor seinem Medizinstudium schloss er eine Winzerlehre ab.

In Deutschland erblinden jährlich etwa 20.000 Menschen.

Tagessonate 4.8

Man muss sagen, dass Rosenlöcher schäumte, allerdings nicht vor Wut, sondern vor Seife.

Die Spurensicherung suchte in Schutzanzügen nach Hinweisen.

Hinzu kommt ein logistischer und protokollarischer Albtraum für die deutschen Diplomaten.

Der Osterspaziergang als geistige Lebensform. Kirsche und Felsenbirne blühen fanatisch und rücksichtslos; sie kosten ihren kurzen Triumph ganz aus.

Im Park am Biedermannplatz tobt ein nächtlicher Bankenkrieg. Die Bohlen, die den Parkbänken als Rücklehne dienen, werden immer wieder überschrieben: *Nie wider 2015! FCK NZS! FCK AfD!*

Wir studieren täglich die Palimpseste. Welche Partei die Oberhand behält, lässt sich nicht erkennen.

Zu den Künstlerfreunden Hannah Arendts in New York zählte auch der zwanzig Jahre ältere Hermann Broch, der im Ruf stand, ein notorischer Schürzenjäger und Frauenheld zu sein. Hannah Arendt entwaffnete ihn zu Beginn der Bekanntschaft mit dem Satz: »Hermann, lassen Sie mich die Ausnahme sein.«

In ihren moralphilosophischen Vorlesungen insistiert Hannah Arendt darauf, dass mit der Indifferenz, der Weigerung zu urteilen, das Böse beginnt.

Wissen, meinen und urteilen sind drei Modi öffentlicher Argumentation. Wissen beruft sich auf Fakten, die sich überprüfen lassen. Meinen ist ein abwägender, spekulativ spielerischer Umgang mit dem Wissen und steht jedem Subjekt frei. Meinungen können harmlos anmuten oder radikal daherkommen. Aber sie sind allemal billig, denn sie verpflichten den, der sie vertritt, zu nichts. Wenn ich urteile, trete ich aus der Beliebigkeit des Meinungsgetöses heraus und übernehme Verantwortung für mein Sprechen. Urteilskraft ist eine existenzielle und politische Kategorie.

Arendt knüpft bei Kant an: In der »Kritik der reinen Vernunft« heißt es, die Urteilskraft sei »ein besonderes Talent, welches gar nicht belehrt, sondern nur geübt werden will«. Eine Fußnote präzisiert: »Der Mangel an Urteilskraft ist eigentlich das, was man Dummheit nennt, und einem solchen Gebrechen ist gar nicht abzuhelfen.« Nicht unbedingt Verstandesschärfe und Intellektualität führen zu Urteilskraft, auch Herzensbildung kann ein Königsweg sein. So aufgefasst, ist Dummheit kein schichtenspezifisches Phänomen.

Urteilskraft will eingeübt sein und bildet sich als Praxis aus. Wie der Glauben.

So schönes Wetter, und wir immer noch dabei.

Der kleine Papst Franziskus, der seiner Erschöpfung tapfer Paroli bietet, fast allein im Petersdom, zur Ostermesse.

Am unteren Bildrand blendet das ZDF periodisch ein: *Späte Liebe* entfällt.

Tagessonate 4.9

Wer redet ohne Zügel, verdient die erhaltenen Prügel.

Was, bitte, sollte Covid-19 anderes sein, als eine wahabitische Fantasie?

Denn wenige Tage, nachdem ich mein Home-Office im Esszimmer aufgeschlagen hatte und damit immer in seiner Gesellschaft war, hat unser Graupapagei Kalle zum ersten Mal »Scheiße« gesagt.

In Dakar, Senegal, verteilen die Christen nach dem Besuch der Ostermesse traditionell Ngalax-Desserts an muslimische Familien, zum Zeichen der Versöhnung und Verbindung der Religionen. In diesem Jahr geht das nicht.

Stardirigenten, auch hochbetagte, trugen ihre Konzerttermine in einen Zehnjahreskalender ein, las ich vor längerer Zeit verwundert und von der Hybris ein wenig erschüttert. Durch Ruhm und Erfolg mit Unsterblichkeit versiegelte Existenzen, diesem Gebaren nach. Vom Marktwert Getriebene.

Jetzt sind alle Terminkalender, so schnell kann es gehen, obsolet geworden, alle Einträge ausgestrichen und ausradiert. Weiße Seiten vor Quasimodogeniti. Ein Album, das auf einen Autor wartet. Meine Zeit steht in deinen Händen. Der morgige Tag: ein Geschenk, kein Auftrittsdatum.

165 n. Chr. brach, in der Folge des Partherfeldzuges, die Antoninische Pest über das Römische Reich herein, die erste bezeugte Pandemie der Weltgeschichte. Kaiser Marc Aurel setzte sich nach Aquileia ab, damals eine am Meer gelegene Großstadt, und er bestellte den berühmten Arzt Galen dorthin, um mit ihm über die Lage zu beraten.

Wir sind oft mit dem Fahrrad von unserem Hotel in Grado über den künstlichen Deich, der die Lagune quert, nach Aquileia gefahren, zur Basilika aus dem 4. Jahrhundert.

Aquileia ist inzwischen ein friaulisches Kaff, vom Meer zurückgezogen.

Heute von Hamburg so weit entfernt wie die Antike, will es mir scheinen.

Tagessonate 4.10

Ob es ein abgekartetes Spiel oder eine Farce war, bleibt offen.

Als Instrumente dienten unter anderem Sofakissen, Gabeln und eine Schere.

Eigentlich heißt dieses Spiel Bombenentschärfen, in Wahrheit ist es aber eine Art Ganzkörpermikado.

Ein Hilferuf aus dem Schweriner Zoo: Die Insassen begännen sich zu langweilen, weil die Besucher ausblieben. Vor allem bei einem Tiger sei der gesteigerte Missmut augenfällig.

Auch lebenslänglich Internierte bewahren sich ihre spezifische Sehnsucht. Die gesicherte physische Existenz, die Sorglosigkeit, was das tägliche Fressen betrifft, sie sind gewiss elementar – aber eben doch nur ein Teil der Unterhaltung, die wir stark reglementierten Geschöpfe brauchen.

Trump hat sich die Marotte, es einmal mit Nett-Sein versuchen zu wollen, längst wieder aus dem Kopf geschlagen.

Jetzt verzögert sich der Abwurf des Helikoptergeldes – 1200 $ für jeden, Gerechte und Ungerechte –, weil Trump darauf besteht, dass sein Name auf jeden einzelnen Scheck gedruckt wird.

Die Meteorologen prognostizieren mittelfristig kaum Niederschläge; das dritte Dürrejahr in Folge zieht herauf.

Corona ist keine exotische Singularität, kein black swan. Die sich gerade etablierende Expertenzunft der Geoanthropologen weist uns auf die Zusammenhänge eines Weltnotstandes hin. Klimawandel, Artensterben, Vernichtung der Wälder, transkontinentale Virenwanderungen, Pandemiestaffeln – Corona indiziert eine Grundlagenkrise unserer Lebensform, eine systemische Problemlage.

Tagessonate 4.11

Bei zwölf Kindern im Haus ist das Chaos programmiert.

Manche hatten sogar ein Bier mitgebracht, was an diesem bemerkenswerten Tag gewiss auch theologisch zu rechtfertigen war.

Allerdings warten immer noch mehrere Tausend Menschen auf Hilfe, zum Beispiel in Pakistan.

Tagessonate 4.12

Ein starker Charakter ist auch ein Gefängnis.

Und Mäuse, die eine leicht salzige Lösung gefressen hatten, zeigten einen zufriedenen Gesichtsausdruck, der in Ekel umschlug, wenn die Lösung zu viel Salz enthielt.

Die Pandemie sucht einen Autor.

Tagessonate 4.13

Ein solcher Schönheitsfleck in den Gesetzen der Physik muss kurz nach dem Urknall dazu geführt haben, dass die Materie die Überhand gewann.

Wer abtauchen möchte aus der Gegenwart, für den ist »Kindlers Neues Literaturlexikon« ein Ausweg.

Ist die Katze nur noch im Haus, tanzen die Mäuse irgendwann trotzdem auf dem Toilettendeckel.

Tagessonate 4.14

Die Fantasie ist wie ein Pferd ein Fluchttier.

Die Regierung hat seit vergangener Woche 361 Taliban entlassen.

Dieses Ensemble hat nicht nur ein bisschen frischen Wind in die Renaissance-Musik gebracht, sondern einen veritablen Sturm entfacht.

Weder die WHO noch China, der Gott Apoll trägt die Schuld für die Seuche.

Schon bei Homer ist Apoll ein Bogenschütze, dessen Pfeile das Gift der Krankheit in die Welt bringen und verbreiten.

Linksnibelungen. So nannte Paul Celan die Revoltierenden von 1968 samt ihrem latenten Antisemitismus.

Im Februar 2015 betrat Anwar R., ein syrischer Flüchtling, ein deutsches Polizeirevier, um Anzeige gegen unbekannt zu erstatten.

Er fühle sich bedroht, verfolgt, beschattet, und er sei in Syrien ein bedeutender Mann gewesen, Oberst des Geheimdienstes, mit weitreichenden Vollmachten und Befugnissen ausgestattet, um Kriminelle und Volksfeinde erfolgreich verhören zu können. Nun zähle er auf die Loyalität und den Ermittlungsfleiß seiner deutschen Kollegen.

Die deutschen Polizeibeamten horchten auf.

Interessant.

Berichten Sie bitte.

Anwar R. schaute sich in der Wache um, bevor er freimütig und ohne den Anflug eines Schuldbewusstseins zu erzählen begann.

Ziemlich menschenleer hier in der Stube, Anwar R. zwinkerte den Kollegen jovial zu, es gibt wohl gerade viel im Keller zu tun. Befehl sei eben Befehl.

In wenigen Tagen wird am Oberlandesgericht Koblenz der Prozess gegen Anwar R. eröffnet, der erste gegen einen ranghohen Schergen Assads weltweit. Anwar R. wird beschuldigt, zwischen Frühjahr 2011 und September 2012 für mindestens viertausend Folterungen und achtundfünfzig Tötungen verantwortlich gewesen zu sein.

Ihm droht lebenslange Haft.

Tagessonate 4.15

München ohne Oktoberfest, wie soll das gehen?

Nach muslimischer Auffassung wurde während dieser Zeit der Koran von Gott herabgesandt.

So klickt man sich eben durch die Bekenntnisse von Menschen, die wegen Kleinigkeiten völlig die Fassung verloren haben.

Am 21. April 248 n. Chr. feierte die Stadt Rom den eintausendsten Jahrestag ihrer Gründung. Drei Tage und drei Nächte dauerte die imperiale Orgie der ludi saeculares. Tausend Gladiatorenpaare trugen ihre Schaukämpfe auf Leben und Tod aus; keine Wrestlingfarce.

Wilde Tiere wurden erst vorgeführt und dann hingemetzelt: zehn Elche, zweiunddreißig Elefanten, sechs Nilpferde, zehn Tiger, dreißig Leoparden, sechzig Löwen, zehn Giraffen, ein Nashorn.

Es waren die letzten Spiele dieser Art, die Rom erleben sollte.

Heute, am 2772. Jahrestag ihres Bestehens, ist es in der Stadt Rom still und leer. Keine Menschen, keine Bestien. Ein Virus.

Gelegentlich wirft Peter W., Stipendiat in der Villa Massimo, eine digitale Flaschenpost in den Äther.

Tagessonate 4.16

Diese Musik zielt weniger auf den Kopf als auf das Knochenmark.

Die leicht gebogenen, nur wenige hundert Gramm schweren Stöcke flogen in hohem Tempo über das Wasser und trafen die Tiere mit großer Wucht.

So pauschal würde ich das nicht sagen.

Wenn es dunkel ist, im Westen über unserem Balkon: die Venus als großer Abendstern.

Eine neue Spezies erobert rasant Lebensräume, urbane Biotope: die Mundschutzschlange.

In einer Uferstraße in Istanbul gehen vierhundertvierzig Paar Frauenschuhe die Wand hoch. Vierhundertvierzig Paar High-Heels erklimmen eine düstere Fassade, bis in eine Höhe von fünfzehn, zwanzig Metern. Vierhundertvierzig Frauen wurden 2018 von Männern getötet, nicht selten von ihren Männern, Brüdern oder anderen Verwandten. Femizid als traditionelle Familienangelegenheit.

Der Titel der Arbeit des Künstlers Vahit Tuna, *Namenlos,* ist auf einer Marmortafel notiert, die an eine Grabplatte erinnert.

Sehnsucht nach Aquileia und der frühchristlichen Basilika di Poppo mit den Mosaiken aus dem späten dritten und frühen vierten Jahrhundert.

Eine Augenweide. Der gute Hirte, den Krummstab in der Armbeuge, links, die rechte zu einem Segensgruß erhoben, in einer Pose angestrengter Fürsorglichkeit. Das rund und hell gefasste Brustbild eines jungen Mannes, mit lockigem Haar und Blütenkranz, als Sinnbild des Frühlings. Er schaut nach links, keinesfalls unbesorgt. Ein Nest mit Rebhühnern, in ornamentalen Sphären. Ein Zicklein ruht vor einem Korb. Ein Mädchen bietet Brot aus einer Amphore an. Ästhetisch beglaubigte Ansichten einer fragmentierten Pastorale. Hahn und Schildkröte fixieren sich möglichst furchteinflößend; der symbolische Kampf von Licht und Finsternis. Und all die weitläufigen Meeres- und Fischereiszenen, nachträglich christianisiert. Kunstvolle Retuschen und Überschreibungen. Jona wird ins Mosaik geschmuggelt. Bildmanipulation ist auch schon in der Spätantike eine kulturelle Praxis.

Hier sammelte Marc Aurel seine Truppen, um sie gen Norden zu führen, wo Unruhen und barbarische Begehrlichkeiten die Grenzen des Imperiums antasteten. Hierher bestellte der Philosophenkaiser den legendären Arzt Galen, weil die Antoninische Pest, es waren wohl die schwarzen Pocken, im Heer zu wüten begann und die Legionen dezimierte.

Eigentlich wollte sich Galen gerade in seine Heimatstadt Pergamon absetzen, weg vom Epizentrum der Seuche.

Aber dem Ruf des Kaisers musste er Folge leisten.

Der Bankenkrieg im Park am Biedermannplatz tobt weiter.

Tagessonate 4. 17

Wie der erweiterte Mündigkeitsbegriff funktioniert, zeigt vielleicht am schönsten der Abschnitt zum mündigen Konsumenten.

Die Wälder stehen dadurch weiter unter Trockenstress.

Dass mit solchen Verleumdungen Politik gemacht wurde, weiß man, dass der Begriff »Bananenrepublik« hier geprägt wurde, ist weniger bekannt.

Bis in den Anfang des 3. Jahrhunderts hinein war das Christentum eine marginale Sekte im römischen Imperium. Dann verhalf nicht zuletzt eine Pandemie den Anhängern Jesu Christi dazu, unverhofft zur Weltreligion aufzusteigen: die Cyprianische Pest. Sie wütete von 249 an dreizehn Jahre lang und trug gewiss mit ihren Folgen zum Untergang Roms bei.

Cyprian, gebildetes Oberschichtenkind aus Karthago, Rhetoriklehrer von Beruf, wurde 245/246 überraschend Christ; über seine Motive spekuliert man bis heute. Für die Gemeinde ein Geschenk, stieg Cyprian bereits 248 zum Bischof auf.

Gewissheit haben wir nicht. Aber eine mit hinreichender Wahrscheinlichkeit behaftete Hypothese über die Natur der Cyprianischen Pest lautet, es habe sich um Filoviren gehandelt, zoonotische Krankheitserreger, die von Wildtieren stammen, ehe sie von Mensch zu Mensch übertragen werden. Frühe Verwandte des Ebola-Virus.

Von der Pandemie diktierter Ausnahmezustand und Wellen der Christenverfolgung; Versteck, Verbannung und Märtyrertod.

Cyprians Leben und Sterben waren dramatisch. Vor seiner Hinrichtung, am 14. September 258, soll Cyprian der Legende nach dem Scharfrichter fünf Goldstücke geschenkt haben, weil er ihm gleich die Himmelstür öffnen werde. Dann habe sich Cyprian mit eigenen Händen die Augen verbunden und den Kopf geneigt.

Im katholischen Heiligenkalender ist der 16. September Cyprian gewidmet. Die dazugehörende Bauernregel weiß: *An Sankt Cyprian / zieht man oft schon Handschuh an.*

Meteorologische Empirie; keine Infektionsprophylaxe. Wiewohl St. Cyprian als Schutzpatron der Pestkranken gilt.

Die Guten und die Bösen und das Dilemma von Recht und Gerechtigkeit: Der syrische Oberst Anwar R., der seit heute wegen Anstiftung zu Folter und Mord in Koblenz vor Gericht steht, lief offenbar Ende 2012 zur Opposition über und musste selber um sein Leben fürchten, bis er 2014 nach Deutschland entkam.

Assad zu *Russia Today:* Folterkeller? Er wisse nichts von Folterkellern. Warum sollte in seinem Land jemand gefoltert werden?

Tagessonate 4.18

Wenn ein Alkoholiker vom Blitz getroffen am Boden liegt, muss man ihm helfen.

Man sollte meinen, das wäre Grund zum Jubeln – doch so einfach ist es nicht.

Bisher muss niemand sein Vorurteil revidieren, wonach Trump so viel Ahnung von Virologie hat wie ein Wüstenbewohner vom Perlentauchen.

Wie wird es einst in den Büchern stehen, oder in irgendeiner Cloud? Die Covid 19-Pandemie grassierte von 2020 bis 2022. Oder länger?

Die Hoffnung, sich zu irren, stirbt zuletzt.

Der tiefere Frieden im Stadtpark, dem man gern trauen würde. Die Rhododendren stehen kurz vor der Blüte. Der Park parliert mit Vogel- und Menschenstimmen; man versteht sich. Familienidyllen en miniature auf besinnlichen Wiesenstücken. Kein Grillterror. Beschaulichkeit auf Rezept.

Patienten aller Länder, zerreißt die Infektionsketten.

Tagessonate 4.19

Was will ich auf meiner Beerdigung hören?

Die Öffnung der Friseurläden hat für Seneca, ganz klar, keine Priorität.

Puh, da kommt man auch nicht weiter.

Auch die Population der Blaumeisen wird derzeit von einem pandemischen Geschehen heimgesucht. Ornithologen berichten von einem Massensterben; vor allem Männchen seien betroffen. Über Ursachen und Erreger wird noch spekuliert. Ein Verdacht fällt auf infektiöse Aerosole, beispielsweise.

Etwas liegt in der Luft. Es muss nicht immer Malaria, Kaviar oder Corona sein.

So schönes Wetter, und wir immer noch dabei.

Am 10. August 1943 beging Alfred Döblin im kalifornischen Exil seinen 65. Geburtstag.

Zur Feier des Tages versammelten sich etwa zweihundert Gäste in einem Theater in Santa Monica.

Heinrich Mann hielt die Festrede. Bruder Thomas saß in der ersten Reihe. Fritz Kortner und Peter Lorre trugen Texte des Jubilars vor. Blandine Ebinger bezauberte das Auditorium mit Berliner Chansons. Und dann las Alfred Döblin, das vor zwei Jahren zum Katholizismus konvertierte Geburtstagskind, der teils verblüfften, teils brüskierten, illustren Gesellschaft die Leviten: Hitler ist nicht zuletzt deshalb an die Macht gekommen, weil ich Gott nicht suchte.

Bertolt Brecht, ein Virtuose der maliziösen Dialektik, umriss in seinem Arbeitsjournal am 14.8.43, was er für einen traurigen Skandal hielt: »... und am schluß hielt döblin eine rede gegen moralischen relativismus und für feste maße religiöser art, womit er die irreligiösen gefühle der meisten feiernden verletzte. Ein fatales gefühl ergriff die rationaleren zuhörer, etwas von dem verständnisvollen entsetzen über einen mitgefangenen, der den folterungen erlegen ist und nun aussagt ...«

Brecht zählt dann die Schicksalsschläge auf, die seiner Meinung nach zu Döblins religiösem Schwächeanfall geführt hatten: zwei Söhne in Frankreich verloren, Angina pectoris – »(die große bekehrerin)« –, ein 2400-Seiten-Epos und kein Verlag, eine ungewöhnlich dumme und spießige Ehefrau.

Brecht, der notorische Bibelleser, hing einem anthropologischen Realismus an. Er glaubte an das Schlechte im Menschen und nahm sich selbst dabei nicht aus. Damit war der pragmatische Narzisst fein raus, wenn er der Schmeichelei erlag, sobald ihm in Moskau ein Stalinorden winkte.

Für den Fall seines Todes traf Brecht penible Vorkehrungen. Er wollte in einem Stahlsarg beerdigt werden, denn er fürchtete die Würmer mehr als Gott. An den Pfarrer Karl Kleinschmidt schrieb Brecht, den Nachruf betreffend, »Schreiben Sie, dass ich unbequem war und es auch nach meinem Tod zu bleiben gedenke.«

Für die Unbequemlichkeit, die Alfred Döblin an seinem 65. Geburtstag wählte, fehlte Brecht jeder Sinn.

Tagessonate 4. 20

Wer macht wann wieder wo Kunst?

Gesellschaft ist als Rollenspiel auch ein Tanz, ein Maskenball.

Trotz alledem hat man es aber mit einem Naherholungsgebiet zu tun.

Ob schreckliche Diagnose aus dem redensartlich heiteren Himmel, Unglücksfall, Schicksalsschlag – *Warum ich* lautet die so elementare wie sinnlose Frage.

Wäre es nicht angemessen und ein Zeichen von Lebenskunst, jeden neuen Morgen *Warum ich nicht* zu jubeln, *Warum ich noch nicht,* diffus dankbar, und voller Sympathie und Andacht an jene zu denken, denen plötzlich jeder Grund für diesen Ruf abhandengekommen ist?

So schönes Wetter, und wir immer noch dabei.

Ohlsdorf oder Medingen, die Frage nach dem Friedhof ist, wie manche letzte Frage, noch nicht beantwortet.

In seinem eigenen Revier, der Krone einer mächtigen Eiche an der Straße, jagt eine monströs große Krähe ein Eichhörnchen, ohne Erfolg, wie wir erfreut und erleichtert beobachten.

Der amerikanische Althistoriker Kyle Harper und sein Buch »The Fate of Rome. Climate, Disease and the End of an Empire«, 2017 in der Princeton University Press erschienen. Eine weit ausholende Studie, die zur Erklärung des Untergangs Roms neben den üblichen Quellen, Dokumenten und historischen Überlieferungen die natürlichen Archive heranzieht und befragt. Molekulargenetische Befunde. Naturwissenschaftlich basierte Aufschlüsse. So werden Klimaveränderungen und Pandemien, auch und gerade in ihrem Wechselspiel, zu entscheidenden Protagonisten im historischen Geschehen.

Die Hunnen waren bewaffnete Klimaflüchtlinge zu Pferde, heißt es einmal lakonisch über die Horden, die aus den unendlichen Weiten der eurasischen Steppe heranstürmten.

Orbáns Urahnen sind sein Albtraum.

Mit dem Getreide kamen die Ratten, die Flöhe und die Pest.

Die mit dem Namen Justinian verbundene Pandemie, die von der Mitte des 6. Jahrhunderts an um sich griff, stellte der Spezies Mensch in apokalyptischen Tableaus die Möglichkeit ihres Verschwindens drastisch vor Augen.

In Konstantinopel dezimierte die Pest die Bevölkerung um 50–60%.

Menschen fielen, ein Werkzeug in der Hand, tot um. In manchen Häusern faulten Herren und Sklaven ineinander.

Tagessonate 4.21

Von der Philosophie zum Universum, und von da ist es über die effizienten Bienen dann nicht mehr so weit bis zum eigentlichen Geschäft.

Auch Affen fingern sich selbst ständig im Gesicht herum.

In nordkoreanischen Medien hingegen findet sich kein einziges Wort zum Verbleib von Kim Jong-un.

Was derzeit zum Glück nicht zur Debatte steht und man wohl sehr fürchten müsste: eine Volksabstimmung über den richtigen Weg aus der Coronakrise. Entweder konsequenter Lockdown, bis die Seuchengefahr gebannt ist. Oder Aufhebung aller Restriktionen, dieser Kopfgeburten hysterischer Virologen, sofort. Entscheide dich.

In Hannah Arendts entschiedener, das Urteil nicht scheuender Diktion drückt sich im Plebiszit aufs Genaueste die Herrschaft der öffentlichen Meinung aus – und der Tod des Wahlrechts. In »Über die Revolution« heißt es: »Es entsteht erst ein Meinungschaos, das sich fern aller Vernunft unter dem Druck eines außerordentlichen Notstandes in eine Reihe miteinander in bitterster Feindschaft stehender Massenhysterien kristallisiert, die alle nur auf den ›starken Mann‹ warten, der sie endlich erlösen wird, indem er aus ihren Elementen über Nacht jene nicht minder hysterische einstimmige, öffentliche Meinung fabriziert, die der Tod aller Meinungen ist.«

Urlaubssperre. Wir sind auf unabsehbare Zeit in unserem Alltag interniert. Wer Urlaub braucht, lebt falsch – der Satz aus dem Poesiealbum höherer Heimatkunst gewinnt unversehens eine neue Brisanz.

Da kommt Oumuamua vorbei, ein zarter Brocken von Vokalwunder, das erste Objekt aus dem interstellaren Raum, das jemals beim Durchqueren des Sonnensystems beobachtet wurde. Porös und extrem leicht für sein Volumen. Die Konsistenz erinnert an Pulverschnee.

Wenn es wider alle Wahrscheinlichkeit doch ein Raumschiff wäre, das sanft durch das All treibt, wer stiege jetzt nicht gern ein.

Tagessonate 4.22

Zwei Großfamilien haben sich im Landkreis Nienburg eine Schlägerei auf offener Straße geliefert.

Das Gefühl, womöglich ein vergiftetes Geschenk erhalten zu haben, kennen gerade viele der 2,2 Millionen Solo-Selbstständigen in Deutschland.

Vielleicht wäre es einfacher, sie zu verzaubern.

Heute keine Zeitung.
Und keine Zeitkammermusik.

Die Philosophin Lisa Herzog beginnt ihre Dankrede anlässlich einer Preisverleihung mit einer erzählerischen Ansichtssache, einer Urlaubserinnerung. Der Schauplatz ist Saint-Émilion, ein Ort in Frankreich, der, beim Namen genannt, unter Weinliebhabern sofort Geschmacksphantasie evoziert. Dort, so Lisa Herzog, baute man im 11. Jahrhundert eine Kirche ins Kalksteinmassiv, nach dem Vorbild der Grabeskirche in Jerusalem. Und oben, gut sichtbar auf der Felskante, stand der Glockenturm. Bis gegen Ende des 20. Jahrhunderts der Kalkstein plötzlich porös und brüchig wurde und man sich um den Turm zu sorgen anfing. Etwas war in Vergessenheit geraten. Einst durchzogen künstlich angelegte Kanäle den Kalkstein, ein gut kalkuliertes Dränagesystem. So floss das Wasser ab, ohne den Kalkstein zu schädigen und zu schwächen.

Mit der Zeit hatten sich die Kanäle zugesetzt oder wurden auch als natürliche Grabstätten genutzt. So kam es schließlich zu der für den Glockenturm bedrohlichen Situation.

Lisa Herzog billigt den vergessenen Kanälen den Rang einer Metapher zu. Wie und mit Hilfe welcher Symptome spüren wir blinde Flecken unserer ideengeschichtlichen Überlieferungen auf? Welche einst ebenso sinnvollen wie selbstverständlichen Konstellationen sind unserem Gedächtnis entraten?

Hans Blumenberg war ein mit allen Wassern poetischer Mehrdeutigkeit gewaschener und vertrauter Kanalarbeiter zwischen den Distrikten von Philosophie und Literatur.

(Blumenberg und Hegewald – zwei Fundamentalmetaphern, die floraltopografisch und forstästhetisch weit über sich hinausweisen.)

»Blumenbergs Sprachdenken« ist ein Aufsatz des Heidelberger Theologen Philipp Stoellger überschrieben; ihm verdanke ich die Entdeckung einiger Gemmen und den Hinweis auf einen amüsanten Streit: Als Frank Schirrmacher den philosophischen Autor Hans Blumenberg endgültig und kategorisch für die Literatur reklamieren will, widerspricht Jürgen Habermas energisch. In Angelegenheiten der Poesie nicht weniger unmusikalisch als in religiösen Fragen, arbeitet der Feldherr des kommunikativen Handelns am Limes, am terminologischen Bollwerk, das die literarischen Freischärler vom Imperium der Philosophie fernhalten soll.

Das mit dem Limes hat noch nie auf Dauer funktioniert.

»Philosophie ist der Inbegriff von unbeweisbaren und unwiderlegbaren Behauptungen.« – »Dichter beweisen nicht. Darin sind sie den Philosophen nicht unähnlich, obwohl ihre Ausnahmebestimmungen fürs Unbewiesene nicht ganz so streng sind: Wo Verstehen sich nicht einstellt, genügt allemal das Vergnügen. Dieses muss jenes nicht ausschließen, kann es im Hintergrund sogar bereithalten.«

Wahrheit als phänomenologische Methode mit sprachlichen Mitteln; Erkenntnisgewinn in der Gestalt von Sprachgewinn – darauf lässt sich auch ein Dichter, der heute lieber Autor genannt sein möchte, verpflichten.

Wer Angst hat, lebt länger.

Diese türkische Redensart reicht uns Orhan Pamuk weiter.

Der Flieder vorm Fenster blüht unerschrocken.

Tagessonate 4.23

Und irgendwie hat die Krise ihre positiven, oder zumindest interessanten Seiten.

Ein Schimpfwort ist plötzlich ausgestorben: neoliberal.

Ein polnisches Jazzquintett ist ebenfalls gestrandet und beginnt zu spielen.

Wein aus Gaza, lese ich bei Kyle Harper, ist sehr beliebt und in der guten Gesellschaft Roms angesagt: grand cru der Spätantike.

Ursula von der Leyen beziffert die notwendigen Finanzmittel, um die gröbsten Folgeschäden der Covid 19-Pandemie von Europa abzuwenden, auf eine Billion Euro.

Nur die halbe Wahrheit, kommentiert George Soros diese Ansage; eine weitere Billion sei vonnöten, um jetzt dringend gebotene Vorkehrungen wegen der sich abzeichnenden Klimakatastrophe zu treffen.

Und Soros bringt ein interessantes Finanzierungsinstrument ins Spiel, womit sich die EU diese gigantischen Geldmittel beschaffen könnte: Ewige Anleihen. Kredite von unbegrenzter Laufzeit, ohne Rückzahlungsdatum, für die niemand haftet. Es werden nur die vereinbarten Zinsen jährlich fällig. Das Instrument sei nicht neu. So habe Großbritannien bereits 1751 von consolidated annuities, kurz: consols, Gebrauch gemacht, und später, 1870, der US-Kongress, um die Folgelasten des Bürgerkrieges zu schultern.

Es gehe, mahnt Soros, um nicht weniger als den Erhalt der EU und der mit dieser Gemeinschaft verbundenen Zivilisation.

Alle EU-Mitgliedsstaaten billigen den Beschluss, dass die Hilfsprogramme angesichts der Corona-Pandemie auch den Bereichen Kultur und Medien zugutekommen sollen, mit einer einzigen Ausnahme: Ungarn.

Attila Orbán ist sich selbst christliches Abendland genug.

Gewisse Fremdwörter und Fachvokabeln wandern, viral geschmeidig, in den Alltagswortschatz ein.

Zoonotisch, beispielsweise.

Oder der Zytokinsturm, der von den Intensivstationen her weht. Ein immunologisches Extremwettergeschehen, das viele Organe zu verheeren droht. Ein interzellularer Taifun.

Viren sind schlampig in wenigen Fett- und Eiweißmolekülen verpacktes Erbgut pur.

Elementarteilchen der Evolution.

»Gesunde Menschen bestehen aus 10 hoch 12 Zellen, 10 hoch 14 Bakterien und noch hundertmal mehr Viren«, schreibt Karin Mölling in »Viren als Supermacht«. Viren gehören zum Schöpfungsinventar der ersten Stunde; der Mensch ist irgendwann in die Welt der Mikroorganismen eingedrungen, nicht umgekehrt. Möllings Weltbefund: 10 hoch 33 Viren, 10 hoch 31 Bakterien, 10 hoch 10 Menschen.

Tagessonate 5.1

Da bin ich ein wenig befangen, ich habe selbst ein Läuseshampoo entwickelt.

Aber vielleicht ist die Frage, ob Donald Trump eine zweite Amtszeit bekommt, gar nicht die wichtigste.

Um Autofahren und Essen aber nicht ständig zu verwechseln, spricht man hier von einem »Fünf-Gänge-Menu«, dort hingegen von einem »Fünf-Gang-Getriebe«.

»Ich denke ja gar nichts, ich sage es ja nur.«

Ödon von Horvath hat die Formel geprägt, die den alltäglichen Verbalmeteorismus und seine selten geruchlosen Frontensysteme umschreibt. Übel Riechendes, oft syntaktisch defekt und semantisch debil, weht, wo es will. Flatulenz als Anomalie und Kommunikationsmethode.

Faultiere furzen nicht. Sie atmen überflüssige Gase aus.

Heringe modellieren schlichte Botschaften mit ihrer Abluft.

Schlangen schlagen Feinde mit kalkulierten Furz-Explosionen Knall auf Fall in die Flucht.

Der Elefant galt den alten Chinesen als das Tier der Schrift. Sie leiteten diese Deutung davon ab, dass er seine Lider so träge bewegt. Vermutlich seien die Augendeckel innen beschriftet, und der Elefant lese, wenn er die Augen schließt, was da geschrieben stehe.

Cicero war vehement dagegen, dass Elefanten bei Gladiatorenkämpfen zum Einsatz kämen.

Tagessonate 5.2

Absetzen, kaltstellen, ignorieren, das reicht.

Krankenkassen dürfen keine Kosten für eine Barthaarentfernung in einem Kosmetikstudio übernehmen – auch nicht für Transsexuelle.

Dennoch wird der Vorstoß Spuren hinterlassen.

Wenn im Mai die Bienen schwärmen, wird der Bauer vor Freude lärmen.

Politikertraum: Ein Konzept gegen die Covid 19-Pandemie, das auf einen Bierdackel passt, mit dem wir, ohne auch nur an eine Leine zu denken, jubilierend ins Freie stürmen, um in der nächstbesten Gartenwirtschaft einzukehren. (Wie viele Kater passen auf einen Bierdackel?)

Tagessätze enden mit einem springenden Punkt.

Altersweisheiten und andere Ansichtssachen: Sanfte Gesichtsbräune, leger, mit Glücks- und Lachfalten verbrämte Züge, sportlich auf die Enkel herablächelnd, unterwegs vom Halbmarathon zur Weinverkostung – so wurden wir, ewig junge Alte, vor kurzem noch als Konsumenten oder Wähler umschwärmt.

Nun, eine Mutation im öffentlichen Wahrnehmungsbild später, erscheinen wir als die Vulnerablen und gehören der Risikogruppe an.

Das Jahr 1975 hatte es, parodistisch gesehen, in sich.

Und Computer- und Handybenutzer wissen: Updates machen nicht immer alles besser.

So wird aus Geschäftssinn Zeitgeist.

Auf dem Balkon beginnen sich die Blütenknospen des Rhododendrons zu öffnen. Ein kräftiges Rot erscheint, teils noch unterdrückte, teils schon befreite Pracht, flüchtig und schön. Bald werden sich die Blütenblätter, ohne Formzwang, in einem wässrigen Blassrot zeigen.

Etwas ändert sich, ohne dass es sich fassen lässt. Wir leben weiter, als sei alles beim Alten geblieben. Es handelt sich eher um eine atmosphärische Eintrübung als um einen Putsch oder eine andere grobschlächtige Art des Umsturzes. Haarrisse in den Fundamenten der Lebenswelt, mikrotektonische Verwerfungen. Das Begehren nach Distanz, Privatheit und Differenz wird zum Symptom.

Als seien Heuschreckenschwärme über sie hergefallen: die Sprachfelder kahlgefressen, Hauptsatz-Halbwüsten, wohin man liest. Syntaktische Einfalt. Wer abschweift, macht sich verdächtig. Der Hang zur ambivalenten Fülle, zum semantischen Überfluss oder zur Arabeske gilt weniger als ein Ausdruck von Reichtum, eher als ein Hinweis auf einen kulturgenetischen Defekt.

Es fängt bei vermeintlich beiläufigen Phänomenen wie Tonfall, Takt und Etikette an.

Von dieser bedrohlich-ungreifbaren Entwicklung handelt Cécile Wajsbrots Buch »Zerstörung«, falls die Kategorie *Handlung* überhaupt zutrifft. Es nennt sich Roman, ließe sich aber auch als Denktagebuch rubrizieren. Prosatableaus, durch merkwürdige Filter entfärbt, ganz in Sepia und Grau. Ambitioniert in den Hallraum des Kulturkreises gerückt.

Zerstörung hört sich, auch wenn der oder die Urheber nicht auszumachen sind, nach einem intentionalen Geschehen an. Ich lese das, gelegentlich in Abstraktionen oder manifestartigen Passagen sich verlaufende, Protokoll einer Verstörung, die sich wie ein Medium einer Person bemächtigt. Und die abgründige Frage nach der Selbstbeteiligung glimmt hin und wieder auf.

Was für ein Verfassungsglück wir haben: Das deutsche Grundgesetz kennt keinen Ausnahmezustand, nur Ausnahmeregeln. Und es setzt im Fall einer für die ganze Gesellschaft existenziellen Krise auf kontrollierte Grundrechtsschranken. Zu dem vielzitierten Artikel 1, der die Würde des Menschen für unantastbar erklärt, gehört auch Artikel 79, Absatz 3, des Grundgesetzes, die sogenannte Ewigkeitsklausel. Sie besagt, dass auch keine Verfassungsänderung die Prinzipien des demokratischen, freiheitlichen und sozialen Staatsaufbaus und der Gewaltenteilung tangieren oder gar suspendieren darf.

Fassadenpoesie in der Beethovenstraße, kurz vor dem Biedermannplatz:

MILO
FIEL
SPINAT

Tagessonate 5.4

Ende April schlugen die Kartoffelbauern Alarm: Ihr Verband mit dem schönen Namen *Belgapom* rief dazu auf, mindestens zweimal pro Woche Pommes zu essen.

Sie stellten auch Schusswaffen und eine Geldzählmaschine sicher.

Der Mülleimer ist voll mit den Überbleibseln sehr vieler Corona-Mähnen.

Seit Viktor Attila Orbán am 30. März den nationalen Notstand ausgerufen hat, erließ er bereits 115 Dekrete, die den Datenschutz, die Bürgerrechte und die Rechtsstaatlichkeit an sich beschränken.

Erlaubt werden, beispielsweise, der willkürliche Umgang mit Untersuchungsgefangenen, die Suspendierung der

Europäischen Datenschutzordnung, Polizeibefugnisse für das Militär und die militärische Überwachung systemrelevanter Unternehmen.

Gábor Halmai, der als Verfassungsrechtler am Europäischen Hochschulinstitut in Fiesole lehrt, erklärt ohne Umschweife, dass Orbán inzwischen als Diktator regiere. Er sei der alleinige Richter seines eigenen Gesetzes.

Und die EU? Sieht keine gravierenden Grundrechtsverletzungen. Business as usual. Etwas verändert sich. Nichts geschieht. Zerstörung.

Tagessonate 5.5

Der kleine Mann aus Aachen wird gern mal unterschätzt.

Das führt dann meist zu sehr viel Leid.

An Verdächtigen mangelt es nicht, da der Tote nicht sonderlich beliebt war.

Im Wald, im Holzhaus; Autohermeneutik aus der Quarantäne.

Michael Krüger, einst Verleger, einst Akademiepräsident, Autor, ist an Leukämie erkrankt. Und lebt, nach einer Therapie, die sein Immunsystem auf Null gestellt hat, streng isoliert in einem Holzhaus am Rande eines Dorfes in der Nähe des Starnberger Sees. Von dort verschickt er via SZ-Magazin wöchentlich eine lyrische Flaschenpost, ein existenzielles Kassiber.

In Lieferung 5 entdecke ich den formelhaften Lehrvers: »Man kann sein Leben nicht verstehen.«

Was könnte das heißen: sein Leben verstehen? Erkenntnisschock? Erlösungsprämie? Epistemologischer Hauptgewinn? Ankunft auf dem Hochplateau angemessener Selbstbewunderung?

Hülfe einem der Ertrag dieses hermeneutischen Kunststücks wirklich, oder wozu wäre er gut?

Haben wir uns verstanden! Da schwingt immer, zumindest latent, eine Drohung mit.

Mit Theodor Lessing gesprochen: Lebensgeschichte als Sinngebung des Sinnlosen.

Denken, Erzählen und Glauben als Aggregatzustände der Selbsterkenntnis.
Eine naheliegende, durch inflationären Gebrauch abgewetzte Metapher hat nicht ausgedient: die Rede vom Geschenk des Lebens. Geschenke fallen uns zu, von außen und anderen her. Geschenke können beglücken, enttäuschen, befremden, beleidigen, kränken, entzücken, an ihrem Wert zweifeln lassen, überraschen, vergiftet sein und alles Mögliche mehr.

Nur selbstverständlich ist ein Geschenk nie. Mögen wir auch noch so sehr mit ihm rechnen.

»Man kann sein Leben nicht verstehen.«

Wählt der todkranke, poesiekundige Michael Krüger die Assonanz zum elegisch-suggestiven Rilke-Sound?

»Wer spricht von Siegen? Überstehn ist alles.«

So endet Rilkes Gedicht »Requiem« aus dem Jahr 1908. Es gedenkt des hoch empfindsamen Künstlerkindes Wolf Graf von Kalckreuth aus Weimar, das trotz seiner musischen Neigungen glaubte, die Militärlaufbahn wählen zu müssen, und sich wenige Tage nach seinem Dienstantritt neunzehnjährig im Bett erschossen hat.

»Man kann sein Leben nicht verstehen.«

So schönes Wetter, und wir immer noch dabei.

Am 27. März 1908 starb nach einem Schlaganfall Bürgermeister Johann Georg Mönckeberg, im Alter von achtundsechzig Jahren.

U. und ich, wir unternehmen eine Fahrradtour zum Ohlsdorfer Friedhof und machen auf einer Bank vor der Grabreihe der Mönckebergs Rast; Picknick mit Käsekuchenmuffins und Apfelsaftschorle.

Juristen, Theologen, ein Pathologe, der laut einer Inschrift am Grabstein sein ganzes Leben glücklich gewesen sei.

Johann Georg Mönckeberg, Pastorensohn, Jurist, Lutheraner, neunfacher Vater, Senator und Bürgermeister, soll ein glänzender Redner und sehr scheu zugleich gewesen sein. Er sei meist gesenkten Kopfes zum Rathaus gegangen, um nicht fremde Grüße erwidern zu müssen.

Mönckeberg habe Bürgerstolz und Kaisertreue zu verbinden gewusst und Hamburg zur Weltstadt gemacht. In seiner Amtszeit verdoppelte sich die Einwohnerzahl von 400.000 auf 800.000.

Dass nach seinem Willen auch Ungetauften das Berufsbeamtentum offenstand, vergaßen ihm die Juden nicht.

Er trat dafür ein, dass Mädchen das Realgymnasium besuchen und Frauen eine außerhäusliche Beschäftigung annehmen durften.

Und 1905 stemmte sich Mönckeberg gegen eine Einschränkung des Wahlrechts zugunsten der Besserverdienenden; das behielt die SPD anerkennend im Gedächtnis.

Tagessonate 5.6

Wiederholt sich diese Horrorzeit?

Schaumweine aus der Ukraine gelten da als notorisch.

Dabei wäre doch gerade ein ungebügeltes Hemd – als Knüller – erwähnenswert gewesen.

Dass die chinesischen Kommunisten nicht gezögert haben, einen Gastbeitrag des EU-Botschafters in China in der staatlichen *China Daily* zu zensieren, indem sie einen Halbsatz strichen, der auf die chinesische Herkunft des Corona-Virus hinwies, kann niemanden überraschen, der es je mit Kommunisten zu tun hatte.

Das wirklich Empörende ist der Kotau des europäischen Diplomaten: Statt den Beitrag ganz zurückzuziehen, willigte er in den Abdruck der zensierten Version ein.

Und gleich noch eine Meldung aus der schönen neuen Medienwelt: Karin Kneissl – zur Erinnerung: einst österreichische Außenministerin für die FPÖ – hat bei dem staatlichen russischen Medienkonzern RT angeheuert und schreibt nun Kolumnen für *Russia Today.* Unvergessen und unvergesslich der tiefe Knicks, den Karin Kneissl vor Putin vollführte, FPÖ-Sympathisant, Ehrengast und Walzer-Gigolo bei KKs Hochzeit.

In einigen Kübeln auf dem Balkon blüht gelb der Islandmohn. Vögel haben ihn eingeschleppt; ein schönes Geschenk der ungebetenen Gäste.

Impfgegner, Volkshygieniker, Verschwörungsdebile, Sozialparanoiker, Rassisten, Nebenerwerbscharismatiker, Geltungssüchtige, Gewalttäter, personifizierte Wind- und Sturmbeutel, Nazimob, Verwirrte, Reichskleinbürger – Cluster des Schwachsinns und der Niedertracht allenthalben. Antisemitismus mit großem Infektionspotenzial liegt in der Luft.

Der Deutschen liebste Vornamen: Hanna und Noah.

Wie mit Verschwörungsinsassen reden?
Die aus ihrem perfekt abgedichteten und isolierten Wahngehäuse selig überlegen auf uns herablächeln, die wir uns mit Komplexität und Ambivalenz plagen, ohne dass je ein Ende in Sicht wäre?

Und neben diesen milden Fällen gibt es auch noch die Missionsrabiaten.

Ein Fachmann aus Tübingen empfiehlt ein Hausmittel, das er *einladende Rhetorik* nennt. Sanftes Entgegenkommen, geduldige Sachkunde, bloß keine Konfrontation.

Na dann: Schöne Grüße nach Tübingen, und viel Spaß noch.

Vielleicht war es ein mentaler Schwächeanfall, eine Koinzidenz von Nostalgie, politischem Unmut und Langeweile. Ich habe vor einiger Zeit eine E-Mail an den amtierenden sächsischen Ministerpräsidenten geschrieben. Dass ich meine Zeilen an ihn – und nicht an Angela Merkel, Annegret Kramp-Karrenbauer oder Ursula von der Leyen adressiert habe, hat einen merkwürdigen und wohl auch von Sentimentalität imprägnierten Grund. Er wohnt, wie ich hörte, in Dresden-Klotzsche. Da komme ich her, das ist die Landschaft meiner Kindheit.

Als steigerte dieser Umstand seine Ansprechbarkeit, meine Chancen, gehört zu werden.

Gegenstand meines Schreibens war die Bitte, der Ministerpräsident möge, im Bundesvorstand der CDU oder wo auch immer, sein ganzes politisches Gewicht in die Waagschale werfen, damit Viktor Orbán – dem pannonischen Provinzdiktator und Karpatenbeckenreiniger von eigenen Gnaden; so habe ich mich Herrn Kretschmer gegenüber allerdings nicht ausgedrückt – endlich das autokratische Handwerk gelegt und seine Fidesz aus der Gruppe der Europäischen Volksparteien ausgeschlossen werde. Das Zaudern und Zögern und Taktieren der CDU sei inzwischen unerträglich.

Und ich berichtete Herrn Ministerpräsidenten Kretschmer von meinem ungarischen Brieffreund András. Unsere Korrespondenz begann etwa 1966, da waren wir vierzehn Jahre alt, und schon bald begannen wir, uns in den Sommerferien zu besuchen. In Budapest, damals für einen ostzonalen Halbwüchsigen die einzige erreichbare Weltstadt, mit Antiquariaten, die deutsche Taschenbücher von Albert Camus, Siegfried Lenz und Franz Kafka im Angebot hatten. Und in Dresden-Klotzsche. Was ich erst allmählich begriff: Es war eine jüdische Familie, die mich herzlich wie ein eigenes Kind bei sich aufnahm. Die Mutter hatte Dachau überlebt, der Vater Bergen-Belsen. András, einziger und ängstlich gehüteter Sohn, sollte Fremdsprachen lernen, das A und O für ein jüdisches Kind in Ungarn, um sich notfalls in Sicherheit bringen zu können. Sein Englisch polierte er in Sommerkursen an der amerikanischen Ostküste auf. Ich registrierte diese für mich damals unvorstellbare Möglichkeit mit traurigem Neid.

Und nun seien, unter Orbán, faschistische Autoren wieder Pflichtlektüre an ungarischen Schulen, schrieb ich an Herrn Ministerpräsidenten Kretschmer in Klotzsche, wo mich András gern und oft besucht hat.

Tagessonate 5.7

Wer jemals mit Wasserbomben gespielt hat, weiß, dass Ballone, die mit einer Flüssigkeit gefüllt sind, beim Aufprall platzen.

Die Bürger, last but not least, wissen kaum noch, was gelten soll – und machen im Wesentlichen, was sie wollen.

Dadurch sank die Schneefallgrenze auf bis zu 600 Meter.

Es ist eine gute Woche her, da erschien mir Daniel Kehlmann im Feuilleton meiner Süddeutschen, in Gestalt eines ganzseitigen Gespräches; zur Corona-Krise, wozu sonst.

Meine Ansichten mögen sich gelegentlich in Nuancen von seinen unterscheiden. Aber DK argumentiert klug, differenziert und souverän, wie meist.

Wir kennen uns seit Jahrzehnten. »Beerholms Vorstellung«, das Romandebüt eines Zweiundzwanzigjährigen, hatte mich hingerissen. Eine gemeinsame Einladung ins *Literarische Café* des NDR in Hannover wurde zu einer ersten Begegnung; wir begannen zu korrespondieren und trafen uns gelegentlich wieder. Der literarische Scharfsinn und das Urteilsvermögen des dreiundzwanzig Jahre Jüngeren nahmen mich für ihn ein, auch wenn gelegentlich ein Stich ins Altkluge schwer zu überhören war. Gern denke ich an unsere Gespräche im Café Central in St. Georg zurück. Wir schwärmten präzise, wie es der Poesie angemessen ist.

DK folgte meiner Einladung ins Pfarrhaus zu Barum bei Bad Bevensen und las in der bis auf den letzten Platz besetzten Dorfkirche aus »Die Vermessung der Welt«, während draußen die Verkaufszahlen durch die Decke rauschten.

Widmungen helfen der Erinnerung auf: »nach einem schönen Gespräch im Gotteshaus –, 1.2.06«, finde ich in meinem Leseexemplar.

Der Rest ist literarische Astronomiegeschichte. Ein Stern erscheint am Firmament. Wie jede Kastenzugehörigkeit hat auch die des Ruhms ihre eigene Logik und ihren Preis. Wir sahen uns seltener, und mit der Zeit blieben auch meine Briefe und Zurufe ohne Antwort. Die Lebenswelten berührten sich nicht mehr.

Vielleicht war es ein Ortshinweis am Rande des Interviews mit DK, vergangene Woche in der Süddeutschen, der meinen spontanen Entschluss auslöste, es abermals mit einem Lebens- und Lesezeichen zu versuchen.

DK, so las ich, hat in Zeiten der Pandemie mit seiner Familie in Montauk auf Long Island Zuflucht gesucht.

Dort haben wir, U. und ich, im Frühsommer 2018 eine gute Zeit verbracht. Einmal, bei dem für die Kirchgänger obligatorischen Lunch nach dem sonntäglichen Gottesdienst, berichtete uns der Ortspfarrer, dass sich die Einheimischen die Lebenshaltungskosten bald nicht mehr leisten könnten, weil die reichen New Yorker die Preise verdürben. Der Sylt-Effekt.

(»Klassiker sind blinde Flecken im Auge des Betrachters«, notierte einst, anlässlich einer Hopper-Ausstellung, Wilfried Wiegand, wie ich heute in einem Nachruf auf den Kunstkritiker und langjährigen Feuilletonchef der FAZ lese. Diese Erfahrung wurde mir in Montauk zuteil, wo ich die gleichnamige Erzählung von Max Frisch wieder las. Ich erschrak: Wer bin ich gewesen, um 1980 in Leipzig, dem dieses Buch, dessen Wortlaut sich angeblich nicht geändert hat, damals gefiel?!)

Ich schrieb DK eine knappe Mail.

Dabei ist es geblieben.

Tagessonate 5.8

Tatsächlich stand eines Abends im März der Elefant im Raum.

Fleischpreise müssen endlich fair kalkuliert werden.

Wer das nicht will, muss die Kunst der Langsamkeit üben.

F., mein Neffe und mein Patenkind, ist vor zwölf Tagen einunddreißig Jahre alt geworden.

Wir haben ihm zum Geburtstag geschrieben und gratuliert, an ihn gedacht.

Am 24. September 1983, da war ich einunddreißig Jahre alt, habe ich das Weite gesucht und bin ausgereist, von Leipzig nach Hamburg. Ein elementares Freiheitsdatum meiner Lebensgeschichte.

Als Daniel Kehlmann – Jahrgang 1975 wie Sachsens Ministerpräsident Kretschmer – im Pfarr- und Gotteshaus in Barum zu Gast war und gelesen hat, war er einunddreißig.

Manchmal gefällt es einem, Zufälle ohne Bedeutung Revue passieren zu lassen.

F. hat als Kind viel Zeit bei und mit uns verbracht; wir sind häufig gemeinsam gereist. Seine Mutter, damals alleinerziehend, hat ihn uns gern anvertraut.

Ende März 1994 auf Malta, außer ihm begleitete uns auch seine Großmutter, war F. noch keine fünf Jahre alt. Zwei mehrwöchige Fahrradtouren von Bremerhaven aus, mit den Zielen Texel und Terschelling. Eine weitere, letzte, 2002, von Fehmarn nach Kopenhagen. Tübingen am Schönbuchrand; Goldersbach und Kloster Bebenhausen. Das Sommerhaus am Rio Minho, im Norden Portugals. Das Kind, das endlich schläft, die Ohrmuscheln von Mückenstichen gesäumt.

Heute lebt F. in Winterhude, von uns in Barmbek-Süd nur einen metaphorischen Steinwurf entfernt. Auf einem anderen Kontinent. Es ist nichts vorgefallen. Es fehlen nur die Brücken.

Überbordend zelebrierte Herzlichkeit auf den Familienfesten. Ein gepresstes Parlando. Tiefes Schweigen; spontane Hilfsbereitschaft. Eine grundlose, abgründige Fremdheit, gegen die meine erinnerungssatten Gefühle vergeblich anrennen.

Bis heute hat niemand geantwortet.

Weder der in Klotzsche ansässige Ministerpräsident Michael Kretschmer auf meine E-Mail, Victor Orbán betreffend. Noch Daniel Kehlmann aus Montauk. Auch F. nicht, auf unsere Glückwünsche hin.

Was habe ich erwartet? Was bilde ich mir ein? Vermisse ich etwas, das sonst keinem mehr fehlt? Sickert Alterssentimentalität in mein Bewusstsein ein?

Oder beginnt da, mit der Regression der alltäglichen Umgangsformen, den Schwundstufen der Höflichkeit, der feinstofflichen Gesamtverwahrlosung, gesellschaftlich oder privat, die Zerstörung, von deren subtiler Totalität Cécile Wajsbrot in ihrem Buch berichtet?

Tagessonate 5.9

Kinder aus benachteiligten Familien verlieren den Anschluss.

Das Gebiss nämlich ist häufig verschollen.

An der guten Luft und der in der DDR erlernten Widerborstigkeit müsse das liegen, meinten Einheimische freudig.

Ich sorge, mit einer Generalvollmacht versehen, so gut ich kann, für meine hochbetagte Tante Gi. Für sie rief ich kürzlich wegen einer Auskunft bei der zuständigen Pflegeversicherung an. Gut gelaunt, weil sich eine Mitarbeiterin meldete, ohne dass ich lange in einer Warteschlaufe ausharren musste, brachte ich mein Anliegen vor. Und die sachkundige Frau beantwortete freundlich und zu meiner vollen Zufriedenheit meine Frage, bis sie sich plötzlich selbst ins Wort fiel und sich dafür entschuldigte, so unkonzentriert zu sein, was mir bislang gar nicht aufgefallen war. Sie habe, erklärte mir die Versicherungssachbearbeiterin, schlecht geschlafen, eigentlich fast die ganze Nacht wach gelegen, weil es in der Nachbarwohnung so laut zugegangen sei. Das Paar nebenan habe erst vor kurzem geheiratet.

Ich bedankte mich für die Auskunft und wünschte der Übernächtigten, leicht verwirrt und verlegen, gute Besserung.

Ein Erkennungszeichen? Ein Abwehrzauber?

Etliche der Protestierenden auf den Anti-Corona-Demonstrationen tragen eine Kette oder ein Band um den Hals, und daran eine Stanniolkugel.

Ein Reporter erkundigt sich bei einer so geschmückten Teilnehmerin, was es zu bedeuten habe. Eine Querdenkerbommel, trompetet die Angesprochene mit kaum verhohlenem Stolz ins Mikro, damit zeigen Leute wie sie gut sichtbar an, dass sie weiterhin ihr eigenes Hirn einschalten.

Ludwig Wittgenstein: »Seltsamer Zufall, dass alle die Menschen, deren Schädel man geöffnet hat, ein Gehirn hatten.«

Tagessonate 5.10

Der Schillerkragen blieb stets weit offen.

Erst als am Telefon das Wort Baumarkt fiel, kam Bewegung in die Sache.

Denn jeder Luftzug vertreibt das Virus und verdünnt den Nebel.

Es geschah in Kansas, dass ein Virus von einem Schwein auf einen Menschen übersprang, den Urpatienten. Was daraus und darauf folgte, ging als Spanische Grippe in die Geschichte ein. Sie wütete nach dem Ersten Weltkrieg und hätte auch Amerikanische Grippe genannt werden können.

Sie ist, wie nicht wenige Menschen, dem Alkohol zugetan und verliert nach übermäßigem Konsum von Vergorenem das Gleichgewicht und gerät ins Trudeln. Und sie reagiert stark auf Schlafentzug und Schlafstörungen, wie wir Menschen auch. Willkommen in der Familie, kleine Taufliege, Drosophila melanogaster.

Biologen halten Schlaf für eine evolutionäre Wohltat, die das Gehirn flexibel und anpassungsfähig erhält.

Schlafen deshalb die Ungerechten besonders gut?

Tagessonate 5.11

Wenn Gott einen Stuhl entworfen hätte, dann sähe er vermutlich so aus.

Die stehenden Ovationen halten ebenfalls die Stellung, obwohl sie eine sprachliche Zumutung sind.

Oft so laut, dass sie krank machen.

Das Magazin GEO, es verquickt opulente Weltanschauung mit Sehnsucht und Fernweh, und es lockt versprengte Leser ins Abo – oder Abonnenten, die neue Abonnenten rekrutieren; so genau weiß ich das gerade nicht –: mit einer Prämie in Gestalt eines Reisetaschen-Sets.

Wann habe ich das letzte Mal Mitleid mit einer Werbekampagne gehabt?

Jenseits der vernünftigen Restriktionen und des für unsereinen luxuriösen Hausarrestes, der gebotenen und selbst auferlegten Einschränkungen – etwas ist beschädigt und lädiert. Selbst wenn das öffentliche Leben nach ausgestandener Gefahr dem Anschein nach wieder beim Alten wäre, stellte es sich doch so rasch nicht wieder ein. Die Bereitschaft und die Fähigkeit, ausgelassen und unbeschwert zu sein.

Fromme Wünsche haben keine gute Presse und machen sich vermutlich so leicht lächerlich wie unzeitgemäße Werbegeschenke. Ach, gäbe es doch ein nichtregressives Gottvertrauen.

Auch wenn er es im Namen führt: Endlich, zum Glück, lange genug hat es gedauert, hat ihn das Glück verlassen. Félicien Kabuga, der Schlächter von Ruanda, wurde am Rande von Paris verhaftet.

Ihm genügte es nicht, der reichste Mann im Lande zu sein, er, ein Hutu, setzte alles daran, die Tutsi auszurotten. Er orderte hunderttausende Macheten und rüstete die von ihm finanzierten Mörderbanden damit aus. Sein Sender, das *Freie Radio der Tausend Hügel*, fachte die Mordlust an. – Ist der pompöse Name des Senders ein Indiz dafür, dass Kabuga, wie sein Kollege Karadžić auch, Ambitionen als Lyriker hatte? –

»Hier ist *Radio Libre Mille Collines*. Die Gräben sind erst zur Hälfte mit Tutsi-Leichen gefüllt, helft mit, sie aufzufüllen.« Frühjahr 1994

Was folgte: 800.000–1 Million Ermordete.

Der Familiensinn ist dem Völkermörder Kabuga zum Verhängnis geworden. Durch den Kontakt zu seinen Kindern ist er aufgeflogen.

Tagessonate 5.12

Mit Hilferufen aus dem Schaufenster hat ein Mann auf sich aufmerksam gemacht, der in einer Drogerie eingeschlossen war.

Sollten tatsächlich Milliarden Menschen in aller Welt zugeschaut haben, dürften sich viele von ihnen ziemlich gewundert haben.

Publikum und Orchester bilden ja gleich seuchenfördernde Menschenklumpungen.

Bin ich mir sicher, was mit mir geschehen soll, falls ich mich anstecke?

Schuldt am Telefon: Er warne vor der Intubation. Die Folgen seien schrecklich, und die Wahrscheinlichkeit zu sterben ist hoch. Seine Version: Mit einer Sauerstoffmaske auf dem Bauch liegen, sei in Ordnung. Wenn das nicht mehr hinreiche: Palliativversorgung; Morphium & abkratzen.

Ohlsdorf oder Medingen: Nichts ist entschieden.

Für Ohlsdorf allein den Superlativ – mit etwa 390 Hektar der größte Parkfriedhof Europas oder gar der Welt – als Trumpfkarte auszuspielen, ist billig und prahlerisch. Aber sind nicht die Rosenbäume, es sollen 36.000 Rhododendren sein, viele an die hundert Jahre alt, überwältigend blühende Argumente, eine Fürsprache ökoästhetisch-eschatologischer Art?

Noch schöner blüht sonst nur Unsinn.

Michel Piccoli ist gestorben, vierundneunzig Jahre alt.

Mich faszinieren seine Reflexionen über die eigene Profession, ihre Aporien und Konsequenzen. Er hat über die Rolle nachgedacht, eine Rolle zu spielen. Ohne das Bewusstsein, dass dies immer auch eine Farce sei, schien es ihm unmöglich. Seiner Selbstwahrnehmung als Schauspieler entspreche am besten die italienische Wendung *io faccio l'attore.* Nicht: ich bin Schauspieler, sondern: ich mache einen auf – zu Ende gedacht: wie eine Marionette spielen.

Auratisches Künstlerpathos und artistische Unverschämtheit bekommen Risse und Sprünge, und die Komik des Rollenspiels wird graziös.

Ich bin Schriftsteller.

Ich schreibe, als sei ich Schriftsteller.

Die Komik der Inkongruenz gehört zum Spiel und riegelt es gegen falsche Feierlichkeit und antiquierten Triumphalismus ab.

Tagessonate 5.13

Schutt und Staub und ziemlich viel Wut sind zurückgeblieben vom Kampf um Albaniens Nationaltheater.

Das klingt ein bisschen nach kultureller Kriegswirtschaft.

Spricht man in diesen Tagen mit Verfassungsschützern, ist ihnen die Überraschung noch anzumerken.

A., der im Haus über uns wohnt und mit dem wir in freundlicher Nachbarschaft verbunden sind, Ästhet, versierter Kunsthandwerker, Putzmachereihistoriker und eigensinniger Leser, gibt sich als Rhododendronhasser zu erkennen: Die Spezies habe nichts als schlechte Eigenschaften, sei von hässlicher Erscheinung, lasse den Boden versauern, vertreibe Tiere und habe schon halb Schottland verwüstet.

Von der Blüte kein Wort.

Herr, lehre uns bedenken, dass wir sterben müssen, auf dass wir klug werden.

Der Psalmist drapiert den verkappten Imperativ als Bitte und Gebetsruf von abgründiger Suggestivität.

Scheint in Thomas Manns Lob der Vergänglichkeit auf, worauf die geglückte Lebensklugheit abzielte? Alle Übersetzungsversuche, was Klugheit, im Lichte der eigenen Befristung betrachtet, bedeuten könnte, bleiben heikel und prekär.

Was für eine Gratwanderung, das Zeitliche zu segnen und keine Lebenszeit mit der Angst vor dem Tod zu vergeuden.

Wer das Zeitliche nicht segnet oder segnen mag, gibt eben irgendwann einfach den Löffel ab.

Die Redensart bürgerte sich in einer Zeit ein, als der Löffel noch zum privaten Leibgeschirr zählte. Es war üblich – und unter hygienischen Gesichtspunkten gewiss auch vernünftig – seinen eigenen Löffel immer bei sich zu tragen, am Gürtel etwa. Inventar des persönlichen Kulturbeutels, sozusagen.

Heute gibt man, ob man zuvor das Zeitliche gesegnet hat oder nicht, die elektrische Zahnbürste ab, wenn es soweit ist.

Tagessonate 5.14

Vor allem Paare und Familien gehen zusammen spazieren, bevorzugt im deutschen Wald.

Triumphieren mag niemand, doch die Genugtuung ist schon groß.

Ein Rollerfahrer ist in Unterfranken der Polizei entwischt, weil diese die Verfolgungsjagd wegen eines Motorschadens abbrechen musste.

Hochsommerwetter zu Himmelfahrt. Mit dem Fahrrad von Barmbek-Süd an die Dove-Elbe. Vom Mundsburger Damm an der Alster entlang, durch St. Georg, an den Deichtorhallen vorbei; dann auf dem Fahrradhighway gen Rothenburgsort, zur Tatenberger Schleuse. Am Ufer der Dove-Elbe treffen wir auf ein Strandleben von gedämpfter Ausgelassenheit und nicht lärmender Dankbarkeit. Keine allzu laute Musik. Familien auf Decken, manche haben kleine Zelte aufgeschlagen. Spielende und badende Kinder und Hunde. Schlauchbootvergnügen. Freundliche Freaks richten für Bekannte einen Fährdienst ein, um sie auf ihr Hausboot zu holen.

Wie früher, kommentiert U. diese Szenerie. Uns kommt ein antiquiertes Wort in den Sinn: Sommerfrische. Die Corona-Idylle als Fahrstuhl in die Sechziger.

Der kleine Ulf steckt fest in einem Sommer schwer zu lösender Rätsel.

Man war schon viel optischen Unsinn aus dem Themensegment gewohnt, bevor eine Corona-Mutter aus Kaufbeuren die Nachrichtenseiten eroberte.

Bella Ciao ist bekannt als Protestsong freiheitsliebender Menschen – auch in der Türkei.

Der Philosoph Heiner Hastedt hat sich mit dem Phänomen Korruption befasst. Bei einem Stichwort horche ich sofort auf: Organisationszynismus. Menschen, die sich unfair behandelt oder zu kurz gekommen wähnen, nehmen sich einfach, wovon sie glauben, es stehe ihnen zu. Niemand fühlt sich noch länger für etwas verantwortlich; bald wird der Begriff Verantwortung ganz leer.

Mir fällt ein, wie Michail Prischwin die plötzlich über ein Dorf hereinbrechende Anarchie schildert, bald nach der Revolution von 1917, als die Bolschewiki die Oberhand gewannen. Das Land wird absurd in winzige Parzellen aufgeteilt. Jeder klaut bei jedem und treibt sein Vieh auf eine fremde Weide.

Kommunismus als die Utopie von der vollendeten, makellosen Korruption, die sich als Befreiung ausgibt.

Der Witz hat es immer schon gewusst: Wenn in der Sahara der Kommunismus ausbricht, wird bald der Sand knapp.

Der Schauspieler Matthias Brandt und der Regisseur Christian Petzold tragen in einem gemeinsam verfassten Artikel Michel Piccoli ihre Zuneigung und Bewunderung nach. Sie rühmen seinen Sinn für perfektes Timing, die Balance von präziser Präsenz und kindlicher Selbstvergessenheit – und seine hohe Kunst des Raucherdarstellers. Wenn Piccoli als Schauspieler rauche, so verkörpere er simultan Denken, Atmen und Planen, und es sei nie Ausdruck von Nervosität oder Verlegenheit.

Von Jean Gabin erfahre ich en passant, er sei immer stolz auf seine Auftritte als Telefongesprächsteilnehmer gewesen;

in manche Filme habe er sich extra Telefonszenen schreiben lassen.

Vollends ins Schwärmen geraten Brandt/Petzold, wenn sie davon berichten, wie virtuos beiläufig Piccoli den Zuschauer – oder: das Zuschauen an sich – gemimt habe. Ihm beim Zuschauen zuzuschauen sei höchster Filmgenuss.

Bei Niklas Luhmann habe ich einmal die Formel entdeckt, »Individuum im modernen Sinne ist, wer sein eigenes Beobachten beobachten kann«. Und dann fährt Luhmann fort: »Und wer nicht von selber darauf kommt oder von seinem Therapeuten darauf gebracht wird, hat die Möglichkeit, Romane zu lesen.« Voilà.

Tagessonate 5.16

Niemand braucht Fleisch.

Nicht nur, weil die Neuseeländer vorsichtiger mit Goretex-Invasionen werden.

Derzeit sind überraschenderweise auch graue Gärten modern, nicht diese »Gärten des Grauens« mit Kieselödnis und Plattenordnung, sondern Beete mit Silber-, Weiß- und Grautönen.

Ein guter Titel für ein Wissenschaftsperiodikum: *Chaos. An Interdisciplinary Journal of Nonlinear.*

Gab es je Morddrohungen gegen den in Auschwitz praktizierenden Arzt Josef Mengele? Hätte sich jemand dazu hinreißen lassen, er wäre dem schrecklichen Arzt vermutlich bald als Versuchspatient zugeführt worden.

Kürzlich berichtete der inzwischen als geduldiger Corona-Aufklärer prominent gewordene Virologe Christian Drosten, ein Forscher von skrupulöser Besonnenheit, er sei von Morddrohungen betroffen.

Vor einer Woche erhaschte ich einen Blick auf ein Transparent, das jemand auf einer Demonstration der Corona-Skeptiker in die Höhe hielt. Ein Doppelporträt von Drosten und Mengele als Fotomontage.

Wie erreicht man ein Bewusstsein, das solch eine Gleichsetzung ersinnt. Aber vielleicht handelt es sich um reine Erregungslust.

Ist es mein Mangel an anthropologischer Vorstellungskraft, dass mir dazu nichts einfällt? Sind die Fundamente intrinsischer Vernunft und Herzensbildung ganz und gar geschleift, in einem Zeitalter, da billige, in der Finsternis virtueller Anonymität verbreitete Morddrohungen zum Lieblingshobby eines schichtenübergreifenden Netzpöbels avanciert sind?

Renée Firestone, Jüdin aus Uschhorod, 1924, als sie geboren wurde, slowakisch, seit 1938 ungarisch und heute ukrainisch, wurde 1944 mit ihrer Familie nach Auschwitz deportiert. Im Alter von vierundneunzig Jahren erinnert sie sich, dass Mengele nach einer Untersuchung des Rachens zu ihr gesagt habe: Wenn Sie den Krieg überleben, lassen Sie sich die Mandeln herausnehmen.

Kriegsverbrecher Mengele, nie gefasst und verurteilt, tauchte, vom Netzwerk alter Kameraden unterstützt, erst in Argentinien, dann in Paraguay und Brasilien unter. 1979 ist er, irgendwo vor einer brasilianischen Küste, ersoffen, als ihn beim Schwimmen ein Schlaganfall traf.

Schon 1918, gerade einmal ein Jahr nach der Revolution, berichtet Prischwin in seinem Tagebuch von den desaströsen Folgen: Hunger, Verwahrlosung und Zerstörung allenthalben. In Petersburg verschwinden die Tauben aus dem Straßenbild, weil sie als begehrte Nahrungsmittel gelten.

Ein Medaillon des kreatürlichen Elends, aufbewahrt in Prischwins diaristischen Notizen: die Ansicht eines verzweifelten Hundes als Selbstmörder. Das vor Hunger apathische Tier schleppt sich auf die Gleise und bleibt dort liegen, als die Straßenbahn kommt.

Wo Menschen sind, sind Mäuse und auch Katzen.

Dann wurde hektisch modernisiert, eine Online-Version entwickelt, die Druckerei verkauft, ein Businessplan nach dem anderen entworfen und verworfen.

Der Lärm war so groß, dass die Menschen im Morgengrauen geweckt wurden und dann die Hand nicht mehr vor Augen sahen.

Das Gesetz der Löwen: Schon der Titel der dreiteiligen Tier-Doku aus dem Ruaha-Nationalpark im Herzen Tansanias, aus dem Kapunji-Tal, wo es auch in der Trockenzeit Wasser gibt, spielt auf das Genre des Western an. Heroischer Lakonismus und Trickreichtum unter Fressfeinden. Intuition und Fatum. Familientragödien im Löwenrudel.

Suggestive Filmmusikphrasen und melodramatische Kommentare aus dem Off, gelegentlich im Stakkato oder in elliptischer Verknappung, treiben die Fantasien des Zuschauers leicht an die Abbruchkante des Komischen, im Zentralafrikanischen Graben.

Trauernde Giraffen. Löwen haben eine Artgenossin gerissen, und schon bald ist das große Fressen vorbei. Nach den Löwen haben sich Hyänen und Geier an das Aas gemacht, und es bleiben nur wenige Knochenreste übrig.

Eine Giraffe beginnt, an diesen sterblichen Überresten zu schnuppern, und verfällt dabei in eine Pose der Pietät. Bald stellen sich hinter dem Tier, das seine Nase an den verschmähten Knochenteilen hat, die anderen Giraffen in einer Kondolenzreihe auf, neigen die Köpfe und verharren für einige Augenblicke reglos, ein Inbild animalischer Trauer; keine Form- oder Fassungslosigkeit.

Große Koalition. Eigentlich gehören Paviane ins Beuteschema der Löwen. Anders im Kapunji-Tal. Dort hüten sich die Löwen, einem Pavian etwas zuleide zu tun. Die Paviane revanchieren sich für diese Schonung, indem sie darauf verzichten, sich nähernde Antilopen oder Büffel lautstark vor der Gefahr zu warnen, wie es anderswo Pavianart ist. So werden die Arglosen, vom Wasser angelockt, das es hier das ganze Jahr über gibt, zur leichten Beute für die Löwen. Die Koalitionstreue der Paviane reicht sogar so weit, dass sie durch eine konzertierte Aktion eine hungrige Gepardin vertreiben, die im Revier der Löwen wildern will. Die Gepardin hat bereits eine Antilope zu Boden geworfen und bis zur Besinnungslosigkeit attackiert, als die Affen sie zeternd und tobend in die Flucht schlagen. Von den Pavianen neugierig berührt und am Schwanz gezogen, beginnen die Glieder der Antilope zu zucken, sie schlägt die Augen auf und kommt aus Versehen dieses Mal mit dem Schrecken und dem Leben davon.

Tagessonate 5.18

Weil aber nicht alles finster ist, gibt es auch zu Panikreaktionen keinen Anlass.

Doch auch der Vertrag mit Musikdirektor Christian Thielemann läuft im Herbst aus.

Nachbarn hatten auf einem Grundstück Schüsse und die Schreie einer Frau gehört.

Aus den Nachrichten erfahre ich, dass im Jahr 2019 die Zahl antisemitischer Übergriffe, Straf- und Gewalttaten um 13 % zugenommen habe.

In Zeiten, da der Staat Israel unter Netanjahu die ethnische Demokratie der liberalen vorzieht, ohne Scheu mit populistischer Verwahrlosung der offenen Gesellschaft sympathisiert und Leute wie Trump, Bolsonaro, Orbán oder Duterte und Salvini nach Yad Vashem einlädt, ist es ebenso vertrackt wie notwendig, den Begriff Antisemitismus neu zu justieren.

Anfang Mai twitterte Yair Netanjahu, ein Sohn des Premiers: »Die EU ist ein Feind Israels.« Und: Europa müsse wieder frei, demokratisch und christlich werden. Wer auf Liberalität setzt statt auf ethnozentrische Gesinnung, gilt diesem Denken als Antisemit.

Derweil zündelt der Vater, als der Korruption Beschuldigter zum Auftakt des Prozesses, indem er mit verschwörungstheoretischer Grundierung über freie Medien und Prinzipien der Rechtsstaatlichkeit herzieht. Ganz wie seine prominenten Kumpane.

Mit beinah neunzig Jahren Verspätung erscheint ein schmaler, traumverspielter Liebesroman, ein provenzalisches Sommerstück, 1932/33 von einer jungen Frau namens Helene Mosel geschrieben. Später, als Helen Wolff legendär und eine literarische Institution in New York, wo sie mit ihrem Mann Kurt 1942 den Verlag Pantheon Books gegründet hat, mochte sie ihre frühe Prosa weder veröffentlichen noch selbst vernichten. Dies trug sie den Nachlassverwaltern auf, die sich – womöglich die in der Schwebe gehaltene Hoffnung der Erblasserin erahnend – nicht daran hielten.

1982 hatte Helen Wolff im »New Yorker« eine Selbstauskunft hinterlegt, die mich fasziniert: »Wenn man selber schreibt, schließt man das Schreiben anderer aus. Verleger, die selbst schreiben, habe ich nie verstanden. Man muss sich eine Offenheit bewahren für die kreative Arbeit von Autoren; man muss vollkommen aufnahmebereit sein. Es ist, als wäre man ein Priester, und ich finde nicht, dass Priester verheiratet sein sollten.«

Was für ein Sinn für Gewaltenteilung und Distinktion sich in diesem Selbstverständnis ausdrückt. Das kleine Credo der Verlegerin mutet wie ein in Bernstein eingelegtes Insekt aus einem literarischen Holozän an. In einer Ära, in der Kritiker, Redakteure, Verleger, Schauspieler und Rockbarden etc. schreiben und publizieren, was das Zeug hält, – Sterneköche und Spitzensportler nicht zu vergessen – und mit ihrer spezifischen Prominenz sofort auf Aufmerksamkeit im Betrieb zählen dürfen.

Tagessonate 5.19

Jetzt aber ist Schluss mit lustig.
Idee Nummer drei: Meditation auf Laminat, optimistisch.
Die Dinge geraten sehr langsam ins Kippen.

So schönes Wetter, und wir immer noch dabei.

Im Trichter des performativen Selbstwiderspruchs: BILD, Superspreader für Niedertracht, afternahe Affekte und gesunde Volkswissenschaft, überzieht – offenbar besorgt wegen der nachlassenden endemischen Durchschlagskraft auf dem Meinungsmarkt – den Virologen und Aufklärer Christian Drosten mit einer Kampagne. Doch kaum beginne ich, darüber zu schreiben, treten in meiner rechten Hand leichte Lähmungserscheinungen auf, und selbst mein Stift, der sich sonst alles gefallen lässt, was ich mit ihm anstelle, sträubt sich sanft gegen diesen Gebrauch, leistet passiv Widerstand und will jede weitere Berührung mit BILD vermeiden.

Ich habe Besseres zu tun. Er auch.

Tagessonate 5.20

Man sollte die Serie im neapolitanischen Dialekt schauen.

Ein zerrüttetes Verhältnis mit Vater respektive Mutter ändert daran nichts.

Für viele Komiker waren die vergangenen Jahre ein Goldrausch.

Tagessonate 5.21

Der Spuk in der Abstiegszone entwickelt sich nicht gerade subtil.

Das klingt zynisch, denn natürlich darf an einem Menschenleben nie ein Preisschild kleben.

Man vermisst den kakofonischen Klangbrei der Fans.

Igor Levit schickt sich an, »Vexations« von Erik Satie zu spielen, achthundertvierzig Wiederholungen, zwanzig Stunden am Klavier, ohne Pause, eine Prüfung, über deren Ausgang er nicht spekulieren mag.

Zum ersten Mal schauen wir bei Igor Levit vorbei, als er etwa drei Stunden Satie gespielt hat. Ort des musikalischen Extremsports ist ein Berliner Musikstudio; rechts vom Pianisten türmt sich ein einschüchterndes Massiv aus Notenblättern auf, Saties Mount Everest der repetitiven musikalischen Ereignislosigkeit. Links die Konturen einiger Müsliriegel.

Um 14 Uhr hat Levit mit seinem Satie-Exzess begonnen. Nach acht Stunden besuchen wir ihn abermals. Er spielt. Wenn eine Hand für kurze Zeit aller Tastenpflichten ledig ist, nascht er oder trinkt einen Schluck. Er reckt sich, steht halb auf, streicht sich über Gesicht und Stirn. Abgespielte Notenblätter wirft Levit achtlos hinter sich, der Herbst des Pianisten; langsam schneit er in seiner Corona-Satie-Einöde ein.

Wir schalten um: Igor Levit im Gespräch mit dem Philosophen Wolfram Eilenberger, 2019. Das achtjährige Kind kommt von seinem ersten Schultag in Hannover zurück nach Hause, versteht noch kein Wort Deutsch – und schwärmt vom Klang der fremden Sprache. Seinen Eltern, so Levit, habe er damals erklärt, er spräche bald besser deutsch als alle seine Mitschüler. Abgründige Altklugheit, die mitunter recht behält.

Weiter im Dialog mit dem Philosophen: ein kleiner Exkurs über Busonis Musiktheorie. Tönende Luft, das sei die Essenz. Dass Musik Frieden stifte, Völker versöhne oder Menschen bessere, glaubt Levit nicht. Er plädiert für die Distinktion der ästhetischen und der politischen Sphäre.

Das Ideal der musikalischen Unmittelbarkeit. Miles Davis' Forderung, dem eigenen Klang möglichst nahe zu kommen. Die Person als unverwechselbarer Resonanzraum; die klingende singende Selbstähnlichkeit, fraktale Harmonie.

Als homo politicus ist Levit vom Furor der Zeitgenossenschaft erfüllt: Er hasst alle Spielarten gewaltbereiter oder gewalttätiger Menschenverachtung, ob Rassismus, Antisemitismus, Gewalt gegen Frauen – und er lässt da keine Opferhierarchie gelten.

Er lebe, so Levit, nicht von der Musik, sondern vom Raum, den sie ihm eröffne: unter und im Gespräch mit Menschen zu sein. Welt- und Menschenoffenheit, das sei sein Begriff von Transzendenz; religiös sei er nicht.

Als Eilenberger sondieren will, wie Levit als Künstler die russischen und die deutschen Anteile der jeweiligen Musiktraditionen ins Verhältnis setzt, also nach einer spezifischen Prägung durch seine Herkunftsgeschichte fragt, erwidert Levit knapp: Ich bin auch Jude. Das Gespräch stockt für einen Moment.

Zehn Stunden spielt Igor Levit inzwischen Satie. Exerzitium, Passion, Demonstration. Das Massiv der Notenblätter schmilzt allmählich ab.

Tagessonate 5.22

Gab es je schon so einen stolzen Popsong über das Einnehmen von Psychopharmaka?

Bei einer Szene sagte er zwischendrin, wenn er wieder einen Satz vergessen hatte, einfach immer wieder »Blablabla«, ohne das Gesicht zu verziehen.

Räuspern ist ebenso Gift für die Stimme, lieber sollte man schlucken, leicht husten oder gähnen.

Juni

Ein Witz, den Igor Levit vor einer Weile gepostet hat; in Corona-Zeiten hygienisch nicht ganz korrekt.

Szene in einem Zug, unterwegs.

Eine Frau tritt an einen Mitreisenden heran.

»Entschuldigung, sind Sie womöglich Jude?«

Der so angesprochene Passagier, konsterniert: »Nein.«

Doch die Auskunft lässt der Frau keine Ruhe, und bald wiederholt sie ihre Nachfrage.

Abermals antwortet der Belästigte: »Nein. Wie kommen Sie darauf?«

Beim dritten Anlauf der Penetranten verliert der sanft Verhörte seine Selbstbeherrschung und erklärt unwirsch: »Ja, ehe Sie weiter nerven. Ich bin Jude.«

»Ach«, sagt die Frau und betrachtet ihn versonnen, »Sie sehen aber gar nicht wie ein Jude aus.«

Menschenschlangen vor den Eis-Cafés, Menschenschlangen vor dem Bootsverleih. Lauter Leute, die freundlich und geduldig Abstand halten.

Ich bin in einem gut bewachten deutschen Reservat aufgewachsen, das nicht zuletzt ein Paradies für Menschenschlangen war. Sie krümmten und wanden sich allerorten und instinktgeleitet, kaum dass ein Zitrusfruchtgerücht kursierte.

Bei meiner Ausreise hatte ich mir fest vorgenommen, von nun an jeden Ort zu meiden, der in dem Ruf stand, ein potenzielles Biotop für Menschenschlangen zu sein.

Menschenaffen interessierten mich seit jeher mehr.

Und jetzt, im Corona-Verhängnis, bemerke ich plötzlich eine verdächtige Bereitschaft zu einem neuen, alten Fatalismus in mir.

Tagessonate 6.1

Der Knackpunkt ist der Umgang mit der Unsicherheit.

Ein Schließfach ist eine schlechte Lösung.

Deshalb werden unter Hochdruck die vom Februar-Orkan *Sabine* umgeworfenen Bäume beseitigt, damit der Borkenkäfer sich nicht in den Stämmen vermehren und von dort ausfliegen kann.

Ansteckendes Lachen. Die Redensart hat ihre Unschuld verloren. War sie jemals harmlos?

Die Schöpfung, die Natur, in der wir uns vorfinden, gleicht – oder glich – einem wunderbar austarierten Mobile. Wehe, einer stört das Gleichgewicht, mit dem eins das andere in der Schwebe hält, auch wenn die Methode, nicht die Balance zu verlieren, oft genug rabiat anmutet. Fressen und gefressen werden. Artensterben beschleunigt Artensterben, ein Dominoeffekt.

Wie der Mensch in der Welt wütet und, ein von Hybris getriebener, gieriger, kultureller Grobmotoriker, sich am fein ersonnenen Mobile vergreift, lässt wenig Gutes hoffen.

7,7 Milliarden der Spezies Homo sapiens stehen gerade noch etwa achtzig Exemplare des Sumatra-Nashorns gegenüber. Ähnliches gilt für den Clarionzaunkönig und den mittelamerikanischen Stummelfußfrosch. Bei Letzterem frage ich mich besorgt, ob nicht der Name, vom Menschen verliehen, seinen Teil dazu beigetragen hat, dass sich der Überlebenswille der Art stark eingetrübt hat?

Hätte vielleicht eine Bezeichnung wie Miniaturfußfrosch oder Brillantfußfrosch seine ökologische Resilienz gestärkt?

Und dann hören wir noch von den Überflüssigen, den Luxusratten des Raumschiffs Erde, den Ökozombies: Bisons, beispielsweise, sind in der Prärie zwar nicht ausgerottet worden, aber sie fristen heute ihr Dasein überwiegend in Gehegen, evolutionsbiologisch völlig sinnlos.

Tagessonate 6.2

Selbst wenn man sich vornimmt, nicht zu lachen, sie machen es einem nicht leicht.

Auch auf den Immobilien-Märkten hat die Corona-Krise tiefe Spuren hinterlassen.

Um darüber hinwegzusehen, dass das methodisch ganz schön fadenscheinig ist, muss man schon beide Augen zukneifen.

Zufällig stoße ich auf eine Selbstauskunft von Nora Gomringer, die mich überrascht – warum überrascht? – und beschäftigt. Wo denke ich hin?

»Wie alles in der Schöpfung empfinde ich mich als Ausdruck einer göttlichen Zugewandtheit. Ich hatte auch nie eine Vertrauenskrise mit Gott. Meine Gottgläubigkeit ist in einem ruhigen Hinterzimmer meines Gehirns abgespeichert, da passieren keine Stürme. Das Kinderzimmer ist immer offen und leicht auffindbar. Umgeben von Escherartigen Treppen, und trotzdem habe ich einen direkten Zugang …«

Den quietistischen Einschlag lasse ich einmal beiseite, das *Abseits als sicheren Ort,* die Zufluchtskammer und Rettungsinsel, die der Wetterseite des Selbstbewusstseins gegenüberliegt.

Was mich interessiert: Der Topos des lebenslänglich unabgeschlossenen Kinderzimmers, das mit seinen Türen wie mit Flügeln schlägt und gelegentlich in mir auffliegt. Zu dem von Escher entworfene Flure und Treppen führen. Das lebendige, seine Geheimnisse nie ganz abstreifende Kinderzimmer im nichtregressiven Sinne. Das fliegende Kinderzimmer als nie verglühender Satellit der eigenen Existenz, ein Mond, der die Gezeiten der Kunst, des Schreibens regiert. Schöpfungstatsache und Schöpfungslabor.

Tagessonate 6.3

Immer schön flexibel bleiben.

Dann schmatzte er.

Das klingt wirklich wunderbar.

Die Zahl der Füchse steigt, die für sich die Vorzüge der Urbanität entdecken. Sie ziehen in die Städte und fangen an, sich selbst zu domestizieren. Das lässt sich inzwischen schon anatomisch belegen: Stadtfüchse haben kleinere Schädel und kürzere Schnauzen.

So ging es beim Wolf auch los, auf dem Weg zum Haushund, dem perfektesten Parasiten der Evolutionsgeschichte. Die unbedingte Liebe seines Wirtes; was kann man in der Natur mehr erreichen.

(Ein Fuchs namens Wolfgang streunt durch Barmbek-Süd; fabelhaft!)

Tagessonate 6.4

Der böse Wolf braucht gute Lobby.

Die Verbindung von Geld und Kunst kann auch produktiv sein.

Welche Methoden sich längerfristig durchsetzen, muss sich erst noch herausstellen.

Der Filmerzähler Spike Lee nimmt den Namen Donald Trump nicht in den Mund, er nennt ihn konsequent *Agent Orange.*

Und seit bald zwanzig Jahren arbeitet der afroamerikanische Regisseur aus Brooklyn daran, sein Traumprojekt realisieren zu können, das er mit dem inzwischen verstorbenen Drehbuchautor Budd Schulberg entwickelt hat: ein Epos über die gemeinsame Geschichte der Boxer Joe Louis und Max Schmeling.

Situationskomik, kurz vor Mitternacht.

Weil ich von der Ankündigung Notiz genommen habe, es werde auch der Roman »Zerstörung« von Cécile Wajsbrot behandelt, schalte ich zu später Stunde »Das literarische Quartett« ein; vom leicht verschrobenen Reiz dieser panoptisch-rhetorischen Geisterstunde spreche ich jetzt nicht.

Und dann muss ich Augen- und Ohrenzeuge werden, wie eine pferdenärrische, Bücher verfassende Verfassungsrichterin aus Brandenburg – nicht zu verwechseln mit einer linksradikalen Verfassungsrichterin aus Mecklenburg-Vorpommern samt ihrer gruseligen Mauertotenarithmetik – sich zur beflissenen Anwältin des Romans »Zerstörung« aufschwingt!

Eine Prosaproduzentin, die ihr Kunstsiegel dem Zertifikat *gesellschaftskritisch* verdankt. Und die in Sachen promovierter Sprachkitsch und Metapherngewölle dem Prosakollegen, der gern als apokalyptischer Reiter hoch auf dem Weißen Hirsch an den Grenzen des Abendlandes patrouilliert, durchaus das Wasser reichen kann.

(Wer zu spät einschaltet, den bestraft der Apparat, manchmal; Sendeschluss, Alter!)

Wie lässt sich die Mimik des Polizisten angemessen beschreiben, der 8:46 Minuten lang auf dem Hals von George Floyd gekniet und den um Atem und sein Leben Flehenden umgebracht hat? Einen Afroamerikaner, dessen Kapitalverbrechen darin bestand, dass er mit Falschgeld Zigaretten gekauft haben soll?

Die lässig gelangweilte Pose, eine Hand in der Hosentasche. Der Blick in die Handykamera spricht von einem mit sich im Reinen Selbstbewusstsein, das sich durch die Konventionen des strukturellen Rassismus ganz und gar im Recht wähnt, eine Attitüde martialischer Unantastbarkeit und Überlegenheit. Eine Immunantwort der herrschenden Verhältnisse.

Tagessonate 6.5

Unter Seeleuten heißt dieses Gerät Dweil, wobei man den Dweil für die Kajütenböden verwendet, für das Deck hingegen den Schwabber.

Gedimmte Scheinwerfer an der Decke mit dem Klangreflektor beleuchten die Bühne nur sehr gedämpft.

Der Superheld zeigte seinen Presseausweis.

Es ist Sonntag, kurz vor neun. Ich schaue aus dem Küchenfenster, gen Osten, auf die maroden Stellplätze. Die meisten sind verlassen, kaum ein Auto da.

Vor Stellplatz fünf hockt ein Hase, nein, es handelt sich wohl um ein wildes Kaninchen, reglos; es hält die Pfoten nicht gefaltet, aber ganz still. Dann ist es verschwunden. Asphaltandacht. Oder habe ich da einen entscheidenden Wink verpasst?

Tagessonate 6.6

Eine Standesbeamtin erklärte die beiden um 23.09 Uhr zu Mann und Frau.

Zweifel tackern hingegen rasch die Lippen zu.

Kurz darauf wird Herbsts Beifahrer ermordet.

Mit großem Interesse verfolge ich, was in unregelmäßigen Abständen in dem Internetmagazin *tell* erscheint: den Page-99-Test eines Buches. Das Verfahren geht auf einen Vorschlag des Schriftstellers, Kritikers und Verlegers Ford Maddox Ford zurück: »Öffnen Sie ein Buch auf Seite 99, und die Qualität des Ganzen wird sich Ihnen offenbaren.«

Was im ersten Moment kapriziös anmutet und nach einer snobistischen Grille klingt, die poetologische Biopsie, erweist sich, fand ich nach etlichen auf eigene Faust unternommenen Versuchen heraus, als eine Methode von großer diagnostischer Relevanz. Die literarische Gewebeprobe und ihre konzentrierte Betrachtung, die von der Umgebung der unter die Sprachlupe gelegten Stelle und dem Ganzen des Textes absieht, leistet etwas, worauf das landläufige Rezensionsgeschäft häufig stillschweigend oder sogar ausdrücklich verzichtet: Sprachkritik. Der Wortlaut verkörpert den poetischen Text; nichts anderes. Kein Plot, keine Intention, und schon gar keine Botschaft.

Diese Einsicht vom Proprium der Wörtlichkeit in der Poesie spielt in der Praxis des Feuilletons kaum noch eine Rolle. Weithin begreift sich Literaturkritik als ein Segment der Stiftung Warentest und fungiert als eine Art öffentlicher Buchverkoster. Wie fühlt sich der Text in den spezifischen Rezeptionsorganen des Lesers an? Süffigkeit und harmonischer Abgang stehen hoch im Kurs, aber auch kardiologische

Sekundärtugenden werden gerühmt. Dass Prosa herzstärkend und herzerwärmend wirke.

Wie immer bestätigen Ausnahmen die Regel. Und *tell* fährt hoffentlich unbeirrt mit seinem Page- 99-Test fort.

Bei Joseph Conrad, mit dem Ford Maddox Ford eng befreundet war, heißt es einmal, ein Roman entscheide sich an jedem einzelnen Satz.

Immer, wenn in *tell* ein Page-99-Test veröffentlicht wird, erscheint er mit der Vorbemerkung, er ersetze nicht die Besprechung des ganzen Buches.

Kürzlich nun also Hölderlin, Hyperion.

Redakteurin und Herausgeberin Sieglinde Geisel nimmt sich Seite 99 vor. Dabei gerät ein Phänomen in den Blick, dessen hermeneutische Konsequenzen eminent sind. In Texten wie Hölderlins Hyperion tauchen mythologische, religiöse oder zeitgeschichtliche Figuren und Topoi auf, die uns entlegen, antiquiert oder einfach unverständlich vorkommen. Dass der alte Text dennoch zu uns spricht, verdankt er seinen sprachmusikalischen Eigenschaften und Qualitäten. »Was diese vollkommenen Sätze inhaltlich transportieren, ist nicht entscheidend«, schreibt Sieglinde Geisel über Hölderlin. Und sie ruft einen Kronzeugen an und auf, der die Möglichkeit und Plausibilität solch einer Lesart von historisch entrückten Texten, die in der Zeitbeize nicht gealtert sind, durch ein anderes Beispiel beglaubigt hat: Der Literatursolitär William H. Gass in einer Interviewpassage, den Barockdichter John Donne betreffend.

Sieglinde Geisel selbst hat das Gespräch mit William H. Gass geführt, im März 2012 in St. Louis.

John Donne, so Gass, habe 1630 in der St Paul's Cathedral eine Predigt gehalten, die vom Wesen des Bösen, dem freien Willen, der Erschaffung der Welt aus dem Nichts handelte – »All das ist wichtig für ihn, aber nicht mehr für uns, jedenfalls nicht in seinen Begriffen. Und genau das setzt der Text frei: Wir können Donne als Schriftsteller heute aus den richtigen Gründen bewundern.« Das zitiert Geisel zustimmend und unterfüttert damit den Ertrag ihres Hölderlin-Experiments.

Das Muster schimmert durch: Hinreißende, intuitiv vollendete Wörtlichkeit suspendiert die zeitbehaftete Semantik.

Etwas in mir sträubt sich gegen diese Übertragung, die poetologische Parallelverschiebung und hermeneutische Translation. Vielleicht hat mein Unbehagen darin seine Ursache, dass die ästhetische Denkfigur von Gass/Geisel implizit mit dem Begriff des Fortschritts operiert, mit der Vorstellung eines linearen Zuwachses an Einsicht und Erkenntnis. Das mag für die exakten Wissenschaften zutreffen. Für die Kunst, glaube ich, gilt diese Logik nicht. Dass die Möglichkeiten der modernen Anästhesie einen menschenfreundlichen Fortschritt markieren, erkenne ich gern an. Aber dass wir die barocke Predigt von John Donne heute aus den richtigen Gründen bewundern, klingt in meinen Ohren nach struktureller Arroganz.

Der religiös bornierte und ganz in seiner Frömmigkeit internierte Johann Sebastian Bach und seine vollkommene Musik – und wir heute so frei, sie endlich als reine Kunst zu begreifen.

Nein, das gefällt mir nicht.

Tagessonate 6.7

Er hat ein sattes Bäuchlein und liebt Süßigkeiten.

Schröder betonte stets, es handle sich um seine Privatsache.

Als er den Dieb zurück in den Laden brachte, fanden sich zehn Steaks unter dem Pullover – alle warm verpackt.

Ford Madox Ford und Michail Prischwin – zwei europäische Schriftsteller vom Jahrgang 1873.

Ford Madox Ford schlägt den Page-99-Test vor, die spielerische Ermittlung eines ästhetischen Laborwertes.

Prischwin bezeugt in seinen Tagebuchaufzeichnungen 1917–1920, durch bittere Erfahrungen, wie die russische Revolution in kurzer Zeit das individuelle und öffentliche Leben ruiniert. Und er zieht den sarkastischen Schluss, das Heraufziehen des Kommunismus belege eindrucksvoll, dass der Affe vom Menschen abstamme.

In einem Eintrag vom 5. Dezember 1920 protokolliert Prischwin ein anthropologisches Experiment: Auf einer Versammlung berichtet jemand von Erschießungen in Petrograd, und dass die Verurteilten zuvor selber ihr Grab ausheben mussten.

»Wann hört das alles auf?«, wurde auf der Versammlung gefragt.

»Gebt mir jeder hundert Rubel«, sagte jemand, »und ich sag's euch.«

Jeder gab hundert Rubel.

»Gebt mir nochmal 50.«

Jeder gab wieder 50.

»Noch 25.«

So forderte er weiter, bis 5 Rubel. Als er bei der 5 ankam, wurde rebelliert, niemand wollte mehr etwas geben.

»Da habt ihr euer Geld zurück«, sagte er, der eine Antwort versprochen hatte.

»Jetzt wisst ihr es selbst: Es hört erst auf, wenn ihr nichts mehr gebt.«

Tagessonate 6.8

Zwei Gemeindemitarbeiter, heißt es, wurden wegen des Vorfalls entlassen.

Doch die Chance auf eine Renaissance des Nachtzugs wächst.

Dieses Vorpreschen war bundesweit auf viel Kritik, aber auch auf Zustimmung gestoßen.

Tagessonate 6.9

Was dann?

Die Frage der *Financial Times* klingt ketzerisch.

Am Anfang war noch vieles amüsant.

Die Lieblingstante in Ulm driftet tiefer in die Vergesslichkeit. Die Demenz ergreift allmählich und anfangs unmerklich Besitz von einer Person, in der Art einer feindlichen Übernahme, bis zum Alleinvertretungsanspruch.

Was bleibt, sind rhetorische Schablonen. Die Kontur einer Person, fixiert durch Zuneigung und Erinnerungen. Scheißflecken auf dem Teppichboden. Ich, abgründiges Pronomen. Das Geheimnis des Bewusstseins.

Die Tante verschwimmt, und Ulm ist für mich derzeit unerreichbar, im nichttelefonischen Sinne.

»Lesen ist weiblich, und schreiben ist männlich.«

Falls Angehörige der gebildeten Stände ein Poesiealbum für Besucher auslegten, taugte der Satz womöglich zum Sinnspruch. Könnte man ihn doch, gutwillig, als Hinweis auf die geschlechtlichen Binnenverhältnisse einer Schriftstellerin oder eines Schriftstellers verstehen, die oder der immer beides tun.

Doch so hat es der Autor des feinsinnig anmutenden Aphorismus, Karl Ove Knausgård, vermutlich nicht gemeint. Auf einer Podiumsdiskussion, an der auch Siri Hustvedt, amerikanische Autorin mit norwegischen Wurzeln, teilnahm, äußerte Knausgård, Literatur von Frauen zähle eben nicht. Keine Konkurrenz, weil nicht satisfaktionsfähig.

Eine maskulin-narzisstische Grandiositätsphantasie; und ihre Häkelversion fürs Poesiealbum.

Schmerz und Kunst, heißt es einmal bei Siri Hustvedt, haben kein Geschlecht.

Und, ergänze ich, auch die Kategorie Fortschritt verfehlt sie beide, Schmerz und Kunst.

Schlimme Nachrichten ein- und desselben Tages: ein Verdachtsfall und eine wenig Hoffnung lassende Tumordiagnose in der näheren und nächsten Umgebung.

Montags bestelle ich online die Lebensmittel für die Woche.

Am Mittwoch wird geliefert. Freundliche junge Leute, sie heißen Hannah, Pia oder Tim, bringen die Sachen mit einem Elektroauto vorbei und tragen sie bis vor die Wohnungstür.

Freitags ist Putztag, juchhe! Ich wechsle hinüber in einen Halbrobotermodus und zeige dem Staub die Instrumente. Ich meine es ernst. Dann lege ich los.

Sonntags denke ich an Gott, das Geheimnis der Welt.

Morgens ziehe ich mich an, um mich abends wieder auszuziehen.

Montags bestelle ich online –

Bald neigt sich das Jahr.

Während die Seuche regiert, legt die Vergänglichkeit für eine Weile ihre Tarnkappe ab und beiseite.

Wer sich maskiert, gehört zu den Sterblichen.

Tagessonate 6.10

Ein Oberstabsfeldwebel hatte auf seinem Privatgrundstück ein Waffen- und Munitionsdepot angelegt, als wollte er in den Krieg ziehen.

Andernorts liefen Keller voll und setzten Blitze Häuser in Brand.

Elefanten würden so etwas Niederträchtiges niemals tun, nicht umsonst nannte Brehm sie »das anmutigste Bild der Unschuld«.

Zwei Möwen im Luftraum über dem Haus, Zeterspuren, es klingt aufgebracht und unversöhnlich, eher nach Missgunst und Heimtücke als nach Übermut und Flugjubel.

Der Himmel: unsichtbar gezeichnet.

Jedes Meer ist plötzlich weit weg; ich könnte es unerreichbar nennen.

Keine gute Zeit zum Stranden.

Friedrich Engels wurde am 28. November 1820 als neuntes Kind des Fabrikanten Friedrich Engels sen. und seiner Frau Elisabeth in Barmen geboren. Der chiliastische Ton des pietistischen Milieus, in das er hineingeboren wurde – wie in den Reichtum –, hallt im *Kommunistischen Manifest* nach.

Der Sohn ließ sich auszahlen und lebte gut von den Verhältnissen, die er kategorisch kritisierte.

Seine Vorstellung vom Glück artikulierte Friedrich Engels lakonisch und präzise: *Château Margaux 1848.*

Das Kapital in sublimierter Gestalt: Trinkgeld. Ein Gespenst geht um, angeheitert.

Tagessonate 6.11

In jedem Dorf ist Lieschen Müller eine größere Bedrohung für den Datenschutz als eine App.

Das Ergebnis ist ein urbanes Erweckungserlebnis, Manna für die ausgehungerte Theaterklientel.

Zu Umweltengeln macht sie das aber natürlich auch nicht.

T., einst hochbegabte Azubi in meiner Werkstatt der Wörtlichkeit, heute junge Meisterin der Sprachjonglage in Leipzig, hält es für möglich, mich zu einem eigenen YouTube-Kanal anzustiften.

Eine aparte Idee. Ich bade meine Stimme in postsächsischer Jovialität, schaue mit dem diffusen Höhenschielen des Starpatienten – lieber Grüner Star als Grauer Panther – schräg an der Kamera vorbei und bringe meinen Followern bei, wie man den Nachbarn am Zeugma flickt. Oder mache mich monarchistischer Umtriebe verdächtig, indem ich seine Majestät *Konjunktiv II* preise samt seiner subtilen Macht, Ansagen kontrafaktisch mit dem Schatten eines Zweifels zu überziehen.

Tagessonate 6.12

Was das Schwein hinter sich hat, sieht man dem Nackensteak nicht an.

Man findet es sogar im Kühlwasser von Atomreaktoren.

Auf der Schachtel ist ein Feuerwerk abgebildet.

Wäre ich, nach einer teuflischen Diagnose, in zehn Tagen zu einer Operation einbestellt, bei der ich, wenn alles gut geht, nur einen Teil der Bauchspeicheldrüse, Milz, Zwölffingerdarm, Gallenwege und einige Lymphdrüsen verlöre, wie vertriebe ich mir die liebe, herrliche, kostbare und allemal zu knappe Zeit bis dahin? Was würde ich tun, was lassen? Wie nutzte ich die Frist? Notierte ich etwas? Eine Frage, vielleicht.

Warum ich?

Genauer: Warum nicht ich?

Sollte es an dem Tag regnen, an dem man mich in der Chirurgie erwartet, meine große, womöglich letzte Chance, wiche ich den Pfützen unterwegs aus, oder patschte ich absichtlich mit dem ganzen Fuß hinein? Um einer banalen Sorge noch ein Schnippchen zu schlagen?

Tagessonate 6.13

Wie schön wäre es, ein Gummibaum zu sein.

Das Einzige, was nicht stimmt, sind die Umfragewerte.

Und das wertvolle Pferd ist verschwunden.

Hälfte des Lebens, fast. Vor sechsunddreißig Jahren bin ich in Klagenfurt gewesen, als von Peter Härtling eingeladener Autor beim Ingeborg-Bachmann-Wettbewerb.

Dieser Tage findet das in die Jahre gekommene Wettlesen auf Distanz statt, digital, der Seuche wegen.

Seit gerade einmal neun Monaten im Westen, konnte mir damals gar nichts Besseres passieren. Noch ohne ein gedrucktes Buch und lebens- wie literaturweltlich erfahrungslos, hellwach und naiv zugleich, riskierte ich wenig. Oder gar nichts. Und von einem sommerlichen Crashkurs in Sachen Literaturbetriebswirtschaft am Wörthersee konnte ich nur profitieren.

Während ich meinen Text »Burgenland« las, fixierte mich Jury-Chef Reich-Ranicki in komischer Verzweiflung mit einem schrägen saugenden Seitenblick. Denn ihm samt seinem Unfehlbarkeitsdogma blieb nur eine Frist von etwa fünfundzwanzig Minuten Vortragszeit, um sich zu entscheiden, ob er einen bislang völlig unbeschriebenen Jungautor als arrivierbar rubrizieren sollte.

Eine elfköpfige Jury; darunter drei Frauen (Gertrud Fussenegger, Klara Obermüller, Friederike Roth).

»Es gibt keine guten Kritikerinnen«, wurde Marcel Reich-Ranicki einst zitiert, »und mündlich brillieren können sie schon gar nicht.«

Höre ich da Karl Ove Knausgård leise applaudieren?

Von meinen Jahrgangsautorenkollegen Gerd-Peter Eigner, Jörg Fauser und Thomas Strittmatter weiß ich, dass sie nicht mehr leben.

Eva Schmidt habe ich später in Nartum wiedergetroffen, im Hause von Walter Kempowski.

Josef Haslinger wurde Schriftsteller im Öffentlichen Dienst, am Literaturinstitut in Leipzig.

Jochen Beyse zog von Hamburg nach Berlin.

Michael Köhlmeier gefiel es, von einem »Literaturgerichtshof« zu sprechen; aber er nahm teil.

Mit Erica Pedretti und ihrem Mann Gian sind wir noch lange freundschaftlich verbunden gewesen. Dann haben wir uns aus den Augen verloren; es ist nichts vorgefallen.

Am 25. Februar feierte – oder beging – Erica ihren 90.; Auguri, Auguri!

Wir waren Ende Februar in Rom. Heute schon fast unvorstellbar.

Die karrieretechnisch erfolgreichste Autorin vom Klagenfurter Jahrgang 1984 nahm an dem Wettlesen gar nicht teil, weil die rumänischen Behörden ihr die Ausreise verweigert hatten: Herta Müller.

Ich kassierte damals den dritten Preis, sackte am 1. Juli 1984 60.000 Österreichische Schillinge ein und hatte plötzlich, gerade erst der Sozialhilfe in Winsen/Luhe entraten, genug Kohle, um gleich nach Venedig weiterzureisen.

Ford Madox Ford, »Die allertraurigste Geschichte«. Ich habe Seite 99 passiert. Mehr verrate ich nicht. Ich lese weiter.

Tagessonate 6.14

Irgendwie ist der Regen natürlich selber schuld an seinem Imageproblem.

Das Angebot frischer Lebensängste war diesen Frühling recht groß.

Gustave Flaubert sprang zweimal täglich in die Seine, Goethe zog es sogar nachts in die Ilm.

Ingeborg-Bachmann-Bewerb 2020: Helga Schubert, 80, Neu Meteln, siegt.

Die Übertragung. Helga Schubert, psychologisch versiert, liest im Garten, ohne Attitüde. Einige Juroren werden ihre an Begeisterung grenzende Sympathie für die dezent blühende Vortragsart samt der Verbrämung durch Vogelstimmen nicht verhehlen. Am Ende des Jury-Gesprächs ist von Rezeptionsästhetik die Rede.

Künstlerkolonie und utopische Idylle: Manche erinnern sich womöglich an Irene aus dem »Sommerstück« von Christa Wolf, der »rätsellosen Sphinx« (Katja Lange-Müller). Dann vagabundierte das Gespenst der Utopie von Neu Meteln nach Hiddensee, in den Aschram des Radikalnarzissten Kruso.

Helga Schubert erfüllt der im Alter von 101 Jahren gestorbenen Mutter den Wunsch, über sie zu schreiben, erzählt, strikt autobiografisch und ästhetisch suggestiv, von Beinah-Katastrophen, vom ganzen Leben auf 10 ½ Seiten, vom Verzeihen und Vergeben in einer eisigen Welt; alles gut.

Dietrich Buxtehude, so habe ich es einmal irgendwo aufgeschnappt, apostrophierte seinen älteren Kollegen Samuel Scheidt einst als einen *Abgrund an Lauterkeit.*

Die Geschichte. Bereits 1980 war Helga Schubert als Teilnehmerin nach Klagenfurt eingeladen. Die DDR ließ sie damals nicht reisen. 1987–1990 fungierte Helga Schubert dann als Jurorin beim Bewerb. Und heuer steuert sie, im Jahr der Seuche, den Siegertext in betörend floralem Rahmen bei. Alles gut.

Wird uns nun bald Hubert Winkels im Bewerb erscheinen, der einst als Autor sein Glück versuchte, bevor er die Seiten wechselte?

Postskriptum. Die Kulturberichterstatterin im Feuilleton der Süddeutschen nennt die Entscheidung der Jury, den Text, dessen Arbeitstitel »Das achtzigste Jahr« gelautet hat, mit dem Ingeborg-Bachmann-Preis zu ehren: unanfechtbar. Eine juristische Kategorie – und ein Prädikat für Rechthaber jeglichen Geschlechts.

Tagessonate 6.15

Die Fotos und Nummern sind wie Köder für potenzielle Informanten.

Es gibt zu diesem Gefühl auch schon einen feinen Satz, den man sich schön auf die Maske sticken lassen kann.

Im Nordwesten, Westen und in der Mitte sonnig und vorwiegend trocken.

Der ägyptische König Amenemope hielt, vor etwa 3000 Jahren, ein zungenloses Krokodil bei Hofe. Es sprach nicht. Es sang nicht. Es machte den König weise und glücklich.

Heureka!, jubelt die Süddeutsche. Wir haben Martin Gross, der als verschollen oder gar verschwunden galt, wiederentdeckt.

Martin Gross, Jahrgang 1952, stammt aus dem Schwarzwald, studierte in Berlin Germanistik, begann zu schreiben, veröffentlichte 1990 den Roman »Ferne Nähe« – »Versuchte Nähe« von Hans Joachim Schädlich hatte, Jahrzehnte früher, mehr Rezeptionsglück –, und er schrieb in Dresden mit, wie die DDR implodierte, »Das letzte Jahr«. Die Resonanz war miserabel; Gross verschwand.

Nun also hat ihn ein investigativer Feuilletonist aufgespürt: in Bienenbüttel! – Der Artikel klingt, als sei es dem findigen Kritiker gelungen, Thomas Pynchon in Fallingbostel zu fotografieren. Aber dafür kann Martin Gross nichts. –

Bienenbüttel liegt in der Nähe von Natendorf, Barum und Altenmedingen. Wer Urbanität schätzt, hält sich an Bad Bevensen oder Lüneburg. Der Distrikt in der Heide ist berüchtigt dafür, wie leicht einer dort in die editorische Obdachlosigkeit abrutscht. Und was Besuchern oder Durchreisenden in jener Gegend auch blüht: Beiläufige Bestechungsversuche mit der Währung Idylle. Eine Währung, so schwach wie die Ostmark selig.

Bienenbüttel geriet übrigens schon einmal in die Schlagzeilen: Im Juni 2011 suchte die Ehec-Epidemie Deutschland heim. 53 Menschen starben nach dem Verzehr infizierter Sprossen. Die Spur führte nach Bienenbüttel, eine wasserdichte Indizienkette. Ein Biohof hatte Bockshornklee-Samen aus Ägypten bezogen und in Umlauf gebracht. Daher rührte das Übel.

Schon wieder vergessen? Wie Martin Gross?

Tagessonate 6.16

Wie erklärt man also so ein Spiel, wenn schon die Umgebung den diabolischen Ereignissen kaum angemessen erscheint?

Die Predigtstuhl-Sauna ginge mit 60 Grad gerade so durch.

Die evangelische Kirche hatte den Zeitpunkt der Leichenschau – inmitten der Pandemie – zuvor laut kritisiert.

So schönes Wetter, und wir immer noch dabei.

American Express lädt seine Kunden zu einem kostenlosen Streaming-Event ein: Daniel Kehlmann liest aus »Tyll«; anschließend wird zum persönlichen Chat eingeladen.

Literarischer Jetchat mit Blick auf Montauk.

Franz Kafka, ein biografisches Mikrodramolett von Alan Bennett.

»Vater: Sohn, du hasst mich.
Sohn: Vater, ich liebe dich.
Mutter: Widersprich deinem Vater nicht.«

Kleinlich ist er, aber manchmal unheimlich genau.

Er propagierte Anfang März die Einführung von Veilchenöl in den Anus.

Das Auswahlverfahren, genannt die Höllenwoche, ist mörderisch.

Showdown: Das finale Duell im Western entscheiden die Augen, die Blicke, bevor die Waffen sprechen.

Insofern mutete es zumindest merkwürdig an, dass Knall- oder Pistolenkrebse, die vorzugsweise in Riffen dicht am Meeresgrund leben, als fast blind galten.

Völlig falsch!, berichten nun Biologen der University of South Carolina und rücken damit unsere Erwartungen zurecht. Der Sehsinn der Pistolenkrebse ist dem menschlichen weit überlegen und entspricht dem Vermögen einer Highspeed-Kamera, was die Hochleistungsfähigkeit betrifft.

Nur einige Vögel und Insekten sehen noch schneller. Allen voran, ein Fall von existenzieller Ironie, die Eintagsfliege.

Von ihrer phänomenalen Sehgeschwindigkeit profitieren die Knall- oder Pistolenkrebse zweifach: Falls Fressfeinde auftauchen und beim Beutemachen.

Ihren Namen verdankt die Spezies der anatomischen Sensation, dass eine der Scheren als Schusswaffe taugt. Mit dieser Knallschere schleudert er einen Wasserstrahl von sich, der eine winzige dampfgefüllte Blase bildet, das Projektil. Wenn diese Gasblase unter dem Umgebungsdruck implodiert, entsteht für ein Beutetier wie Würmer buchstäblich betäubendes Getöse, doppelt so laut wie ein Düsenjet. Und eine örtliche Temperatur von mehr als 4700 Grad Celsius.

Der Pistolenkrebs setzt seine Knallschere nicht nur als Waffe ein, sondern auch als Kommunikationsmedium.

Was für eine grandiose Hollywoodperspektive: Tiefsee-Western & Riff-Rave.

Paul Virilio wies einst auf Analogie und Verwandtschaft von Trommelrevolver und Kinematograf hin, von Colt und Kino.

Tagessonate 6.18

Im kleinen Hafen schwammen Tintenfische herum, und im benachbarten Grundstück flogen und flöteten knallgelbe Pirole, was hervorragend zu unserem Paradiesvogelgefühl passte.

Das Elfmeterschießen im Fußball wurde in Bayern erfunden und dann auf der ganzen Welt etabliert.

Manchmal haben Wissenschaftlerinnen und Wissenschaftler das Bedürfnis, Dinge klarzustellen.

Tagessonate 6.19

Ein unterschätztes Glied in der Produktionskette sind auch die Packungsbeilagen.

Die Frustration der Familienministerin ist verständlich.

Das liest sich alles flott weg, führt prachtvoll farbig geschrieben über die Frage hinweg, was der Grund für diese schnürsenkelgerade Erzählung ist.

Dem Wetter nach: hitzefrei.

Heute muss niemand schreiben.

Sprache haben und sterben müssen.

»Wir sind allesamt zu dem Tod gefordert, und keiner wird für den anderen sterben, sondern jeder in eigener Person für sich mit dem Tod kämpfen. In die Ohren können wir wohl schreien, aber ein jeder muss für sich selbst geschickt sein in der Zeit des Todes. Ich werde dann nicht bei dir sein noch du bei mir. Hierin muss jedermann die Hauptstücke, die einen Christen angehen, genau wissen und gerüstet sein.«

So beginnt Martin Luther seine Predigt am Sonntag *Invokavit* am 9. März 1522.

Wenn diese Worte fünfhundert Jahre in der Welt sein werden, steht mein 70. kurz bevor, so Gott will und wir leben.

Ich horche auf, als in den Radionachrichten von Präsidentschaftswahlen die Rede ist. Aber nein, es geht nicht um die Freie Akademie der Künste Hamburg, sondern um Malawi.

Dort wurde der jüngste Wahlgang wegen starker Unregelmäßigkeiten annulliert; nun hat ein Oppositionspolitiker die Oberhand gewonnen. Vorerst.

Uns, der Hamburger Akademie, denke ich bei mir, taugte der einst von Heinz von Foerster formulierte ethische Imperativ gut als Vereinsmotto, ob nun, wie in diesem Jahr, Präsidentschaftswahlen anstehen oder nicht: Handle stets so, dass die Anzahl der Wahlmöglichkeiten größer wird.

Schwerenöter – wie antiquiert zärtlich das klingt. Wir stellen uns einen durchtriebenen charmanten Draufgänger vor, verrucht mit Kalkül.

Doch folgt man der Wortspur, gerät man bald in die Untiefen der Niedertracht.

Schwere Not oder Schwerenot waren umgangssprachlich geläufige Namen für die Epilepsie, die Fallsucht. Die wünschte man einem Schwerenöter an den Hals. Dem Draufgänger, der einen geärgert oder einem die Frau ausgespannt hat.

Tagessonate 6.20

In der Nacht hat es geregnet, die Prärie ist frisch gewaschen, und die Luft riecht nach Salbei und Süßgras.

Bei den Jungen sieht es kaum besser aus.

Dass das Bargeld schwindet, heißt aber nicht, dass es verschwinden sollte.

Siebenschläfer als Legende, meteorologisches Orakel und freiwillige Selbstverpflichtung.

Es heißt, das Wetter am Siebenschläfertag zeige an, was wir vom Sommer zu erwarten haben.

Der Legende nach flohen am Siebenschläfertag 251 sieben christliche Brüder – Maximilian, Malchus, Martinian, Dionysius, Johannes, Serapion und Constantin – vor den Schergen des römischen Kaisers Decius und versteckten sich in einer Höhle bei Ephesus. Dort wurden sie aufgespürt und eingemauert. Die Brüder fielen in einen tiefen Schlaf.

Im Jahr 437 riss jemand die Mauer ein, weil er die Höhle als Schafstall nutzen wollte. Die Brüder wachten auf und verspürten, wen wundert's, Hunger. Dass Ephesus inzwischen christlich geworden war, konnten sie nicht wissen. Einer eilte zum Bäcker, um Brot zu holen. Der Bäcker staunte nicht schlecht, als er die Goldmünze mit dem Konterfei Kaiser Decius' sah, mit der der Bruder bezahlen wollte.

Man benachrichtigte den Bischof, und er eilte zur Höhle, um mit eigenen Augen zu sehen, was sich zugetragen hatte.

Bald darauf starben die Brüder.

Wir dämmern in der von uns selbst verschlossenen Höhle der Pandemie vor uns hin, und einige träumen gelegentlich von Gott.

Das Brot liefert *Frischepost,* immer mittwochs, mit einem Elektroauto, direkt bis vor die Luke der Höhle.

Tagessonate 6.21

Ein Bundesland gähnt, zuweilen scheint es in Sachsen-Anhalt nicht einmal mehr Wetter zu geben.

Die Miesmacher Europas hoffen, so wieder ins Spiel zu kommen.

Tatsächlich, es wird doch noch lustig in diesem seltsamen Beethovenjahr 2020.

Meeresforscher haben mit Hilfe von Tauchrobotern einen riesigen Korallengarten entdeckt, auf dem Grund der Davisstraße, einer Meerenge zwischen Grönland und der kanadischen Baffininsel, in 300–600 Metern Tiefe. Weichkorallen, die keine Riffe bilden. Orange Seeanemonen. Weiße Blumenkohl-Korallen. Farbenpracht in der Finsternis, auf einer Fläche fast so groß wie der Bodensee. Wunderbare Verschwendung. Schönheit an sich, für niemandes Augen bestimmt.

Tagessonate 6.22

Putin ändert die Verfassung.

Die Zuschauer schöpfen nach etwa fünf Minuten Verdacht und buhen ihn von der Bühne.

An Kuriositäten in dieser Arena mangelt es weiterhin nicht.

Hortensien, Mohn und Rosen; wenn es das Wetter zuließ, feierten wir den Geburtstag des Großvaters mit einer Kaffeetafel im Garten. Großvater Otto Müller starb, kurz bevor ich sechzehn wurde.

Das Datum erlangte für mich lebensgeschichtlich später noch eine andere Bedeutung. An dem Tag, an dem Großvater Otto Müller fünfundneunzig geworden wäre, hätte er so lange gelebt, trug ich meinen Ausreiseantrag zum Postamt Leipzig-Reudnitz. Ich denke in jedem Jahr daran zurück.

Der Schreibtischstuhl des Großvaters, heute mein Sitzplatz in der Küche, ist das einzige Möbelstück, das alle Umzüge mitgemacht und in seiner eichendunklen, mit Lederimitat bezogenen Sturheit zu mir gehalten hat.

Großvater Otto Müller, neuntes und jüngstes Kind einer früh verwitweten Weißnäherin, wurde von einem Lehrer als begabt erkannt und konnte dank eines Stipendiums selbst die Lehrerbildungsanstalt besuchen.

Tagessonate 7.1

Da schwebt ein Kackhaufen durch die Luft.

Masken sind cool.

Das gelte übrigens auch für Ohren und Dehnungsstreifen auf den Oberschenkeln.

Sie stand als Wunschbild und Sehnsuchtsfigur lange hoch im Kurs: die Auszeit. Eine Art entfristeter Urlaub. Ein Synonym für Muße. Ein Moratorium der Pflichten und Routinen.

Ich mochte die Auszeit nie. Was für ein hässliches, sang- und klangloses Wort. Begriffsgewölle. Etwas für Leute, die austreten gehen, wenn sie scheißen müssen.

Jetzt wird anschaulich, was es heißt, in einer großen Auszeit interniert zu sein.

Die Vasallen von Kaiser Decius mauerten die frommen Brüder in der Höhle bei Ephesus ein, die Siebenschläfer.

Ulbricht und Honecker, ein Möbeltischler und ein Dachdecker, zwei deutsche Staatshausmeister mit diktatorischen Allüren, errichteten, handwerklich hoch ambitioniert und zwangsfürsorglich, ein Volksgehege und führten mit Hilfe des Großen Zauns eine Form von politischer Leibeigenschaft ein.

Angesichts der pandemischen Auszeit erscheinen einem diese historischen Isolationsstrategien als antiquiert und machttechnisch bieder. Die Pandemie zieht ihre unsichtbaren Mauern viral hoch; der Einschluss vollzieht sich amöbenhaft, unangreifbar, unfassbar, unheimlich. Die unsere Existenz und Lebensart bedrohende Macht ist eher Medium als Subjekt. Das Virus kann nicht anders, es will nur mit ein paar fremden Zellen spielen und gewinnen. So kommt der Kapitalismus in uns zu sich selbst.

Und nicht zu vergessen: Während die Pandemie grassiert und unsere Aufmerksamkeit bindet, schickt ein anderer unberechenbarer Player, vom Seuchengeschehen unbeeindruckt, seine Inkassoeintreiber aus, das von Menschen und Mächten malträtierte Klima.

Und die sind nicht zimperlich.

Das Schlimmste, plötzlich geht mir das Diktum von Beckett durch den Kopf, *steht einem solange bevor, bis es einen zum Lachen bringt.*

Was für eine Entdeckung: Walter Ulbricht und mein Großvater Otto Müller sind Geburtstagskollegen! Nur dass der Spitzbart sechs Jahre jünger war. Ich habe an Ulbrichts Geburtstag und in seiner Heimatstadt mein Freiheitsbegehren frankiert.

Ausgereist, ausgetrunken; die Welt, das Fässchen.

Tagessonate 7.2

Das Kamel graste kurz nach Mitternacht mitten in Luckow im Kreis Vorpommern-Greifswald.

Es soll hier Leute geben, die Protestbanner waschen, bügeln und dann wieder aufhängen.

Wölfe, Dachse und Elche leben am Fluss, der schon viele Dichter und Komponisten inspiriert hat.

Gaffen. Von Machtinteressen gesteuerter Voyeurismus. Fremde Kämpfe in Halbdistanz verfolgen. Sich merken, wer stark und wer schwach ist, den Sinn für notorische Opfer und geborene Sieger schärfen, um später davon zu profitieren. Angewandtes Verhaltenstraining.

Dafür reicht schon ein Insektenhirn.

Papierwespen, beispielsweise, sind imstande, sich Individuen der eigenen Spezies samt solcher Schicksalsmuster einzuprägen und sie danach zu behandeln.

Soziales Belauschen, nennen es die Biologen.

Tagessonate 7.3

Er ist ein kleiner Chaot voller verrückter Einfälle und ohne jede Angst.

Bei vielen anderen Vogelarten ist das Gegenteil der Fall; oft setzen die Weibchen eher auf Tradition.

Zipse und seine Kollegen ersparen sich, den Firmennamen dieses gefährlichen Konkurrenten auszusprechen.

Die Reiseidee entspricht dem Alltagsminimalismus in diesem Jahr, der freiwilligen Reduktion des Privatlebens und dem erweiterten Hausarrest aus freien Stücken.

Nach Helgoland! Luft- und Tapetenwechsel!

Zwei Wochen auf 1,7 Quadratkilometer, Deutschlands einziger Hochseeinsel. Zu den Basstölpeln! Seefahrer verpassten dem gänsegroßen Stoßtaucher einst den Spitznamen *Bobo*, aus dem Portugiesischen, Dummkopf: Er landete gern auf einem Schiff, um sich auszuruhen, war sehr zutraulich und auf der Speisekarte der Seeleute äußerst beliebt.

Strenge Klausur in der Deutschen Bucht; ein Fraktal der häuslichen Lebensform, die wir derzeit praktizieren.

Tagessonate 7.4

Womöglich war es ihm schon immer zuwider, Spuren zu hinterlassen.

Die Angst vor dem Dominoeffekt ging um.

Die »Wasserstoffblondine« früherer Zeiten erinnert daran.

Wir können, metaphorisch gesprochen, einer Metapher dabei zusehen, wie sie schmilzt: das ewige Eis. Ein anderes Sprachbild wird inflationär: die Jahrhundertflut.

Nicht auszuschließen, dass nach etwa zehntausend Jahren gerade ein Klimaoptimum zu Ende geht, wie es im Römischen Reich um 500 geschah.

Im Unterschied zu damals heizt die Menschheit im Anthropozän die eigene Hölle selbst kräftig an.

Im ostsibirischen Werchojansk, innerhalb des Polarkreises gelegen, hat man am 17. Juni 38 Grad Celsius gemessen. In Norilsk, dreihundert Kilometer nördlich des Polarkreises, sackten im tauenden Permafrost die Fundamente eines Kraftwerks weg. Ein Öltank riss auf, und zwanzigtausend Tonnen Diesel liefen aus und kontaminierten ein Gebiet halb so groß wie Deutschland.

Nichts Neues unter der Sonne: Vor 55,8 Millionen Jahren, so datieren es die Forscher, herrschte das Paläozän/Eozän-Temperaturmaximum (PETM). Da gab es gar kein Eis auf der Erde, und der Meeresspiegel lag siebzig Meter höher als heute.

Tagessonate 7.5

Der Mensch kann schon komisch sein, wenn es um Tiere geht.

Dann aber werden die Wolken der Erinnerung doch noch von einem Blitz der Erkenntnis erhellt.

Die Spur führt in die Irre – sehr wahrscheinlich mit Absicht.

Die Sturmmöwen, habe ich kürzlich erfahren, nisten auf dem Flachdach der Werkstatt für Oldtimer, ganz in der Nähe.

Häufig zeichnet das schrille Möwengezeter den Abendhimmel, eine akustische Schraffur in der Dämmerung über unserem Haus.

Ein Hausgenosse baut in der Wohnung unter uns ein neues Fenster in sein Badezimmer ein. Das Haus, ehemals eine Fabrik, hat dicke Wände, und der Lärm vom Stemmen und Durchbrechen ist enorm. Das dauert nun schon etliche Wochen.

Mit der Zeit beginne ich mich zu fragen, ob die mit dem Einbau beauftragten Handwerker inzwischen selbst auf eine sozial unauffällige Weise verrückt geworden sind. Es gibt Tage, da beginnt die an Vernichtungsgefühle appellierende Lärmattacke um 7.50 Uhr und geht bis 8.17 Uhr. Dann herrscht bis zur Abendschicht ab 17.23 Uhr Ruhe. An anderen Tagen hält das Getöse über viele Stunden an und zertrümmert jeden Gedanken im Kopf.

Der Soundtrack zur Corona-Klausur.

Seidengrau der Himmel, kiesgrau der See.

Es ist sehr hell, Blendungseffekte setzen mir zu.

Am Ufer steht ein Mann, reglos, unerheblichen Alters, Anfang vierzig vielleicht, kahlköpfig, hager, stumm, nackt bis auf Stützstrümpfe.

Pose? Parodie?

Reiher oder Kranich, das ist die Frage.

Ein Passant mustert mich, als halte er mich für besonders begriffsstutzig; dann raunt er mir zu, das sei kein gemeiner Exhibitionist, der fast Nackte gehöre zu den Polyamorösen. (Sieht ihm das jeder außer mir an?)

Noch zögert der See, dem nichts als sich selbst in Stützstrümpfen Verkörpernden einen Schilfgürtel zuzuwerfen.

Tagessonate 7.6

Um halb elf ertönt in der Messehalle erstmals Geigenmusik von der Platte.

Es geht einfach darum, möglichst kunstvoll absurd große Blumengestecke zu basteln.

Ach ja, wir beherrschten noch Orthografie und Interpunktion, jedenfalls solange wir nüchtern waren.

Ein Radiogottesdienst. Der Pfarrer, ob katholisch oder evangelisch, es ist nicht von Belang, verquirlt in seiner Predigt Meister Propper und Karl Popper zu einem allchristlichen Gericht, intellektuell fade, sprachlich ohne Aroma, theologisch konsistenzlos. Das möchte ich am Sonntag nicht aufgetischt bekommen. Kirche als Werbeagentur für Manna, in den Geschmacksrichtungen Heil-, Fasten- oder Durchhaltespeise, oder auch Dessert auf dem Markt der Möglichkeiten. Kirche, durch geistliche Mangelernährung abgemagert zum Gesinnungsmilieu.

»Das Dichten und Trachten des menschlichen Herzens ist böse von Jugend auf.«

Solch einen biblischen Brocken und anthropologischen Fundamentalsatz ins Heute zu hieven, traue ich allenfalls der Poesie zu.

Was für ein Verhängnis, wenn sich selbst abgestandene Juristenwitze zu materialisieren beginnen. So geschieht es, leider, im Großen wie im Kleinen, mit diesem scheppernden Scherzartikel: »§ 1: Ich gewinne. § 2: Verliere ich, tritt unverzüglich § 1 in Kraft.« Der Bundesstaat Texas will die Ansteckungsgefahr mit dem Coronavirus als Briefwahlgrund so wenig anerkennen wie der amtierende Präsident der Freien Akademie der Künste Hamburg.

Biostatistik: Alle 14,4 Minuten stirbt auf unserer Erde eine Spezies aus. Mit der Inventur des Lebens befasste Forscher schätzen, dass die etwa 1,7 Millionen Arten, die man bislang kennt, allenfalls 10–20% aller tatsächlich existierenden darstellen. Viele Arten verschwinden wieder, ohne dass sie zuvor – von uns – je entdeckt wurden.

Wäre das vielleicht eine irdische Utopie, gelebt zu haben und vom Menschen nie aufgespürt und erforscht worden zu sein, ein biopolitisches Lob der Vergänglichkeit?!

Der Präsident Brasiliens ist positiv auf Covid-19 getestet worden. Sonst weiß ich nichts Positives über Bolsonaro zu sagen.

Tagessonate 7.8

Sonnencreme ist ungefähr das einzige kosmetische Produkt, dessen Nutzen zu 100 % erwiesen ist.

Neben der Beute hat ein Ladendieb im Hauptbahnhof Hannover bei einem Gerangel ausgerechnet seinen Ausweis verloren.

Ich kriegte einen höheren sechsstelligen Lachanfall.

Tagessonate 7.9

Argentinische Kindergeburtstage sind ein Phänomen, das sich nur unzureichend mit einem sehr, sehr starken Wirbelsturm vergleichen lässt.

In Berlin dagegen soll jetzt auf Autonomie gesetzt werden.

Wo nichts blitzt, ist nichts.

Stoff für eine Kleist'sche Anekdote.

In Indianapolis im US-Bundesstaat Indiana war für übermorgen die Hinrichtung eines rechtskräftig verurteilten Mörders angesetzt.

Der Mann hat 1996 in Arkansas drei Menschen umgebracht.

Nun stoppt eine Richterin per einstweiliger Verfügung vorerst, dass die Todesstrafe vollstreckt wird. Sie gibt damit dem Einspruch von Angehörigen des Mörders statt, die das Recht haben, der Exekution beizuwohnen. Die Angehörigen machen Gründe akuter Gesundheitsgefährdung geltend. Im engen Zuschauerraum der Live-Vorstellung sei das Risiko hoch, sich mit Covid-19 zu infizieren.

Nun lebt der Mörder, befristet wie wir alle, weiter.

Sex-Roboter sollen sich gut anfühlen, mit Haut, Haaren und Nägeln. Sie strahlen Körperwärme ab. In Aktion beschleunigen sich Herzschlag und Atmung. Sie bekommen sogar eine Gänsehaut und beginnen zu stöhnen. Ihre Devotionsbereitschaft ist grenzenlos.

Es ist das Verhängnis der Poesie, dass sie der Wirklichkeit vorgreift, mitunter. E.T.A. Hoffmanns Gespensterpuppen, in die sich Männer aus Fleisch und Blut bis zur Raserei verlieben.

Tagessonate 7.10

So trampelt er auf dem Geist herum, dem dieser Ort einst geweiht wurde.

Es salbt das Ego, wenn man etwas tut und kann.

Live haben ihn die Italiener schon lange nicht mehr gesehen.

Tagessonate 7.11

Es beginnt mit den »Hallo!«-Rufen einer Frau, die man zunächst gar nicht orten kann.

Fabelhaft, dass die Sprache Trost und Heiterkeit spendet, gerade in diesen Tagen.

Beschützt du den Boss, beschützt er dich – Loyalität der Mafia.

Schiefe Gedankenbahn. Als publik wurde, der brasilianische Präsident Bolsonaro sei positiv auf Covid-19 getestet, waren die eigenen Empfindungen nicht frei von klammheimlicher Häme oder zumindest von einem Einverständnis, dass gelegentlich auch die Macht die Konsequenzen ihres Handelns tragen muss. Bolsonaro kokettiert nicht nur mit der Militärdiktatur, er verharmlost ebenso methodisch wie zynisch die Pandemie, das Schnüpfchen. Inmitten von abertausendfachem Sterben; manchmal zeigen sich uns für Sekunden die Massengräber, rasch vorüberflimmernde Nachrichtenpartikel.

Bolsonaro ist fünfundsechzig und überstand im vergangenen Jahr eine schwere Lungenentzündung; er gehört zur Risikogruppe.

In der Öffentlichkeit prahlt er mit seiner Unverwundbarkeit, weist auf sein athletisches Naturell hin und nimmt demonstrativ den Mundschutz ab, kaum dass er von seiner Ansteckung gesprochen hat.

Nun höre ich, es könne sich um ein gezielt lanciertes Gerücht handeln, um eine perfide Inszenierung: Bolsonaro sei gar nicht erkrankt, und er werde nach gebotener Frist strahlend erscheinen, ein Phönix aus der Asche von Pandemie und Demokratie.

Klingt schrecklich plausibel.

Und dennoch: Darf man in solch ein Denken einwilligen, solange es keine Gewissheit gibt?

Der Dreifachmörder von Arkansas sollte gestern, 16 Uhr Ortszeit, durch die Giftspritze hingerichtet werden. Eine Richterin erwirkte einen Aufschub. Nun hat der Supreme Court diese Verfügung kassiert, und der Exekution steht kein Rechtsmittel mehr im Wege.

Dass die Familie der Ermordeten gegen diese Entscheidung protestiert und für die Umwandlung der Todesstrafe in lebenslängliche Haft plädiert, spielt keine Rolle.

Das Oberste Gericht sieht ein im amerikanischen Rechtsgefühl begründetes Dringlichkeitsgebot, die Strafe unverzüglich zu vollstrecken.

Vielleicht stirbt der Mörder gerade jetzt.

Das aktuelle Epizentrum des zu Kapriolen neigenden Literaturpreisstarkregens hat einen Namen: Nora B. Kranichsteiner Literaturpreis; Thomas Mann und Joseph Breitbach, innerhalb eines Jahres.

Ich registriere nur. Ich kann nicht mitreden, denn ich habe Nora B. nie gelesen. Das Phänomen gibt vermutlich weniger Auskunft über die unversehens in üppigem Preisglanz erstrahlenden Autorinnen und Autoren, sondern es wirft ein bezeichnendes Licht auf das opportunistische Konsenselend der Jurys: Alle wollen so originell wie alle anderen sein und zu jeder Party eingeladen werden.

Nur ein Titel der Vielgeehrten fällt mir ein, »Rotlicht«.

In meiner Schulzeit in Dresden, Ende der sechziger Jahre, war *Rotlicht* der Spitzname für den Staatsbürgerkundeunterricht, eine Spielart politisch-pädagogischer Pornografie.

Mit dem Joseph-Breitbach-Preis wird Nora B., 38, für ihr Lebenswerk geehrt. Sie sei, so teilt die Akademie der Wissenschaften und der Literatur in Mainz mit, eine »Poetin, die ihre eminenten Möglichkeiten zur Versprachlichung von Welt als Verpflichtung nimmt, sich den großen Themen zu stellen«.

Eminente Möglichkeiten zur Versprachlichung von Welt als Verpflichtung?!

Muss es uns Lesern gefallen, dass einen eminenten, mit 50.000 Euro dotierten Literaturpreis vergibt, wer die deutsche Sprache so schlecht behandelt, devot phrasenhörig? Dicht am Jargon meiner Staatsbürgerkundelehrerin, die leider auch Deutsch unterrichten durfte?

Tagessonate 7.12

Deine Mutter tätowiert Schwänze hinterm Bahnhof.

Die konnte genießen, wie ihr der einstige Widersacher auf Herrenchiemsee politisch den Hof machte.

Während des Spiels irrten viele Boote in der Mündung des Silberflusses umher, weil der Nebel so dicht war.

Tagessonate 7.13

Ralf Stegner ist auch Lyriker in der Nachfolge August von Platens.

Weit weg von der Küste, in internationalen Gewässern, im rechtlichen Ungefähr.

Wann hat sich kulturelles Lernen bei so unterschiedlichen Gruppen wie Primaten und Zahnwalen entwickelt?

Tagessonate 7.14

Jemand drückt den Knopf, den man eben selbst gedrückt hatte, um die Nebelmaschine in Gang zu setzen.

Kein Wunder, dass Küchen gerade besonders nachgefragt sind.

Wenn man nicht beim Bunker wohnt, sondern beim Stadtpark, kann man natürlich versuchen, sich einen Sommer zu fälschen.

Giovanni Maria Mastai-Ferretti, 1792 in Senigallia geboren, Spross einer machtbewussten Adelsfamilie aus der Provinz, war ein schwächliches Kind und ein Schwerenöter. Seine Mutter nannte ihn Prinzesslein, und er litt an Epilepsie. Die Familie ließ ihre Beziehungen spielen, damit der Sohn die Priesterlaufbahn einschlagen konnte. Eigentlich war die Fallsucht ein Ausschlussgrund, denn ein Anfall während einer sakramentalen Handlung wäre ein liturgischer Super-Gau gewesen.

1846 wurde Ferretti zum Papst gewählt, und er trat ein mehr als dreißig Jahre währendes Pontifikat an: als Pius IX.

An den dogmatischen Folgen dieser Amtszeit leidet die katholische Kirche bis heute.

1870 – just vor 150 Jahren – rief sich Pius IX. zum *Pastor aeternis* aus, durch das Dogma von der Unfehlbarkeit des Papstes. Bis heute hüllt die katholische Kirche diesen theologisch-dogmatischen Sündenfall in dröhnendes Schweigen ein.

Wichtigster theologischer Berater und Gutachter von Pius IX. war Joseph Kleutgen, ein Jesuit aus Dortmund. Wie er für seinen Papst log, trickste und manipulierte, erinnert fatal an die Leute, mit denen sich Präsident Trump gern umgibt.

Zur ganzen Geschichte gehört auch ihre abgründige Komik: Kleutgen, Chefstratege der pontifikalen Infallibilität, war zuvor selbst schon einmal als Häretiker verdammt worden. Als Beichtvater im Nonnenkloster Sant'Ambrogio begnügte sich Kleutgen nicht mit der sexuellen Beziehung zu einer Schutzbefohlenen, sondern nötigte mit ihr gemeinsam eine andere Schwester zum Gruppensex im Beichtstuhl.

Der Kirchenhistoriker Hubert Wolf spricht von der Erfindung des Katholizismus im 19. Jahrhundert. Das giftige Erbe des Schwerenöters strahlt bis heute und kontaminiert die Gegenwart.

Tagessonate 7.15

Seit 2014 werden Verräter mit einer Flugabwehrkanone getötet.

Zumindest warnen Urologen aus Belgien, Dänemark und Großbritannien, dass Pornokonsum die Männlichkeit bedrohe.

Darf man ein Eis am Stiel so nennen?

Nach Ohlsdorf! Eine Entscheidung rückt näher.

Auf dem mit hundert Hektar größten Parkfriedhof der Welt – ein Hegewald! – sind seit 1877 1,4 Millionen Menschen bestattet worden. Bald halten die Toten hier den in Hamburg Lebenden die Waage.

Wir schauen uns in der Gegend von Kapelle 4 um. Ganz in der Nähe: der jüdische Friedhof.

Ein Platz zwischen zwei beinah hundert Jahre alten, denkmalgeschützten Grabsteinen, vielleicht. Wir gehen gerne auf Distanz. Für Katastergläubige lautet die Adresse: Grablage D 13–115/6, Grabstätte 16–17–164.

Keine Vorschusslorbeerkränze, bitte. Und Vorsicht, noch ist das letzte Wort nicht gesprochen. Da alle Welt ihr Urteil nimmt.

Zwei Steine stehen auf unserem Balkon bereit, beide einst von U. behauen. Ein Doppelkopf, aus einem alten Grabstein geschlagen. Und ein Elefant, das Tier der Schrift.

Falls möglich, könnte sie ein Steinmetz verbinden. Der Doppelkopf als Bühne für den Elefanten.

Rasen. Zwei Rosen. Das genügt.

Himmel und Hölle: ultra-schwarz.

Die Haut mancher Fische, die in der Tiefsee leben, reflektiert nur 0,05 % des Lichts, das auf sie trifft. Schwarze Drachenfische, Fangzahnfische oder Tiefsee-Anglerfische gehören etwa dazu. Vertreter dieser Arten verkörpern ein Tiefschwarz, dessen dichte Dunkelheit Tinte oder Kohle blass aussehen lässt.

In Sachen Schwärze können den Tiefseefischen allenfalls einige Paradiesvögel mit ihrem Gefieder Paroli bieten, auf Neuguinea.

Die Umfragewerte für Präsident Trump sind prekär; die Zustimmung sinkt rapide. Im Interview mit seinem Haus- und Hofsender *Fox News* erklärt Trump, darauf angesprochen: *Zunächst einmal, ich verliere nicht.* Dann sinniert er, wie schon mehrfach zuvor, dass er Briefwahlen für Einfallstore von Betrug und Manipulation ansieht. Einen Beweis für diese Behauptung bleibt der Präsident, wie immer, schuldig.

In Brüssel verhandeln – oder sollte man besser sagen: streiten, balgen und raufen sich – siebenundzwanzig europäische Regierungschefs über einen gigantischen Finanzdeal namens Corona-Hilfe. Viktor Orbán, schmieriger Nationalpoltergeist mit großungarischem Husarenfieber, spottet lauthals über den Versuch, finanzielle Hilfen an Prinzipien der Rechtsstaatlichkeit zu knüpfen, und fuchtelt mit seinem Veto.

Hamburger Satyrspiel: Dem noch amtierenden Präsidenten der Freien Akademie der Künste gefällt es, Weltmacht zu spielen, sich nicht länger mit Empathie aufzuhalten und seinen Verein per Dekret zu regieren.

Ach, diese katholischen Schwerenöter.

Tagessonate 7.16

Massenware statt Abendland, schnell verderbliches Lesefutter statt Ewigkeitswerte.

Das alles kann ja nichts als Zufall sein.

Der Rohrstock darf darum in keinem Hause fehlen.

Tagessonate 7.17

Borissow wird sich wohl halten.

Fast jeder Praktikant hat während seiner Praktikumszeit mal nichts zu tun.

Die Fans waren, bis Corona kam, immer da.

Erster Todestag von Brigitte Kronauer.

Erste Begegnung mit Marc Degens.

Auf einer Bank im Stadtpark, direkt neben dem Planetarium, haben wir im Freien zwei Stunden lang der hochsommerlichen Kühle getrotzt. Eine Sternstunde des literarischen Parlando und der habituellen Freundlichkeit. Was die Literaturastronomen und -astrologen so auf dem Schirm haben und welche Stars unbeobachtet leuchten, auch davon handelte das Gespräch; ein Auftakt.

Tagessonate 7.18

Viktor Orbán hat gewonnen.

Manch einer wittert einen PR-Gag, zufällig bringt der Künstler ja gerade auch ein neues Album heraus.

Der Hotdog hat von Deutschland aus die Welt erobert.

Blick nach Osten, aus dem Küchenfenster. Was sich auf dem Dachfirst zeigt, lässt an eine Vorschule für Jungvögel denken. Da hocken halbwüchsige Elstern, Tauben, Möwen und Krähen in Erwartung luftiger Instruktionen. Das System der Abstände ist rätselhaft. Ein ornithologischer Strichcode.

Tagessonate 7.19

Supermarkt, Superman, Superwoman, Superdivers, Superbenzin, Superbowl, Supercup, Superlos, Superoxid, Super-Zeitung, abgekürzt übrigens SZ, und Supernova …

So lässt sich einfach schöner schimpfen.

Es ist ein einziger fröhlicher Einerseits-andererseits-Brei, garniert mit Banalitäten aller Art aus dem Handbuch für Sonntagsreden.

Tagessonate 7.20

Vor einigen Wochen kam es im Wiener Stadtteil Favoriten zu Straßenschlachten.

Mit Bordellen tut man sich noch schwer.

Wie lange es nicht regnet, ist viel wichtiger.

Der Schlagzeuger, Komponist und Hörjunkie Matthias Kaul sah seit jeher aus wie der Tod auf Bewährung; deshalb hielt man ihn vermutlich für unsterblich.

Tief in den Höhlen liegende, von dunklen Schatten belagerte Augen. Zerknitterte Züge. Gebeugt. Schlottrig an sich.

Jetzt höre ich, dass Matthias Kaul, vor einigen Wochen schon, im Alter von einundsiebzig Jahren gestorben sei.

Ahnungslos habe ich in jüngster Zeit noch E-Mails an ihn geschickt. Gespensterpost.

Matthias Kaul erforschte, spielsüchtig wie ein Kind und kein Experiment scheuend, schon gar nicht den Selbstversuch, die Welt als Klangphänomen und Resonanzraum. Oder sagen wir, weniger großmäulig, denn das mochte er nicht: die Gegenstände der näheren Umgebung auf ihre akustische Begabung hin. Ein freier Lautgeist und Verfechter der akustischen Basisdemokratie. Kein Ding war so gering, dass es nicht auch Gehör verdient hätte, wenn man es zum Klingen brachte.

Traf man auf einem der Feste ein, zu denen die Klangkommune um Matthias Kaul und Astrid Schmeling gelegentlich ins Alte Forsthaus zu Winsen/Luhe einlud, so hörte man Matthias oft laut lachen, bevor man ihn entdeckte.

In wenigen Tagen wird er als Urne in Jesteburg beigesetzt. Unerschrocken und das Knistern der Provinz nicht fürchtend.

Was man aus diesem Anlass spielen solle?

»Es reicht, bei meiner Beerdigung einige Mikrofone in die Höhe zu halten, so dass die Umweltklänge in der Lautstärke leicht angehoben werden.«

Manche Metaphern oder Sprachbilder kippen mit der Zeit und taugen nur noch zum historischen Zitat.

Wie ein Fisch im Wasser. Pudelwohl.

Müll, Mikroplastik, Sauerstoffmangel – Fische haben heute gute Gründe, das Wasser, ohne das sie nicht leben können, für einen Feind zu halten.

Pudel, da habe ich mich inzwischen kundig gemacht, wurden lange für die Wasserjagd abgerichtet. Pudeln war ein Synonym für fröhlich im Wasser plantschen.

Anschließend fühlt man sich pudelwohl, wenn das Badevergnügen in einem nicht kontaminierten Gewässer stattgefunden hat, womit auch immer. Oder hundeelend.

Tagessonate 7.21

Präsident Recep Tayyip Erdoğan triumphiert.

Endlich ist Schluss mit der Knutsch-Quarantäne.

Und eine junge Frau, die den Hitlergruß zeigte, ließ er mit jungen Türken zusammen Döner essen.

Corona trägt zur seismischen Besänftigung der Welt bei.

Bagger auf Baustellen, startende und landende Flugzeuge, Bahngleise, das chinesische Neujahrsfest – der Mensch verursacht Vibrationen, die sich auf Erdkruste und Erdmantel auswirken.

Von März bis Mai, während des Lockdowns, nahmen die menschengemachten Erderschütterungen etwa um die Hälfte ab, berichten Seismologen in *Science.*

Tagessonate 7.22

Die zweifache Mutter hat nun eine eigene Wäscherei und heiratet wieder.

Die Hochzeit in der Alten Kirche im Dresdner Stadtteil Klotzsche wurde bereits am Freitag gefeiert.

Dass man im Jenseits, wenn man die enge Pforte durchschritten hat, noch einmal in ein sehr ernstes Gespräch gezogen wird, glaube ich schon.

Eine Abschweifung, ein längeres Gedankenspiel an den Grenzen einer merkwürdigen Obsession. Für T.A.

Raabe, Lettau, Kraus und ich
Wohin denken wir, wenn wir an unser Schreiben denken

Auch wenn Autoren längst nicht mehr Dichter genannt sein wollen und empört zurückwiesen, dass sie irgendeiner zeitgenössischen Version von Genieästhetik anhängen, so bringt man sie – mich auch, befürchte ich – leicht in Verlegenheit, wenn man sich arglos danach erkundigt, wann sie mit dem Schreiben aufzuhören beabsichtigten.

Die Nachfrage kann auf die Planung eines ureigenen schriftstellerischen Programms abzielen, das nach Jahren oder Jahrzehnten an seine Grenzen kommt, oder auf die plötzliche Einsicht, ein Autor erkenne in einem bestimmten Buch plötzlich den unüberbietbaren Schlussstein seiner Lebenswerkarchitektur.

Auch eine selbstgesetzte und selbstgewählte Altersgrenze käme als Antwort in Betracht.

Es ist die Frage, ob ein Autor der Souverän seines Schreibens ist oder sein will. Oder welche ominöse Macht ihm sein Schicksal diktiert.

Aufhören? Die Vorstellung verträgt sich nicht mit dem Selbstbild eines Schriftstellers, der lebenslänglichen existenziellen Selbstverpflichtung, die dem eigenen Schreiben Notwendigkeit und Geltung zuerkennt. Aufhören? Das Samenkorn Größenwahn, das es einem einst überhaupt ermöglicht hat, anzufangen, gedieh inzwischen, mit etwas Glück, Geduld und Talent, zu einem Gebüsch namens Lebenswerk, das sich so leicht nicht wieder ausreißen lässt. Wem das Buschwerk als Bild zu schäbig und bescheiden ist, der spreche meinetwegen von einer formbewusst und ertragsorientiert angelegten Plantage, die sich üppig bis an den Horizont der alphabetisierten Welt erstreckt.

Reinhard Lettau, ein Meister des anmutigen Sarkasmus, schlägt folgende Definition vor: »Ein Schriftsteller ist eine Person, die sich der Illusion hingibt, von ihr werde ein weiteres Buch erwartet.«

Ein Schriftsteller, der dieser Selbststilisierung nicht folgen mochte, sich mit Mitte sechzig schon bitter darüber beklagte, wie schwer ihm das Schreiben falle und dass er nur aus ökonomischen Gründen, um die Familie durchzubringen, daran festhalte, aber lieber heute als morgen damit aufhören würde, war Wilhelm Raabe. Raabe haderte auch damit, dass die Leute nur schätzten, was er mittlerweile als »abgestandenen Jugendquark« apostrophierte, und von der Prosa seiner zweiten Lebenshälfte kaum Notiz nähmen. Und Wilhelm Raabe brach 1902, mit Anfang siebzig, die Arbeit an »Altershausen« ab, die Erzählung blieb Fragment, und ihr Autor lebte noch acht Jahre weiter, ohne zu schreiben.

Neben dem gelegentlich porösen Pathos einer lebenslänglichen Selbstbeauftragung und seinem illusionistischen Pendant in Gestalt einer vermeintlichen Publikumserwartung spielt im Gedankenhaushalt vieler Autoren, ob sie es nun zugeben oder nicht, die Vorstellung von einer gewissen Haltbarkeit und Dauer ihrer literarischen Werke eine nicht unerhebliche Rolle. Ein gelungener Text trotzt der Zeitbeize und kann unverhofft strahlend wieder aus ihr auftauchen, auch nach dem befristeten Dasein seines Urhebers. Nicht falsch, aber zu kurz gedacht. Die Regel bestätigt die Ausnahme, aber der auf saisonalen Verschleiß angelegte Literaturbetrieb, wie er derzeit vorherrscht, schleift methodisch die Möglichkeitsbedingung für dieses Verständnis von Literatur. In einem Diktum von Karl Kraus wird das Defizit auf den Begriff gebracht: »Wir Insassen einer Zeit, welche die Fähigkeit verloren hat, Nachwelt zu sein ...«

Warum also verausgaben wir Literaten, jemand wie ich, uns weiter, halten mit idiotischer Unbeirrbarkeit an dem für gewöhnlich wenig einträglichen und kräftezehrenden Zeitvertreib des Schreibens fest und werkeln wie Traumwandler auf unseren Satzbaustellen vor uns hin?

Was dürfen wir hoffen?

Was tickt in uns, dass wir nicht anders können oder wollen?

Warum verschreiben wir uns mit unbedingter Hingabe diesem in der Einsamkeit auszuübenden Handwerk, auf dem Grat zwischen Qual und Leidenschaft? Von goldenem Boden kann jedenfalls kaum die Rede sein, auch wenn im Feuilleton immer mehr Schriftsteller als Erfolgsschriftsteller gehandelt werden.

Ich notiere diese Spekulationen im Frühjahr der Seuche, während die Welt stillsteht. Eine Zäsur, deren Tiefe und

Wucht niemand abzuschätzen vermag. Ändert dieser Einbruch des eben noch Unvorstellbaren etwas an den von mir skizzierten Befunden, was die Wonnen des Lesens und Schreibens und die allgemeinen Geschäftsbedingungen der Literatur betrifft?

Eine Haltung, die uns alle die Seuche einzuüben gebietet, ist für Autoren seit jeher notwendig und unverzichtbar: Kontingenztoleranz.

Zufall und Willkür regieren nicht nur in der Gegenwart unserer Lebenszeit, sie danken auch nach unserem Tod nicht ab, warum auch. In der Zukunft ist alles möglich, wie jetzt auch; mit der Erwartung einer ausgleichenden oder nachholenden Gerechtigkeit hat diese, wahlweise schreckliche oder tröstliche, Einsicht nichts zu tun.

Da halte ich es gern mit Lessings unaufgeregter Eschatologie, sei es in metaphysischer oder postum-literarischer Hinsicht: Warum warten wir das nächste Leben nicht gelassen ab als den nächsten Tag?

Bücher haben Schicksale, und das letzte Wort ist noch nicht gesprochen. Aber Texte, die es nie zur Buchform gebracht haben, sind furchtbar verletzlich und vielleicht schon verloren. Deshalb fürchten Autoren kaum etwas so sehr wie die editorische Obdachlosigkeit. Ob alle Texte, deren Autoren darauf bestehen, zu Recht um Verlagsasyl nachfragen, steht auf einem anderen Blatt.

Ein Blick aus der Halbdistanz zeigt bereits abermals die Kontur des Dilemmas: Autoren von Rang feiern Welterfolge oder finden keinen Verlag. Ehrwürdige Verlagshäuser nobilitieren mit Aplomb sich literarisch gerierenden Bullshit.

Wettbewerbsverzerrungen im Zukunftsrennen, wohin das Auge auch schweift.

Die zum Klischee geronnene Klage, dieser oder jener Autor sei trotz seiner unzweifelhaften Bedeutung in Vergessenheit geraten, operiert mit einem Paradox: Indem ich den Namen eines Autors nenne, der meiner Wahrnehmung nach der Welt (leider) abhandengekommen sei, vergegenwärtige ich ihn, zumindest eine Weltsekunde lang.

Dass jedes Buch eines nahen oder fernen Tages seinen letzten Leser findet, trifft wohl zu. Aber wie, wann und durch welche Begleitumstände, da lassen sich die Tyrannen Zufall und Zeit nicht ins Diktatorenhandwerk pfuschen.

Wer je beobachtet hat, was für ein sardonisches Grinsen über die Züge eines Paläoanthropologen flackert, wenn man in seiner Gegenwart Homer, Dante oder Shakespeare unsterblich nennt, vergisst diesen Schlag in sein eigenes Illusionskontor so rasch nicht mehr.

Kehren wir also aus der säkularisierten Transzendenz einer unberechenbaren Zukunft des Geschriebenen zurück in die irdische Immanenz eines Autorenlebens.

Wir sind befristet, und Zukunft ist, genau betrachtet, nichts anderes als eine Fiktion der Grammatik.

Eine Prosaminiatur des Philosophen Hans Blumenberg mit dem Titel »Sättigungsgrade« setzt einen ironischen Reflex auf die Megalomanie von Schriftstellererwartung und -narzissmus: Sind 50 Leser schon eine Leserschaft, oder müssen es mindestens 500 sein? Beginnt literarische Bekanntheit bei 5000 Lesern, oder setzt sie 50.000 voraus? Und so kulminiert in dem Kabinettstück von Blumenberg die Eskalationslogik der Schriftstellereitelkeit: Hätte ein von seiner eigenen Bedeutung ganz und gar kontaminierter Autor die Gewissheit, die Hälfte der Weltbevölkerung nähme von seinem Werk Notiz, so fragte er sich bald: Und was macht eigentlich die andere Hälfte?

Warum hält einer wie ich, beispielsweise, trotz aller Vergeblichkeitserfahrungen und nachdem er seinen Illusionshaushalt gelüftet und die bewusstseinsverengenden Pirouetten seiner Eitelkeit halbwegs durchschaut hat, am Schreiben fest? Einem seltsamen Zeitvertreib ohne Gewähr?

Ich deute einige Vermutungen an, für die ich meine rechte Hand, mit der ich schreibe, aber nicht ins Feuer legen würde.

Camouflage im nichtmilitärischen Sinne – indem es sich Schriftsteller nennt und auch so benimmt, verkleidet sich ein in die Jahre gekommenes Kind und darf weiter mit seinen Silbenklötzchen spielen oder in der Buchstabensuppe fischen, durchtrieben kindlich, nicht kindisch, raffiniert naiv, aber nicht ahnungslos, ohne dabei als infantil zu gelten. Und wir, ich, das jungalte Kind, das ich gewesen und geworden bin, spielen sowohl mit dem Alphabet als auch mit unserem Leben. Wir lassen die Welt passieren und halten sie zugleich form- und regelbewusst auf Distanz, uns vom Leibe. Zwar mögen sich Spieler wie wir lange als Souverän des Spiels wähnen, aber mit der Zeit, Hans-Georg Gadamer wies einst darauf hin, wird das Spiel zum Medium und sein eigenes Subjekt, das die Spieler spielt. Licht und Wellen spielen. Nicht Kommunikation oder Information interessieren unsereinen als Schriftsteller; es ist die Sprache als Welt- und Transzendenzmedium schlechthin. Der Kosmos kombinatorischer Unendlichkeit, den uns das Alphabet eröffnet, bringt unsere mit allen Wassern der Bildung und Gelehrsamkeit gewaschenen Augen zum Glänzen. Und die Entdeckung der Grammatik als elementarer Schöpfungstatsache, ein Satzgenerator, der zu zaubern beginnt, wenn er in die richtigen Hände fällt.

Mir fallen üblere Arten von Spielsucht samt somatischer und psychischer Abhängigkeit ein. Was sollte gegen eine Sucht einzuwenden sein, die, mit ein bisschen Glück, dem Süchtigen sogar etwas Geld einträgt? Dealer und Konsument in Personalunion, gewissermaßen? Wer je die kleinen Glücksexplosionen erlebt hat, die sich beim Satzbaugeschäft, plötzlich und unverhofft, ereignen können, grundlos-abgründige psychophysiologische Belohnungsereignisse wie bei jeder Sucht, der bringt auch die notwendige Geduld auf. Und Heulen und Zähneklappern sind dem Sprachjunkie nicht fremd.

Camouflage – irgendwann wird uns die professionelle Verkleidung des poetischen Kindes zur zweiten Haut, und wir hören sogar damit auf, lautlos in uns hineinzukichern, weil wir uns daran gewöhnt haben, dass die Leute unsere Rolle für echt halten.

Erkenntnisinteresse, so nenne ich ein weiteres Motiv, das es jenseits aller Gewinnabsichten verlohnt, am Schreiben festzuhalten. Mangels besserer Möglichkeiten, für einen wie mich jedenfalls. Wer schreibt, will etwas über seine Welt herausfinden, das sich anders nicht zeigt. Poesie ist nicht verbale Daseinsdekoration, sondern ein Erkenntnismodus wie etwa die exakten Wissenschaften mit ihren Mitteln auch. Poesie arbeitet mit Modellen, darin der Mathematik oder Physik vergleichbar. Poesie modelliert Menschenerfahrung mit allen Mitteln der Sprache, und in der Sprache lassen sich Kontingenz und Ambivalenz der menschlichen Existenz ausdrücken und gestalten, spielerisch und präzise zugleich. Sprache ist und bleibt unser Weltmedium schlechthin. Schreiben als methodisches Erkenntnisinteresse – da gerät unweigerlich auch ein zweiter Aspekt ins Blickfeld: das Lesen. Ich halte, salopp gesagt, Schreiben und Lesen für zwei Seiten derselben Medaille und drehe sie gern hin und her. Die Frage nach dem Primat ist für mich unentscheidbar. Zwei Aggregatzustände ein- und desselben Lebensmittels.

Erkenntnisinteresse schließt allemal den Willen zur Selbsterkenntnis ein – und die Furcht vor ihr, und den Zweifel, dass sie möglich sei. Deshalb wohnt der Poesie mitunter ein Gerichtsgeschehen inne, und ein implizites Interesse an Fragen der Rechtsphilosophie ist ihr nicht fremd.

»Liebster Freund, haben Sie auch einmal nackt vor dem furchtbaren Geheimnis des Selbstbewußtseins gestanden? Und wenn – wie verhielten Sie sich ihm gegenüber?«

So heißt es einmal bei Wilhelm Raabe.

Von megalomanischen Rezeptionsphantasien eines Autors ist bereits die Rede gewesen. Wenn ich den unvollständigen Reigen meiner Schreibmotive Revue passieren lasse, kommt mir noch eine andere Figur in den Sinn: Schreiben als Gespräch unter Freunden; der Text als Kassiber, von Zelle zu Zelle geschmuggelt. Gefängnis, Exil, selbstgewählt oder nicht, monastische Lebensform, Hirnbiologie, organisches Wachstum – im Begriff der Zelle geben sie sich ein Stelldichein.

Texte selbst zetteln das Gespräch unter- und miteinander an, in der Horizontale der Zeitgenossenschaft und in der Vertikale der Literaturgeschichte, über die Zeiten eben. Und wer unter uns Schreibenden hätte nie die Erfahrung gemacht, dass die hellsichtigen, leichtsinnigen, verwegenen und verblüffenden Lektürezurufe von Kollegen, meist Kolleginnen, und anderen Wahlverwandten nicht fast alle Rezensionen aufwiegen, die freundlichen wie die unfreundlichen? Diese Erfahrung suspendiert das Gesetz der großen Zahl, und sie ist nicht neu. Wilhelm Raabe, so ist es überliefert, entdeckte in der Zeitung einen Brief, den Theodor Fontane am 11.11.1889 an Georg Friedlaender geschrieben hat, und er las einem Besucher, ergriffen zustimmend, eine Passage daraus vor: »Ich habe, ein paar über den Neid erhabene Kollegen abgerechnet, in meinem langen Leben nicht fünfzig, vielleicht fünfzehn Personen kennengelernt, denen gegenüber ich das Gefühl gehabt hätte, ihnen dichterisch und literarisch wirklich etwas gewesen zu sein …« Und Raabe habe sarkastisch ergänzt: »Das unterschreibe auch ich …«

Wo bleibt das Politische?, insistiert eine Stimme leise und vorwurfsvoll. Sobald auf dem Appellplatz des Realismus das Kommando *Kunst als Waffe* ertönt, verwandle ich mich in einen literarischen Spontanpazifisten. Und ein erklärter Gegner des Waffenhandels bin ich sowieso.

Aber dass Gesellschaftsverwahrlosung allemal mit Sprachverwahrlosung anfängt und dass es nur ein Sprung ist von der mörderischen Phrase zur Realität der Diktatur, die in ihren eigenen Wörterbüchern nachschlägt, was zu tun sei, tangiert das eigene Schreiben unbedingt.

Karl Kraus hat in seinem Periodikum »Die Fackel« über siebenunddreißig Jahre und 922 Ausgaben hin, als Herausgeber und fast immer Alleinautor, der grassierenden Sprachverluderung den Prozess gemacht und den Sprachverhunzern, Sprachpanschern, demagogischen Sprachtätern auf die Finger geschaut und gehauen. »Worthelfer der Gewalt« nannte er Anfang der Dreißiger Leute wie Heidegger und Benn.

Aufhören? *Zu Hitler fällt mir nichts ein,* mit dieser Sentenz habe Kraus, so wird es gern kolportiert, sein Riesenwerk beschlossen. Es trifft nicht wirklich zu. Aber es ist ein auskristallisierter Leserwunsch, dass es so geendet haben möge, dem verehrten Autor angemessen. Das gibt es auch.

Und Reinhard Lettau, der Reduktionsvirtuose, dessen Prosalebenswerk, *Alle Geschichten,* in einem Band von 370 Seiten Platz findet – ein Buch, das in jede Bibliothek passt und gehört –, sollte er nicht zumindest als chronischer Geheimtipp in die Annalen eingehen? Wäre dieser Titel – Oh Nachweltschmerz, lass nach! – nur inzwischen nicht so antiquiert und welk geworden. Geheimtipp klingt ungefähr wie Geheimrat, museale Ehrenbezeugung durch ein Posthorn.

Im Sommer 1994 bin ich zu Gast an der University of Iowa gewesen, etwa zwanzig Jahre, nachdem dort T.C. Boyle einen Schreibkurs bei John Cheever belegt hat. Nichts als Maisfelder und in einem Klima der Sympathie gedeihende akademische Begeisterung weit und breit.

Nach einer Lesung vor Studentinnen und Studenten am German Department staunte ich nicht schlecht, wie versiert und enthusiastisch zugleich das Gespräch über das vorgetragene Prosastück geriet und glückte. Abschweifungen, lange Perioden, grammatische Finessen und der Nuancenreichtum des deutschen Konjunktivs – nichts blieb verborgen und unerwähnt.

Als ich mich am Ende des Seminars danach erkundigte, woher denn dieser Überschwang und diese sich im Fachlichen nicht erschöpfende Anteilnahme rührten, mit denen die Kursteilnehmer sich für Textwelten in einer fremden Sprache interessierten, da antwortete einer, dessen Hautfarbe vermuten ließ, seine Vorfahren seien als Sklaven nach Amerika gekommen: Weil's Spaß macht, man.

Das ist ein schöner Schluss.

Tagessonate 7.23

Sie tragen ihre Bäuchlein mit Würde und plaudern über legendäre Bergtouren oder Läufe in fernen Metropolen.

Ihnen gegenüber agiert ein Anwalt, der offenbar nur auf YouTube ein toller Hecht ist.

Das ist für Urlauber und junge Menschen womöglich unerfreulich.

Coronaveteran Tom Hanks und seine Frau Rita Wilson haben die griechische Staatsbürgerschaft angenommen. Der Präsident persönlich händigte den prominenten Neubürgern die Pässe aus.

Bereits 1988 konvertierte Hanks zum griechisch-orthodoxen Glauben.

Tagessonate 7.24

Die Menge entspricht dem Anlass.

Wenn sie zugedrückt wird, verriegelt sie sich automatisch und hat eine Panikfunktion.

Pflege ist eine anspruchsvolle Tätigkeit.

Mein Namensvetter Wolfgang B., der berühmte Kunstfälscher und Sohn eines Kirchenmalers, gibt im Gespräch Auskunft über sich.

Auf die Frage, ob er sich eine Alternative zu seiner Fälscherkarriere hätte vorstellen können, antwortet B.: »Ach, ich wäre vermutlich auch so ein Professor geworden, an irgendeiner Akademie, und hätte mir den Arsch abgelangweilt.«

In Gedanken male ich mir Heinrich Bölls Reaktion auf diese aparte Lesart seines Diktums aus, ein Künstler höre nicht dann auf, ein Künstler zu sein, wenn ihm etwas misslinge, sondern wenn er nichts mehr riskiere.

Tagessonate 7.25

Kinder haben keine andere Möglichkeit, als für den Klimaschutz zu demonstrieren.

Kein Auto, keine Wohnung, kein Handy, kein Bankkonto.

Der Pater, der am liebsten Punk hört.

August

Ein Hochsommerabend auf dem Balkon.

Im Nordwesten prahlen Gewitterwolken mit ihrem vom Abendlicht perfekt ausgeleuchteten Bodybuilding, ziehen dann aber unverrichteter Dinge ab.

Aperol spritz; Pilzrisotto; Moselriesling.

B. erzählt von seiner Arbeit als Journalist in Westafrika, vom Besuch im Haus des frommen Kriegsverbrechers und Menschenfressers.

Der Staat Liberia verkörpert ein anthropologisches Dilemma: dass Sklaven weniger davon träumen, als freie Menschen zu leben, als vielmehr davon, einst selbst Sklavenhalter zu werden.

Liberia konstituierte sich, nachdem großherzige, mit den Ideen der Französischen Revolution sympathisierende weiße Herren in Amerika ihren Sklaven nicht nur die Freiheit schenkten, sondern die Freigelassenen auch gleich noch in ihre vermeintliche Heimat verfrachteten, nach Westafrika. Dort angekommen, zögerten die frisch aus der Sklaverei Entlassenen und Zurückgeschickten nicht lange, und sie begannen ihrerseits, sich Sklaven zu halten. Schließlich hatten sie ihren eingeborenen Landsleuten einige Erfahrungen voraus.

Da die Hautfarbe nun nicht mehr zum Distinktionsmerkmal taugte, imitierten die neuen Sklavenhalter ihre alten Südstaatenherrschaften, was Kleidung, Habitus und Attitüde, aber auch die Architektur ihrer Landsitze betraf.

Liberias Hauptstadt Monrovia ist nach dem 5. Präsidenten der USA, James Monroe, benannt.

B. wartete im Haus von Joshua Milton Blahyi, auch als Warlord *butt naked* berühmt und berüchtigt, dass der Hausherr von einer Missionstour – die er Kreuzzug nannte – zurückkehrte.

Es war ein Interview verabredet.

B. unterbricht sich selbst beim Erzählen gelegentlich durch ein kurzes Auflachen, eine Interjektion der Fassungslosigkeit, und er berichtet lakonisch, diagnostischer Befund eines kardiologisch Versierten, der die Möglichkeit hatte, das Herz der Finsternis auszukultieren, heute.

Ein Menschenherz.

Einer vom Volk der Sarpo, 1971 geboren. Früh werden dem Jungen kultische Kräfte zuerkannt, und er soll Zauberer und Schamane werden. Deshalb, es gehört zur Vorbereitung auf eine solche Laufbahn, hält man das Kind lange Zeit im Dunkeln.

Mit elf Jahren wohnt Joshua Milton Blahyi einer geheimen Versammlung bei, während der ein Mensch geschlachtet und rituell verspeist wird. Seither ist Kannibalismus bei ihm eine biografische Konstante.

Im ersten liberianischen Bürgerkrieg avanciert er rasch vom Kindersoldaten zum Warlord *butt naked*. Er zieht nackt, nur in Turnschuhen oder Gummistiefeln, in den Kampf, eingehüllt in das Bewusstsein seiner Unverwundbarkeit.

Dann, Joshua ist Mitte zwanzig, erscheint ihm Gott, ein sprechender Himmelskörper aus Feuer und Flamme, und fordert ihn zur Umkehr auf. Ein Damaskus- respektive Monroviaereignis. Joshua legt die Waffen nieder, gründet eine Kirche und beginnt seine nächste Karriere als ekstatischer Prediger der Feindesliebe.

Bereitwillig und ausführlich steht der Bekehrte nach dem Bürgerkrieg der Wahrheits- und Versöhnungskommission Rede und Antwort. Er nimmt zwanzigtausend Ermordete auf seine Kappe, *butt naked.* Er sei bereit, sich jedem Tribunal zu stellen.

Die Grandiositätsvorstellung von sich selbst läuft immer als Schattenlinie mit, auch wenn sie sich verwandelt.

Während B. im Haus auf die Ankunft der Kreuzfahrer wartet, zieht ihn ein enger geistlicher Berater Joshuas in ein Gespräch. Ein Weißer. Ein evangelikaler Zahnarzt aus den Südstaaten der USA.

Biblische Überlieferungen, Texte, Zeugnisse, alles schön

und gut, so der gottesfürchtige Zahnarzt. Aber ob er, B., glaube, dass Gott Wunder wirken könne, hier, in diesem Moment? Darauf komme es an, das sei die alles entscheidende Frage.

Spät in der Nacht treffen die Missionsritter ein, ein dröhnender Pick-up-Konvoi, müde Gottessöldner.

Joshua streckt sich gleich auf einem Sofa aus, während er redet, fallen ihm immer wieder die Augen zu. B. kniet mit dem Mikrofon vor ihm und fragt.

Ob er glaube, dass man ihn mögen könne, will B. von dem Todmüden wissen. Nach allem, was er Menschen angetan habe.

Seine Großeltern, erzählt B. dem reuigen Kriegsverbrecher und Menschenfresser, hätten in Rumänien den Holocaust überlebt.

Joshua hört nachdenklich schweigend zu.

Nein, dass man ihn möge, könne er sich nicht vorstellen.

Tagessonate 8.1

Nutrigenomisch heißt das Catchword, und es steht für: meine Gene, mein Müsli, mein persönliches Vitamin-Abo.

Warum haben wir in der Schule nie über Namibia gesprochen?

Und damit zu Karl-Heinz Rummenigge.

Helgoland.

Fraktaler Lebensweltminimalismus.

Ein Appartement zum Hof, ohne Balkon, dafür mit einer vitalen Baustelle, ab acht Uhr morgens.

U. gibt sich nicht zufrieden und verhandelt in der Helgoländer Botschaft nach. 20% Rabatt und Umzug in den zweiten Stock, mit einem Fenster zum Meer, immerhin. Die Baustelle bleibt.

Ich warte vor der Botschaft und nehme Blickkontakt mit einem Sperling auf.

Hochsommer pur.

Halbgare Notizen aus dem Strandkorb, Südstrand.

Wir teilen uns das Meer mit Seehunden und Kegelrobben.

Aussichtsplattform mit einem praktizierenden Amateurdudelsackpfeifer. Ein freundlicher, gedrungener Mann, Ende vierzig, von robbenhafter Anmutung, mit einem Instrumentenkoffer. Passionierter Hobby-Mittelaltermusikant. Kastenhalslaute. Irish bouzouki. U. singt mit.

Bulldoggen- und Katzentattoo, überlebensgroß. Auf Brust und Hals.

Jenseits der Musikleidenschaft IT-Mann in der Nähe von Hildesheim.

Heute vor einhundertdreißig Jahren besuchte Wilhelm II. Helgoland.

Hitze auf Helgoland. Hitze.

Wir sollen neugierige Robben ignorieren und nicht mit ihnen spielen.

Der IT-Barde mit Faible fürs Mittelalter singt, unterstützt von seiner zweichörig in Oktaven gestimmten Gitarre, wiederholt ein Lied vom König, der über uns alle herrscht, dem Sensenmann.

Die Patientenverfügung liegt zu Hause und will ausgefüllt werden.

So schönes Wetter, und wir immer noch dabei.

Robert, unser Hotelmanager. Man sieht sich.

Tagessonate 8.2

Die Dialoge hätten nicht präziser sein können für die Kläffeinsätze des Hundes.

Natürlich kann das schiefgehen.

Die Partei »Die Rechte« ist mit dem Slogan aufmarschiert *Wer Deutschland liebt, ist Antisemit.*

Kaiserwetter auf Helgoland, was sonst.

Kiosk am Südstrand.

Während ich, kurzatmig unter dem Mundschutz und auf Abstand bedacht, in der Schlange warte, mustere ich die Bücherwand zur Linken, Secondhand-Bestände.

Die gute Nachricht. Nie mehr arm, Teil 2. Laßt das Volk doch singen.

Ein Becher Kaffee, zwei *Magnum Classic.*

Die Wirtin, vermutlich der achtzig näher als der siebzig, feinzittrig vor Anspannung, warnt jeden Kunden vor den räuberischen Möwen, immer aufs Neue, sooft er auch schon etwas bei ihr geordert haben mag.

Kaiserwetter auf Helgoland, heute wirklich, nicht gelogen, was sonst.

Auf dem Weg zum Südstrand vorbei am Friedhof der namenlosen Toten.

Heute liegen etwa hundert Seehunde und Robben in der Bucht, so viele wie nie zuvor.

Helgoland auf Tesafilm.

Eine Zentralbude am Fähranleger ist der Ort, an dem man einen Strandkorb mieten kann, ob Süd- oder Nordstrand.

Wir stellen uns an. Für heute alles ausgebucht, heißt es wenig später. Wir bleiben länger auf der Insel, und es gelingt uns, für die Tage ab morgen eine Reservierung zu ergattern. Der hagere Mann am Strandkorbschalter zittert, wirkt fahrig und ist von großer Freundlichkeit. Er bittet uns um Geduld. Umständlich entfernt er ein Schild *Nordstrand ausgebucht,* um dafür die aktualisierte Version *Nord- und Südstrand ausgebucht* anzubringen. Dabei verheddert er sich immer wieder mit dem Tesafilm, der von seinen zitternden Fingern nicht lassen mag. Endlich ist es vollbracht. Wir sind dran. Südstrand, Strandkorb 234, ab morgen für fünf Tage. Ob wir uns das merken könnten? Mein Name ist dem Strandkorbvermieter zu lang; deshalb einigen wir uns auf das Codewort *Hege 234.*

Einmal bittet mich die Wirtin mit dem Alterstremor, bei der ich im Dünencafé regelmäßig Kaffee und *Magnum*

Classic-Eis hole und die mich notorisch vor den Möwenattacken warnt, um einen Gefallen. Ich soll ihr die Papptafel, auf der die Eissorten annonciert sind, über den Tresen reichen. Mit energischer Umständlichkeit klebt die Wirtin *Magnum Caramel* ab. Mit Tesa Krepp. Ausverkauft.

Sonnenuntergang mit Basstölpeln.

Seeschlacht vor Helgoland, 1864. Eine preußisch-österreichische Allianz vertreibt die Dänen. Ein österreichisches Kriegsschiff ist eigens aus Triest gekommen.

In Wien gibt es eine Helgoländer Straße.

Nazihybris: Codename *Hummerschere.*

Helgoland wird gigantisch vergrößert und um eine klandestine künstliche Bucht erweitert, in der die gesamte Marine Platz findet.

Doch dazu kommt es nicht.

Mittelland wurde durch Bombardements erschaffen und geformt.

Heisenberg hatte auf Helgoland 1925 entscheidende Einfälle zur Quantenphysik.

Ebbe. Wassertreten. Protokollarische Visite bei den Robben.

Tagessonate 8.4

Der Kaffeetisch ist wie für Besuch gedeckt.

Trump stört das nicht.

Normalerweise leben Schimpansen im Wald.

Tagessonate 8.5

Das immer wieder großmäulig angesteuerte Pathos, das immer vorschnell krachend in sich zusammenfällt oder lächerlich zerbröselt, kraftlos zerbröckelt – diese massive Frustration wirkt dann natürlich ungleich stärker.

Hektische Familienväter werden ermahnt, es ruhiger angehen zu lassen.

Am lustigsten ist die letzte Kurzgeschichte mit dem Titel »Die Ratte«.

Vorerst körperlos aus dem Nachbarstrandkorb: Eine Männerstimme, parvenühaft verpöbelt, ein auf Berlinerisch getunter Lautsprecher, knüpft eine Reisetrophäe an die andere, ein rhetorischer Siegerkranz. Bermudas. Jamaika. Miami noch im März.

Endstation Helgoland.

Nach vier Jahren aus Kanada zurückgekehrt, notierte Marc Degens, die Erfahrung eines Alltags, der grundsätzlich auf Freundlichkeit gestimmt sei, habe ihn unbrauchbar für ein Leben in Berlin gemacht.

Tagessonate 8.6

Im Winter 1808 haderte Goethe wieder einmal mit den Deutschen.

15 Monate Wahlkampf liegen vor der SPD.

Ein Satz, der mit »Ich finde« beginnt, zielt nicht auf Erkenntnis.

Kartoffelrosen blühen und halten den Boden fest.

Tagessonate 8.7

Die Natur hat das Vertrauen in uns verloren, sagen die Alten im Norden.

Aber was vorbei ist, ist vorbei.

Auch mindestens ein Rettungshubschrauber war am Unglücksort.

So schönes Wetter, und wir immer noch dabei.

Helgoland, vom schwersten nichtnuklearen Bombardement gezeichnet, aber nicht vernichtet, als Corona-Refugium.

Tagessonate 8.8

Der Hase im Park, die Maus im Biergarten, der Igel im Hof – sie alle bringen Abwechslung in den urbanen Alltag.

Rohe Tomaten sind angeblich giftig für Hunde.

Wer die Wahl hat, der hat Hoffnung.

Marodierende Möwen – die Wirtin warnt nicht von ungefähr – dringen zum Plündern in unbewachte Strandkörbe ein und reißen auf, was sie können.

Menschen schreiten gesenkten Kopfes den Wattboden ab, auf der Suche nach Donnerkeilen.

Wozu ein Strandkorb auch schon einmal gut gewesen sein mag, geschrieben habe ich dort noch nie.

Falls Pessimismus der Strandkorb der Unproduktiven ist, fällt mir im Moment dazu nichts ein.

Hongkong, unsere Schuld, oder zumindest unsere Schande. Wie Srebrenica vor fünfundzwanzig Jahren.

Ein paar jämmerliche symbolische Phrasen, dann geht Europa zur Geschäftsordnung über.

Trifft China gerade Anstalten, auch Taiwan mit gebotener militärischer Fürsorglichkeit heim ins Reich der Mitte zu holen?

Vermutlich arbeitet man in Berlin und Brüssel schon an den angemessenen rhetorischen Platzpatronen.

Der Himmel gedeckt grau ausgeschlagen, von Licht marmoriert. Wolkentüll. Windstill. Die Luft kühlt wie Rohseide. Später etwas Regen. Eher einzelne, nachdenklich herabfallende Tropfen.

Stare und Schwalben in der Luft.

Die Basstölpel brechen bald nach Westafrika auf.

Das rhythmische Geräusch: weder Menschenklage noch Tierruf oder Meereslaut; eine Heulboje vor dem Südstrand.

Tagessonate 8.9

Die äußerste Rechte in der Partei ist aufgescheucht.

»Der Darm« ist ihr ironischer Kommentar zur oft patriarchalen Heldenverehrung im öffentlichen Raum.

Heißes Blau oder rußendes Gelb – die Farbe einer Flamme verrät viel über den Verbrennungsprozess.

Endlich Kumuluswolken. Fette weiße Seekühe weiden den Himmel über Helgoland blass.

U. sammelt bunte Steine.

Ein makelloser Tag am Meer.

Dann ruft K. an. In der Schule, wo sie als Lehrerin arbeitet, ist ein erster Corona-Fall aufgetreten.

Tagessonate 8.10

Wer ein Grundeinkommen einführt, mag hehre Absichten haben, kann jedoch, unbeabsichtigt, Schaden anrichten.

Überraschend sei die Entwicklung nicht, sagt Storchenexpertin Oda Wieding.

Tatsächlich schaffen es im Labor nur einige wenige Bremsen und Goldfliegen durch den Wasserfall.

In der Scheiße des Feindes überleben.

Wasserkäfer der Spezies *Regimbartia attenuata* haben sich eine harte Schale und eine spezifische Mobilität antrainiert, die es ihnen erlaubt, unbeschadet den Verdauungstrakt ihrer Fressfeinde zu passieren. Von Fröschen, beispielsweise.

Halb schwimmend, halb laufend trotzen die Wasserkäfer den Magensäften und Verdauungssekreten, kämpfen sich zum Anus durch und stimulieren den Schließmuskel von innen, dass er sich öffnet. Lebt wohl, liebe Wasserkäfer, lebt wohl, ihr tapferen Arschkriecher.

Der Erfinder und Tüftler Daedalus ist rasend vor Neid auf seinen technisch hochbegabten Neffen Perdix und stößt ihn, außer sich, in mörderischer Absicht vom Dach der Akropolis. Doch die Göttin Minerva erbarmt sich des Neffen, indem sie ihm Federn und Flügel verleiht; Perdix überlebt als Vogelartiger. Allerdings stellt er sich beim Fliegen sehr ungeschickt an. (Ovid, Metamorphosen)

Dieses Dilemma des miserabel fliegenden Vogels teilt Daedalus' Neffe mit dem Rebhuhn, *Perdix perdix.*

Tagessonate 8.11

Wer aus den richtigen Gründen die Toilette aufsucht, braucht sich in den durchsichtigen Toiletten auch nicht um die Privatsphäre zu sorgen.

Das Salzburger Publikum geriet beinah aus dem Häuschen.

Genaueres weiß man nicht, aber man könnte sich eine gealterte und immer noch sehr wütende Greta Thunberg vorstellen.

Heute vor neunzig Jahren erschien das erste gedruckte Horoskop in einer Zeitung. Im britischen *Sunday Express*, verfasst von dem Astrologen und Journalisten Richard Herold anlässlich der Geburt von Prinzessin Margaret. Der Sterndeuter sagte der Neugeborenen ein »ereignisreiches Leben« voraus.

»2020 ist das Jahr des spirituellen Wachstums«, konnte man kürzlich lesen.

Horoskope haben bis heute ihre Popularität als Psycho- und Bioplacebos nicht eingebüßt: ein angstlösender Zukunftsbalsam, angerührt aus Astroschleim, Tarotessenzen, Liebesaromen und gutklingenden Leerzusagen.

Wie ich beinah den Gipfel des Abgrunds erklommen hätte und zum Präsidenten gewählt worden wäre. Ein Machtmärchen aus der Freien Akademie der Künste zu Hamburg, das mir hoffentlich noch lange zu denken gibt. Mittlerer Gruselfaktor. Fast jugendfrei.

Über das Thema dürften die Ministerpräsidenten mit Kanzlerin Angela Merkel am Donnerstag beraten.

Aber in Japans Kreditwirtschaft fühlt man sich überrumpelt.

Mal liegen eher die Frauen vorn, mal die Männer.

Als Christian VIII. den berühmten Schriftsteller Søren Kierkegaard zu einer Audienz empfing, machte ihm auch Königin Karoline Amalie ihre Aufwartung und ließ den Autor wissen, auch sie lese hin und wieder in *Entweder und Oder.*

Eine Avantgardistin zeitgenössischer Talkshowpraxis, ihre königliche Hoheit.

Die Hamburger Augenärztin, die vor etlichen Jahren ein Normaldruckglaukom bei mir diagnostizierte, empfahl mir Prof. P., eine weithin geachtete und anerkannte Kapazität auf dem Feld der Glaukomforschung und -behandlung. Seitdem reiste ich alle halbe Jahre zur stationären Kontrolle nach Dresden, wo Prof. P. die Augenuniklinik leitet und eine Spezialstation für vom Grünen Star Heimgesuchte eingerichtet hat. Patienten aus ganz Deutschland geben sich dort ein Stelldichein.

Ich bin in Dresden bei Prof. P. (von meiner Schulzeit reden wir jetzt nicht) immer gut behandelt worden, ganz gewiss. Eine standardisierte Kontrolle. Ein großes Erfahrungswissen in Sachen Glaukom. Das hat mich überzeugt.

Eher mit leisem Spott oder herablassender Nachsicht habe ich abgetan, was ich auf der Dresdner Spezialstation häufig beobachten konnte: dass Prof. P. von vielen seiner, oft von weither angereisten, Patienten parareligiös verehrt wurde. Der Glaukompapst eben. Auratisch überhöht. Dieser Reflex war mir fremd und jeder Geniekult seit jeher suspekt. Und doch gab es da wohl eine feinstoffliche Übertragung: Das Schwärmen der anderen mochte ein bisschen peinlich sein, aber es stärkte diffus das eigene Bewusstsein, hier als Glaukomatöser am richtigen Ort zu sein.

Nun hält meine vertraute Hamburger Augenärztin – eine Frau, die mühelos auf mich herabschaut, im nichtmetaphorischen Sinne – ihre Praxis aus Coronagründen seit Monaten geschlossen. Deshalb habe ich mich anderswo für eine Interimskontrolle angemeldet.

Ein – von mir aus gesehen – junger Arzt, forsch, gegeltes Haar, ein kleiner nervöser Tick lässt die Mimik als lebhaft erscheinen. Dann nimmt mich im Nu die anamnetische Gründlichkeit für diesen Augenarzt ein. Er interessiert sich für die Gesamtheit meiner somatischen Biografie und alle meine Krankheitsgeschichten, erwägt Zusammenhänge, denkt laut und lässt mich teilhaben.

Als der Augenarzt von meinen regelmäßigen Ausflügen nach Dresden hört, lächelt er maliziös. Päpste! Der Markt der Behandlungsmöglichkeiten, gerade bei Erkrankungen mit einem großen Formenkreis wie dem Glaukom, sei voller Päpste und Gegenpäpste. Einer schwöre auf Mainz, ein anderer auf Dresden, Essen oder Ulm.

Strikt medizinisch betrachtet biete Hamburg alles, was für einen am Grünen Star Erkrankten nötig sei, wie viele andere Städte auch. Über den therapeutischen Mehrwert einer Wallfahrt lasse sich trefflich streiten.

Auf dem Heimweg im Taxi frage ich mich erschrocken, wieso ich, mit Wilhelm von Humboldt gesprochen, der *Autorität des Zweifels* so wenig Geltung eingeräumt habe, im Scheißspiel mündiger Patient.

Tagessonate 8.13

Wenn jemand sagt, dass er geht, ist er schon weg.

Auch die Methode des Börsenganges ist so unkonventionell wie das Unternehmen.

Umgekehrt könnte auch das Männchen ein Interesse an einer langen Kopulation haben.

Denn, weil sich andere Fische im Ozean durch den Klimawandel besser vermehren, wird das Gedränge für die Lachse gefährlich.

So geht das seit Tagen.

Putin tut, was man ihn tun lässt.

Der abendliche Sendersuchlauf hängt sich beim *Literarischen Quartett* auf.

Eine quicke Bestsellerbörse mit viel Parkettgeschnatter; Gastgeberin Thea D. wacht mit Hilfe einer Sanduhr streng darüber, dass niemand länger als neunzig Sekunden rede.

Der schreibende Schauspieler Christian B. preist das jüngste Buch des schreibenden Schauspielers Robert S. an, das, in vorauseilendem Erfolg, noch bevor Kollege B. im ZDF werbend zum Zug kam, schon Bestsellerlisten stürmte. Ein Lektürehinweis, an Originalität nur schwer zu überbieten. En passant riskiert B. dann doch noch etwas: Er verrät, dass er Fiktionen eher für eine Eigenschaft von Trivialliteratur halte. Und er zitiert, sinngemäß, Hemingway oder Faulkner, da mag er sich so schnell nicht festlegen, irgend so ein großer Amerikaner und Fiktionsverächter muss es jedenfalls gewesen sein, mit dem Satz, eine Geschichte sei erst zu Ende gedacht, wenn sie ihre schlimmstmögliche Wendung genommen hat. – Dürrenmatt, lieber Kollege B., das Diktum stammt von Dürrenmatt. Aber aus B.s geübtem Munde klingt jedes Zitat authentisch. –

Gastgeberin Thea D. spricht so gepresst, dass man vermuten darf, sie bilde allein mit der Kraft ihrer Atemluft einen inneren literarischen Diamanten, den härtesten nichtfiktionalen Stoff überhaupt.

Dörte Hansen auf den ersten Blick: erzsympathisch; kultiviert, klug und kühl, ohne Allüren.

Von der dritten Frau schweige ich jetzt.

Im Feuilleton wird der kategorische Superlativ inflationär.

Die in München lebende Autorin Christine Wunnicke verhehlt im Gespräch mit der Literaturredakteurin Marie S.

nicht, was sie alles nicht mag: Lesungen; den Literaturbetrieb überhaupt; den ganzen medialen Zirkus um die Literatur; Vergleiche mit Kehlmann, weil sie mit historischen Stoffen spiele.

Kritikerin S. ruft die Autorin, nach einer Begegnung auf dem Alten Münchner Südfriedhof und diesen Auskünften, zum berühmtesten Geheimtipp der deutschen Gegenwartsliteratur aus.

Picknick auf dem Ohlsdorfer Friedhof.

Ein Rotkehlchen tritt kurz auf einer hufeisenförmigen, von Buchenhecken begrenzten Freilichtbühne auf. Im Verborgenen schuften Eichhörnchen; man kann ihr Toben hören. Manchmal greift eine Erregung auf eine Wipfel- und Blattregion über; ein lokaler Tumult, der sich rasch wieder beruhigt.

Kranke Kastanien erscheinen als stille, traurige Spielverderber im großen grünen Überschwang.

Ein Biss in eine Birne, und die ganze Herrlichkeit, am Leben zu sein, liegt mir auf der Zunge.

Tagessonate 8.15

Flugzeuge werden viel zu selten besungen.

Wer hatte sie geraubt?

Tiffany Trump, das geht glatt über die Zunge, ein Name wie aus Stahl und Zuckerwatte.

Vor ein paar Wochen entdeckten Segler ein Wildschwein, das in der Ostsee schwamm. Es kam am Strand von Schönhagen an Land.

Nun soll in der Unstrut bei Naumburg ein Krokodil gesichtet worden sein.

Was für phänomenale Zeiten.

Vermischtes und Erinnertes: Nachgetragene Nachrichten aus dem künstlerischen Vereinsleben.

Vor Wochenfrist tagte die Freie Akademie der Künste Hamburg zu ihrer Plenar- und Wahlversammlung. Zum ersten Mal in der siebzigjährigen Geschichte des Vereins handelte es sich wirklich um eine Wahl, nicht um eine Akklamation. Ich kandidierte. Der andere wurde vom scheidenden Präsidenten schon als Thronfolger ausgerufen, ehe er sich selbst als Bewerber zu Wort gemeldet hat.

Der Reichtum eines Autors: sein Erfahrungsschatz. Was ich im Zusammenhang mit meiner Kandidatur alles erleben durfte, steht vorerst in seiner ganzen Fülle auf einem anderen Blatt. Hier begnüge ich mich mit Andeutungen: Wahlverachtung; strikte Ablehnung einer von etlichen Mitgliedern aus Alters- und Gesundheitsgründen erbetenen schriftlichen Wahlbeteiligung, die ein Bundesgesetz zur Abmilderung der Folgen der Covid 19-Pandemie ohne Weiteres erlaubt hätte; ein autokratischer Präsidialstil, der auf Dekret und Erlass setzte, nicht auf Gespräch und Beratung. – Dort Macht und Machtschwelgerei zu erleben, wo niemand Macht und Machtmissbrauch vermutet; frei nach Dürrenmatt. –

Blow up: Vor Versammlungsbeginn suche ich die Toilette auf. Ein Hinweis an der Tür: *Nur eine Person ein- und austreten.* Coronaroutine. Als ich mich zu pissen anschicke, stürmt jemand herein, und ich weiche schnell in das innere Kabuff aus. Dann schlägt durch die geschlossene Tür die Stimme eines namhaften Schauspielers und Akademiekollegen an mein Ohr: *Wolfgang, ich wähle dich! Ich hatte eine Zeitlang Zweifel, aber du wirst der Akademie guttun.*

Wie mir diese Scheißhausparole schmeichelte! Was für ein schönes Abortgeheimnis!

Die Versammlung: So gut besucht, wie ich es in fünfzehn Jahren noch nie erlebt habe, trotz der Seuche. Technisch von den Corona-Abstandsregeln dominiert. Atmosphärisch späte Breschnew-Ära.

Nicht die übliche Totenehrung, bei der ein Mitglied, das der oder dem Verstorbenen künstlerisch oder persönlich besonders nahestand, ihrer oder seiner individuell gedachte.

Man verlas die Namen; eine Schweigeminute; akademisches Sammelgrab.

Bericht des scheidenden Präsidenten, nach zehnjähriger Amtszeit: Er habe ja schon alles Nötige in seinen Rundbriefen mitgeteilt.

Aussprache: keine.

Wahlausgang: knapp. (25:21, bei zwei Enthaltungen).

Programmatische Antrittsrede des neuen Präsidenten: Er sei froh über den deutlichen Abstand beim Wahlausgang; nur eine Stimme Vorsprung hätte ihm schon zu schaffen gemacht. Ansonsten arbeite er im Hobbykeller der Hamburger Architektenkammer gerade an einem Verzeichnis aller ehemaligen Mitglieder der Sektion Baukunst und empfehle dieses spannende Projekt allen anderen Sektionen.

Jubeladresse: Ein berühmter Schauspieler dankt dem scheidenden Präsidenten für seine ruhmreichen Verdienste um die Akademie und spricht ihn mit einer Art prophetischer Erwählungslegende schon einmal selig.

Mit der Dauer des sich anschließenden Applauses wäre Viktor Orbán vermutlich nicht zufrieden gewesen.

Verschiedenes: nichts.

Es war einmal. Und wenn sie nicht gestorben sind. Ein Machtmärchen vom Sommer 2020.

Am Ende der Plenarversammlung schüttete es aus Kübeln.

Am Ausgang treffe ich zufällig mit einem ehemaligen Vizepräsidenten zusammen, ein literarischer Handlungs- und Vortragsreisender mit einer betörenden Stimme, der jedes Auditorium rasch erliegt. Dunkle Modulationen unterhaltsamer und auf Prominenz abonnierter Gelehrsamkeit. – Meine Vermutung, wem er heute seine Stimme gegeben hat, behalte ich für mich.

Ich hatte vor einer Weile einen zwingenden Anlass, über diesen Vizepräsidenten einige Worte zu verlieren. Aber das steht in einem anderen Buch.

Was für ein Wetter, sage ich.

Was für ein Wetter, erwidert der ehemalige Vizepräsident sanft.

Dann treten wir grußlos hinaus in den Regen.

Ein echt Hamburgischer Regen, bei dem das Ende undenkbar zu sein scheint. Friedrich Hebbel

Pandemie. Weltverwahrlosung en gros und en detail.

Und wir immer noch dabei.

Was nun, einige Zeit später, in mir rumort und gärt: Gemischte Gefühle, Erleichterung, Enttäuschung (das Empfinden, aus einer Täuschung und Selbsttäuschung gezogen worden zu sein samt der typischen Begleitsymptome, leichte Seitenstiche bei vorsichtiger Bewusstseinsgymnastik, beispielsweise). Was habe ich erwartet, was erhofft und was mir eingebildet?

Die Verhältnisbestimmung von Anerkennungsbedürfnis und Verantwortungslust ist vertrackt. Aber dass ich gern von den Künstlern und den Künsten her gedacht und für sie agiert hätte, wie ich es für eine Freie Akademie der Künste für angezeigt halte, das glaube ich mir auch heute noch. Die Wahl war knapp, und mit dem Zufall zu hadern, erschiene mir als eine Spielart der Alterstorheit.

Tagessonate 8.16

Meistens fliegt der Schweizer Anwalt des Königs mit dem Geld von Genf nach Madrid.

Es wurde nie gefunden.

Über Erfolgsgeschichten zu sprechen und zu schreiben sei immer leichter.

September

Tagessonate 9.1

Die Inflationsrate ist eine zutiefst individuelle Erfahrung.

Seitdem fährt Ferrari hoffnungslos hinterher.

Inzwischen haben bereits einige Orchester den gesamten Rest der Spielzeit abgesagt.

Nach einundachtzig Jahren hört die *New York Times* in ihrer Printausgabe damit auf, das Fernsehprogramm abzudrucken.

C. lebt und arbeitet seit Jahren als Jazzmusikerin in Brooklyn/New York.

Im Oktober kehrt sie vorerst nach Deutschland zurück, vor dem Wahltermin. Immer größere Bevölkerungsgruppen bewaffnen sich und rüsten auf; die Angst vor einem Bürgerkrieg liegt in der Luft.

Tagessonate 9.2

Der Große Wagen hängt halbhoch im Nordwesten.

Was es braucht, sind Unternehmen, die solche Methoden konsequent anwenden.

Bei gutem Wetter schätzen Menschen ihre generelle Lebenszufriedenheit höher ein als bei Regen.

Radioversprechen: Der Nachrichtensprecher beginnt den Wetterbericht am Ende der Meldungen mit *Heute, nach friedlichem Beginn …* und korrigiert sich rasch: *Heute, nach freundlichem Beginn …*

Er möge gern recht behalten.

Der prominente russische Oppositionspolitiker Alexei Nawalny liegt, nachdem er in Sibirien mit einem militärischen Nervenkampfstoff in Berührung gebracht wurde, in der Berliner Charité im künstlichen Koma. Ein Sprecher von Putin sagt: Es gibt keinen Grund, den russischen Staat zu beschuldigen.

Präsident Trump fordert seine Wähler in North Carolina zum Betrug auf: Sie sollen per Briefwahl votieren und dann im Wahllokal versuchen, ihre Stimme ein zweites Mal abzugeben.

So viel zur Welt von heute.

Tagessonate 9.3

Der Wumms lässt auf sich warten.

Auch den Metzgern geht es ähnlich.

Allerdings weiß man nie, wann ein Schädling auftaucht und den vermeintlich optimalen Klimabaum befällt.

Tagessonate 9.4

Dort, wo die Strahlen der untergehenden Sonne zwischen den Schobern in die Schattenzone vordringen, streuen sie rosigen Schein über die Unebenheiten des Ackerbodens.

Die Aromen verändern sich dann in Richtung von kandierten Früchten, Tabakblättern und Honig, wobei sich die pfeffrige Würze meist für eine lange Zeit hält.

Nicht selten schloss das Publikum diejenigen, die vom Missgeschick heimgesucht wurden, besonders ins Herz.

Gregor Gysi nimmt Putin vor Angela Merkels haltlosen Verdächtigungen in Schutz.

Gerhard Schröder, wen überrascht's, formuliert es etwas staatsmännischer, haut aber in dieselbe Kerbe.

Gysi insinuiert, hinter Nawalnys Vergiftung dürfe man ein Komplott der Pipeline-Gegner vermuten, die *Nord-Stream-2* verhindern wollten, allen voran Trump.

Trump hingegen wartet vorerst auf Beweise, dass es sich wirklich um einen Mordanschlag mit einem chemischen Kampfstoff gehandelt habe.

In Berlin springt nun Gunnar Lindemann Gregor Gysi bei. Gunnar aus Marzahn, im September 2016 mit 30,6% der Stimmen seines Wahlkreises für die AfD erfolgreich ins

Berliner Abgeordnetenhaus eingezogen, Lokalpolitiker. Lindemann schmückt die von Gysi angedeutete Verschwörung phantastisch aus: Ein Reigen von Schurken, die Putin ins Handwerk pfuschen wollen, von Nawalny über Soros bis zum Clinton-Obama-Clan.

Lindemann bezieht seine Informationen aus erster Hand: von den *Nachtwölfen*, einem nationalistischen Motorradclub in Russland, zu dem er gute Kontakte pflegt.

Gregor Gysi weiß seit jeher sowieso Bescheid. Primus aller Klassen, welche auch immer gerade herrscht.

Noch steht dahin, ob wir unser kleines Grundstück für die Ewigkeit in Ohlsdorf so gestalten dürfen, wie wir es wollen: mit den beiden Sandsteinskulpturen von U., Doppelkopf und Elefant, die der Steinmetz zu unserem Grabstein verbinden soll. Die oberste Friedhofshüterin hat ihre Erlaubnis noch nicht erteilt. Sie will sich zuvor vor Ort selbst ein Bild machen, um abzuschätzen, ob der Ensembleschutz gewahrt bleibt.

Aber der Steinmetz ist von unserer Idee auch ästhetisch überzeugt und mit uns im Bunde. Als er hört – nicht von mir –, dass ich in der Akademie bald ein neues Buch vorstelle, facht das seine Entschlossenheit abermals an, für unser Begehren einzutreten.

Er habe, so lässt uns Steinmetz B. wissen, auch schon den Stein für Roger Willemsen gestaltet.

Tagessonate 9.5

Sie saugt noch schnell eine Wespe weg.

Die Revolution wurde vertagt.

Twitter ist, als ob man in eine Klokabine geht und mit den Graffiti diskutiert.

Klangerweiterung in der Burchardikirche zu Halberstadt, nach sieben Jahren. Es ist schon einmal davon die Rede gewesen: *ORGAN 2 / ASLP* (As Slow As Possible) von John Cage (s.S. 16).

Jetzt mischen sich zwei neue Pfeifen ein: gis und e.

Der nächste Klangwechsel steht am 5. Februar 2022 an.

K. erzählt: Die Katze stellt ein merkwürdiges Verhalten zur Schau; sie hockt vor dem Ofen und will nicht weichen.

Ein Blick in den Ofen: Nichts.

Dann schaut K.s Mann A. genauer nach. Und er findet einen Sperling, völlig von Asche bedeckt und mit verklebten Augen.

Der Spatz, über Norderbrarup, warum auch immer, grob desorientiert, muss sich in den Schornstein verflogen haben. A. wäscht ihm behutsam die Augen aus und lässt ihn wieder fliegen.

Die Katze kommt darüber hinweg.

Eine nachgeholte Konfirmation im Freien, im Kurpark von Bad Bevensen.

Stuhlareale für Familienverbände. Die Sonne scheint. Posaunenklang.

Die Konfirmationsansprache des jungen Pastors umkreist weitschweifig und umständlich den Beginn und die Begleitumstände der grassierenden Pandemie, als predige er Aliens, die noch nie etwas von Covid-19 gehört hätten. Der Pastor kokettiert mit seinem Aberglauben, indem er immer wieder augenzwinkernd den Beginn des Unheils datiert: Freitag, der 13. (März 2020). Woher die Spruchweisheit stammt, die der Prediger geistlich auszulegen sich vorgenommen hat, ist schwer zu sagen: *Erstens kommt es anders, zweitens als man denkt.* So lautet die Predigtperikope. Vielleicht ein Fundstück aus dem nahegelegenen Kloster Medingen. Eine Apokryphe aus den Fünfzigern.

Gipfelmetapher der Konfirmationsansprache: Gott ist der Impfstoff, der gegen alle Übel der Welt immunisiert. Kommt alle herbei, krempelt die Ärmel hoch! Der Impfstoff naht!

Wollte man diesem Pastor überhaupt eine liturgisch-homiletische Kompetenz zubilligen, so zeigte sie sich allein darin, dass er uns Gottesdienstbesucher an den – für seine Begriffe – richtigen Stellen zum Applaus aufforderte.

Wer lässt es zu, dass solch eine narzisstische Plaudertasche, so ein biblischer Analphabet ordiniert wird?

Wir sprechen das Apostolische Glaubensbekenntnis. Selten ist mir die subversive Wucht des Credo als so tröstlich erschienen.

Tagessonate 9.6

Das Brautgeld ist in Europa aus der Mode gekommen, im Fußball hingegen steigen die Ablösesummen seit Jahrzehnten stetig.

Nun wartet der Vatikan mit einem weiteren Rekord auf.

Wie tief kann man sinken?

Epitaph, Ulrich Schacht nachgerufen.

Der unbegreifliche Freund oder Ulrich & Ulrike

Falls es eine Freundschaft war, was zwischen uns über fünfunddreißig Jahre währte, so war es eine sehr merkwürdige. Uns trennte womöglich mehr, als uns verband. Aber sobald wir uns trafen, geplant oder zufällig, loderte ein Gespräch hell auf, und seine Intensität nahm im Laufe der Zeit eher zu.

Da war die doppeldeutsche Biografie. Als ich in den frühen Achtzigern in die Bundesrepublik kam, herrschte ein Zeitgeist vor, der einen immerzu darüber belehren wollte, was man in der DDR falsch erlebt hatte. Wie unerträglich mochte das für jemanden gewesen sein, der seines Freiheitsbegehrens wegen den Stasi-Knast passieren musste; man rückte zusammen.

Da war der Enthusiasmus für die Welt der Poesie.

Und wir waren beide bekennende Protestanten lutherischer Provenienz; in unserer Generation alles andere als selbstverständlich.

Was Ulrich alles auch war, beobachtete ich, teils amüsiert, teils befremdet, aus den Augenwinkeln. Ein charismatischer Spieler. Ein barocker Macht- und Genussmensch mit einer Neigung zu pontifikalem Pomp. Ein mit allen Wassern der Rhetorik gewaschener Agitator. Ein für paternalistische Grandiositätsphantasien Anfälliger, und von kindlicher Neugier zugleich.

Wenn wir uns trafen, dauerte es meist nicht lange, dass sich unsere Begeisterung entzündete: an einem eben gelesenen Vers von Tomas Tranströmer, einem Gedicht von Les Murray, immer wieder Albert Camus, Joseph Brodskys Nobelpreisrede und Erinnerungen an eine Reise ins winterliche Venedig.

Was unser eigenes Schreiben anging, so sprachen wir selten direkt darüber; das tun Schriftsteller ohnehin kaum. Wir erzählten uns von Buchplänen und Projekten, gratulierten oder kondolierten einander gelegentlich anlässlich einer Rezension, tauschten Branchenklatsch aus, lästerten und schwärmten. Wie herrlich maliziös konnte Ulrich berichten, Durs Grünbein sei gerade wieder auf Lobbytour durch Schweden unterwegs, in Sachen Nobelpreis; und Ulrich sprach dabei natürlich auch von sich selbst.

Bei und mit Heidegger begann die Kontroverse. Ulrich war hingerissen von der vermeintlichen Tiefe des Schwarzwälder Pfahlwurzlers. Ich kam bei meinen Lektüreversuchen nie über einige wenige Seiten hinaus, abgestoßen von einer Sprache, die in ihrer triumphalistischen Verquastheit just die Dürftigkeit eines bodenlosen Seinsdenkens verkörperte und kaschierte, beides.

Ulrich, der unbegreifliche Freund: Hier müssen Andeutungen genügen.

Wie konnte er, hinlänglich mit Stasiperfidie vertraut, Putin, die schon zu Lebzeiten leninistisch mumifizierte Tschekistenvisage, einen skrupellosen Autokraten, der die Struktur des KGB zur Staatsmatrix erweiterte, als taktisch genialen Staatsmann apostrophieren? Oder Viktor Orbán, den völkischen Rüpel-Demokraten mit Handkusszwang, rühmen? Fassungslos machte mich auch die ideologisch versiegelte Einfalt, die behauptete, es schneie im Winter in Schweden wie seit jeher, und das sei Beweis genug dafür, dass ein durch den Menschen beschleunigter Klimawandel eine linke Verschwörungstheorie sei.

In den letzten Lebensjahren von Ulrich hat es mich zunehmend irritiert und bestürzt, dass ich ihn immer häufiger in der Gesellschaft von Leuten vorfand, die sich als Lautsprecher eines christlichen Abendlandes gerierten. Leute, die affektgeladen und bildungsfern, jedenfalls der biblischen Überlieferung gegenüber, nie Notiz davon genommen haben, dass die Topoi Flucht und Flüchtling essenziell zur jüdisch-christlichen Freiheitserzählung gehören.

Unbedingt erwähnen will ich aber auch, was für ein umsichtiger, zart um das Wohl seiner Besucher besorgter Gastgeber Ulrich in Förslöv war.

Meine Frau Ulrike stammt aus einer Dynastie altlutherischer Pastoren, ist im Münsterland geboren und bei Lübeck aufgewachsen und hat selbst Theologie studiert, um sich, geistlich und intellektuell, Rechenschaft über ihre Herkunft zu geben. Sie ist, ganz und gar in der Bundesrepublik sozialisiert, Pastorin geworden. Ulrich hat bei jeder Gelegenheit den theologischen Disput mit ihr gesucht und geführt und sich gern in paulinische Paradoxien oder lutherische Marienansichten verstricken lassen. Und Ulrich merkte einmal an, wie es ihn berühre, dass in Barmbek-Süd ein Tischgebet gesprochen werde.

Nach dem Trauergottesdienst für Ulrich in St. Gertrud, beim Leichenschmaus im Hamburger Literaturhaus, meldete sich ein Redner zu Wort, der wie Ulrich über den Leidensweg durch den DDR-Knast in den Westen gelangt ist. Ihm gefiel es, zu behaupten, dass er damals als Christ heimatlos geworden sei, weil alle Pfarrerinnen und Pfarrer, in Westberlin und überhaupt, linksversifft und wie von Egon Krenz instruiert gewesen seien. Erst die Georgsbruderschaft habe ihm die Rückkehr zu einer geistlichen Existenz ermöglicht.

Nach diesem Zeugnis eines pauschalierenden Primitivismus brach ich auf.

Ich dachte an Ulrike und Ulrich.

Und plötzlich glaubte ich, Ulrich leise seufzen und kichern zu hören, droben im Saal.

Tagessonate 9.7

Dass der Krieg noch lange nicht gewonnen ist, weiß auch der Intendant des Dortmunder Konzerthauses.

Plötzlich taucht ein außergewöhnlicher Umstand auf – und verhagelt die Bilanz.

Barth fühlt sich hintergangen.

Ein Barockesel. Weißes Fell, oder, besser gesagt: cremello. Hellblaue Augen. Ein genügsames Wüstentier, wie ich auch.

Ach, so einen hätte ich gerne auf dem Balkon. Ich läse ihm Coronafabeln vor. Und fütterte ihn mit gestoppelten Bio-Möhren. Fiele uns, meinem Barockesel und mir, zur Welt nichts mehr ein, schwiegen wir beide eine Weile. Während uns der Wind durch die grauweißen Mähnen fährt.

Als man ihm zugetragen hatte, dass Angela Merkel Hunde nicht mochte, schenkte Putin der Bundeskanzlerin bei nächster Gelegenheit einen riesigen Plüschhund.

Das vollständige Abtauen des grönländischen Eisschildes ist vermutlich nicht mehr abzuwenden.

Tagessonate 9.8

Was im Inneren des grauen Wuschelkopfes von Wayne Coyne so vor sich geht, will man vielleicht gar nicht so genau wissen.

Ich liebe es, Löcher zu graben, sagte er dem Münchner Merkur.

Wien ist die Hochburg der Grüfte.

Tagessonate 9.9

M. steht für einen eng mit der Fifa-Spitze verbandelten Anwalt.

In seinem Gesicht landen keine Torten.

Schönheit wird überschätzt.

»Es gibt Städte, in denen es nach Sauerkraut riecht. Dagegen hilft kein Barock.«

So Joseph Roth über Lemberg.

Mir fallen andere Beispiele ein.

Vor neunzehn Jahren hatte ich eine schwere Krankheit überstanden, eine Krankheit auf Leben und Tod. Nach einem langwierigen und strapaziösen Diagnoseparcours, im Wettlauf mit der Zeit, schlug die Therapie an, und eine Operation glückte. Beides hatten die Ärzte nicht für selbstverständlich gehalten.

Ich konnte wieder darauf hoffen, fünfzig zu werden.

Am 11. September, ich war gerade aus der Reha zurückgekehrt, rief mich jemand an, sehr aufgewühlt. Ich solle sofort das Fernsehen einschalten.

Ich sah die in die Twin Towers einschlagenden Flugzeuge, wie alle anderen auch. Ich sah Rauch und Trümmer und Verwüstung in New York. Ich hörte Schreie. Ich war gerade dem Tod von der Schippe gesprungen und fühlte mich unverletzlich, ja unsterblich. Etwas in mir triumphierte, der Funkenschlag eines animalischen Kurzschlusses. Ein Frohlocken meiner Eingeweide, über das ich keine Macht hatte. Ich erschrak über diese viszerale Siegesparade. Was folgte, war eine Stichflamme der Scham.

Tagessonate 9.10

Am schnellsten verschwinden dem Bericht zufolge Tiere, die im Süßwasser leben.

Aber selbst italienischen Bademeistern fällt es schwer, den Überblick über das Kommen und Gehen zu behalten.

Zelte lagern an geheimen Orten, und Schausteller warten auf bessere Zeiten.

SCHWARZROTGOLD, Heft 2/2020, Das Magazin der Bundesregierung, liegt meiner Tageszeitung bei. Thema: 30 Jahre deutsche Einheit.

Olaf Scholz (geb. 1958), Kanzlerkandidat der SPD, von hanseatisch-buddhistischer Unbeirrbarkeit, und Marion Brasch (geb. 1961), Tochter aus gutem DDR-Hause, geben in einem symmetrisch angelegten Gespräch Auskunft über ihre Erfahrungen und Ansichten.

Scholz vibriert vor Respekt, vor allem, was ostdeutsche Lebensleistungen angeht.

Beiseite gesprochen: *Ostdeutsche Lebensleistung* hat sich inzwischen als unsterblicher rhetorischer Gemeinplatz und bei Funktionären beliebter *Hosenträger der Erkenntnis* ebenso in der Umgangssprache etabliert wie die einst von Egon Krenz in Umlauf gebrachte psychopolitische Niedlichkeitsformel *Die Wende.*

Brasch gibt auch heute noch das Osttrotzköpfchen, stampft innerlich auf und verkündet: Nein, diese Wiedervereinigung schmeckt mir nicht. Dass der Freiheitsbegriff in der DDR eine spezifische Geltung hatte, belegt und begründet Brasch numerisch. 43 Mark Miete, 20 Pfennige für eine Fahrkarte, 2 Mark fürs Kino.

Eine von der Bundesregierung genehmigte und finanzierte Demonstration der Phrasen und Klischees, die sich fröhlich drängeln, weder Abstand halten noch joviale Intimität scheuen; sie klatschen sich bei jeder Gelegenheit ab.

Die global zu beobachtende Weltverwahrlosung, die Abrissarbeiten an den demokratischen und rechtsstaatlichen Standards wiederholen sich fraktal im Kleinen und Regionalen: in Institutionen und Hochschulen, Kirchen und Vereinen, auch Akademien.

Petra Morsbachs Essay *Bericht aus einer Akademie: Sturm im Reagenzglas* beschreibt und analysiert mit akribischer Geduld, methodischer Gelassenheit und den Mitteln sprachlicher Heuristik einen abgründigen Fall des Machtmissbrauchs in der Bayerischen Akademie der *besonders* schönen Künste (Olaf Metzel, mündlich). Hier winkten weder Geld noch Sex; hier erprobte und feierte die Macht die Lust an sich selbst. Eine, meist virile, Selbstbeglaubigung, ein Vitalitätstest, l'art pour l'art, den Funktionäre und Kunstveteranen inszenieren, die es noch einmal wissen wollen, weil sie sonst nichts mehr sind. Frauen lernen schnell, und manche können es schon besser.

Wer kürzlich fast Präsident einer Freien Akademie der Künste geworden wäre, hat gar keine andere Wahl, als darüber zu sprechen.

So schönes Wetter, und wir immer noch dabei. Eichhörnchen und Elstern auch.

Es gibt immer mehr Bücher. Und immer weniger Literatur.

Immer mehr Bauchgefühl; immer weniger Kopfgedanken.

Tagessonate 9.11

Wer sich entscheidet, ein Künstler sein zu wollen, sollte es nicht tun.

Komödianten, Filmfritzen, Kabarettfatzken, Boxer, Fußballer, Parlamentarier, Eintänzer, Damenfriseure – alle können prominent sein.

Schlafen gehört zum größten Zeitfresser.

Das Flüchtlingslager Moria auf Lesbos ist völlig abgebrannt. Ein Fanal auswegloser Verzweiflung. Dreizehntausend Menschen, darunter viele Kinder, Kranke, mit Covid-19 Infizierte kampieren auf der Straße oder in den Wäldern. Hungrig, ohne Obdach. Trotzdem nicht bereit, sich in ein neues Gefängnis zu begeben.

Eine visuelle Abschreckungskampagne, von ganz Europa begrüßt oder zumindest geduldet.

Eine Reality-Horror-Show; ein Dschungelcamp der europäischen Werte. Doch da, bei der Sprache, beginnt die Unschärfe bereits: Wert ist ein Begriff aus der Sphäre der Ökonomie. Es sollte Tugenden heißen; aber wer will in Europa noch als so altmodisch gelten. Da hört sich das Abendländische bald auf.

In Deutschland haben viele Bürgermeister auf die Bilder nackter Not reagiert und sich an Innenminister Seehofer gewandt, mit der Bitte, helfen zu dürfen. In ihren Kommunen gebe es Kapazitäten für die Aufnahme der im Elend Internierten und Möglichkeiten der Integration.

Seehofer lehnt aus Gründen der nationalen Räson ab, blufft mit einer symbolischen Quote, die längst beschlossene Sache war, und preist seine eigene Humanität.

Ach, längst ist ein kluger Entwurf formuliert, dass sich Politik in einer Ellipse mit den Polen Europa und Kommune/Region ereignen sollte.

Die Nation, Popanz und Phantom, kann einem gestohlen bleiben. Mir jedenfalls.

Navid Afkari. Ein junger Mann aus Iran. Ein populärer Sportler. Ringer. Hingerichtet. Weil er sich an Protesten beteiligt hat.

Navid Afkari.

Schon vergessen? Schon vergessen.

Tagessonate 9.12

Putin selbst hat keinen Grund, Lukaschenko zu trauen.

Wenn jemand behaupte, dass er vom Virus krank werde, dann sei das ungefähr so bizarr, als würde man sagen, der Regen komme von den Fröschen, die während des Regens quaken.

In einer Kurve, die den Namen »Arrabiata« trägt.

Existenzielle Haftung: Die Programmierer, die die Software für ein neues Modell von Boeing entwickelt haben, mussten auf dem Jungfernflug des Flugzeugs mitfliegen.

Heute vor sechzig Jahren kam meine Schwägerin E. zur Welt. Ich habe sie nie kennengelernt. Heute vor vierzig Jahren wurde sie, die in Frankreich beim Trampen verunglückt ist, begraben.

So schönes Wetter, und wir immer noch dabei.

Ein kindliches Spätsommervergnügen: Mit dem Tretboot über den Osterbekkanal, die Alster, durch verschiedene Fleete.

Die hochsommerliche Hitze kehrt für ein paar Tage zurück. Und doch zeichnet eine kaum fassbare Abschiedsstimmung, eine atmosphärische Melancholie alle Konturen weich, eine infinitesimale Unschärfe.

Der katholische Dom, das Rathaus, St. Jacobi und St. Petri, St. Nikolai, die Elbphilharmonie.

Deutlich vor Augen und schon Erinnerungssepia.

Tagessonate 9.13

Wenn Sie nicht für das Produkt bezahlen, sind Sie selbst das Produkt.

Der Satz fällt oft.

In Niederbayern war man unsicher.

Meereserregung: Vor der spanischen Küste kreisen neun Orcas ein Segelboot ein; eine 14-Meter-Yacht, auf der die dreiundzwanzigjährige Biologin Victoria Morris unterwegs ist. Anfangs ist die Forscherin begeistert. Dann beginnen die Schwertwale, in gut koordinierten Attacken, das Schiff anzugreifen. Sie bringen den Rumpf zum Rotieren. Die Orcas beißen das Ruderblatt ab und machen das Boot manövrierunfähig. Victoria Morris muss einen Notruf absetzen. Die Unerbittlichkeit der Orcas gibt ihr zu denken.

Tagessonate 9.14

Doch während auf der Erde das Leben explodierte, ging auf ihrem Zwilling Venus irgendwann etwas entsetzlich schief.

Es ist der alte Fluch der Filmindustrie.

Ein Mensch also, wie man ihn nur im Internet trifft.

Mit dem Katamaran elbabwärts, um der Corona-Enge für ein paar Tage zu entkommen. Kurzentschlossen nach Cuxhaven. Haus *Nautilus* in Duhnen; der Blick greift weit aus übers Watt.

Eine Ferienwohnung, streng im Stil der Siebziger, ultraorthodox.

Die Bibliothek:

Jessica Stirling, Die Insel der Zuversicht

Heinz G. Konsalik, Das Doppelspiel

Deborah Crombie, Denn du sollst sterben

Eugene Sue, Geheimnisse von Paris

Heinz G. Konsalik, Die Begnadigung

Barry Unsworth, Das Sklavenschiff

James A. Michener, Colorado Saga

Wolfgang Lohmeyer, Die Hexe

Ferdinand Sauerbruch, Das war mein Leben

Teda Bork, Im Namen einer Mutter

Reader's Digest, Das Beste, 3 Bände

Mark Rascovich, Falkenhorst

J.M. Simmel, Niemand ist eine Insel

Alexander Spoerl, Ein unbegabter Liebhaber / Memoiren eines mittelmäßigen Schülers

Auch die reine Titellektüre bleibt nicht ohne Ertrag. Sollte ich, was ich gewiss nicht tue, einen Seuchenroman schreiben, er hieße *Niemand ist eine Insel der Zuversicht.*

Ach, und in dreißig oder fünfzig Jahren griffen womöglich Sommergäste der nächsten oder übernächsten Pandemie danach.

Tagessonate 9.15

Dieses Ende wird konventionell runter erzählt, die Würde, mit der Iphigenie selbstbestimmt zu ihrer Opferung schreitet, leicht vergeigt.

Keine Song-Lyrik mehr mit ihrem Alltagsgebaren und Aufsässigkeitskitsch.

Denn es ist immer noch anmutiger, selbst über viele Umwege vom Vater Europas abzustammen, als direkt vom Säulenheiligen der Hühnerzucht.

Kälber auf der Weide. Manchmal spielen sie *Bespringen*, eher pflichtschuldig als ausgelassen.

Von wenigen Vogelrufen betupfte Stille; nur das Rupfgeräusch der grasenden Herde ist zu hören. Ein Urlaut der Friedfertigkeit. Einmal lasse ich mir, bei so schönem Wetter, eine präsenile Metapher durchgehen. Mampfen und Wiederkäuen, das ist das Glück.

Wir stehen am Ende der Mole im Abendlicht. Ebbe. Schlick und Watt. Ein Mann nähert sich vorsichtig. Er will uns nicht zu nahe kommen und scheint uns doch um unseren Platz zu beneiden. Gleich erfahren wir, warum. Er vermutet, der Vogel, der in der Nähe im Schlamm pickt, sei ein Kiebitz. Wir, in etwas geringerer Distanz, glauben es besser zu wissen. Wir tippen auf einen Austernfischer.

Kleinwüchsige Parasolpilze, verwegen gemusterte Sombreros auf kurzem Stiel, eine Folge der Trockenheit.

U. sieht blühende Glockenblumen und fröhlich torkelnde Pfauenaugen. Ich sehe ein anonymes Aquarell mit dem Titel *Das Watt,* und am Blattrand die Umrisse von Neuwerk. Das Auge trinkt mit.

In der Abenddämmerung reitet ein junges Mädchen auf einem Schimmel hinaus ins Watt, bald entrückt, aus dem Gewimmel der Strandpromenade evakuiert, eine Mystikerin des Augenblicks, die von ihrem Zustand nichts begreift und alles weiß, und mit sich führt das Mädchen am *langen Seil der Liebe,* wie es Jean Paul gesagt hätte, ein dunkelbraunes Fohlen.

Tagessonate 9.16

In diesem Jahr ging es jedoch schon im Mai mit *Arthur* und *Bertha* vor der Südostküste der USA los.

Wer nicht fit ist, der ist faul.

Und am besten funktioniert das natürlich, wenn Geld den Besitzer wechselt.

Donald Trump ist seit 1998 Großkunde der Deutschen Bank; Details der an sonderbaren Volten und Wendungen nicht armen Kreditlegende lasse ich jetzt beiseite.

Insider schätzen Trumps Verbindlichkeiten der Deutschen Bank gegenüber auf zwei Milliarden US-Dollar. Dass die Bank diesen Gläubiger nicht mit Rückzahlungsforderungen behelligt, könnte, grob gesagt, damit zu erklären sein, dass ominöse russische Finanziers für diese Kredite haften und bürgen.

Es leuchtet ein, warum dieser Präsident, anders als seine Vorgänger im Amt, sich mit Zähnen und Klauen dagegen wehrt, seine finanzielle Situation und seine Steuerakten offenzulegen.

Besser einer Bärin begegnen, der die Jungen geraubt sind, als einem Toren in seiner Torheit. Sprüche Salomos 17, 12
Oder Goethes Gassenhauer durch die Zähne pfeifen: Übers Niederträchtige niemand sich beklage …

Thalia-Filialen in Hamburg, Berlin und Wien sind einen Deal mit einem chinesischen Staatsbetrieb eingegangen: Eine Regalabteilung ist jeweils für staatspropagandistische und parteifromme Editionen reserviert, etwa die gesammelten Reden von Xi Jinping.

In China wurde kürzlich der Unternehmer Ren Zhiqiang zu achtzehn Jahren Haft verurteilt, weil er Xi einen *Clown* genannt hatte.

Der chinesische Staatszirkus versteht keinen Spaß. Thalia entdeckt konfuzianische Kundenharmonie als Wachstumssegment für sich.

Tagessonate 9.17

Beim zweiten Witz, den Handke der Wochenzeitung *Die Zeit* präsentierte, handelt es sich um einen selbstgemachten.

Wer ihm zuhört, weiß sofort, woran er ist.

In einem über Twitter verbreiteten Video ist von ihm der Satz »Schubs mich und du fängst dir ’ne Kugel« zu hören.

Es war Ende März oder Anfang April. Ich begann zu erwägen, ob ich für das Amt des Präsidenten der Freien Akademie der Künste Hamburg kandidieren wollte. Ich sprach mit Kolleginnen und Kollegen darüber, sondierte Erwartungen und Interessen und prüfte meine Motive, so gut ich es vermochte. Noch hatte ich mich nicht entschieden.

Dass der scheidende Präsident seinen Wahlaufruf gleich mit der Empfehlung seines Wunschnachfolgers verquickte, habe ich schon erwähnt.

Und dieser designierte Thronfolger rief mich, Ende März oder Anfang April, eines Tages an: Man rede in der Akademie, das würde mich wohl kaum überraschen. Es sei ihm also so manches zu Ohren gekommen.

Und dann ging es zur Sache: Ich möge von einer Kandidatur absehen. Eine Wahl des Vorsitzenden oder Präsidenten sei vielleicht einer Partei wie der SPD angemessen, nicht aber einer ehrwürdigen Akademie. Dort beschädige sie die Kandidaten durch womöglich knappe Mehrheitsverhältnisse. Ich möge nur den Zufall der Anwesenheit bei den Plenarversammlungen bedenken. Kurzum: Sollte ich an meiner Kandidatur festhalten, zöge er seine zurück.

– Weder er noch ich hatten sich zu jenem Zeitpunkt schon akademieöffentlich erklärt. Ich jedenfalls überlegte noch. –

Ein paar Wochen später wiederholte sich dieser Anruf.

Als sich meine Perplexität allmählich gelegt hatte, begann ich nachzudenken: Was hatte ich da gerade erlebt? War es ein Überredungsversuch, eine Warnung, eine Drohung, eine joviale Einrede? Ein Vorschein des geläufigen Vereinsmachtgefeilsches? Von allem etwas?

Jedenfalls kaschierte die gepresste Leichtigkeit des Tonfalls nicht ein existenzielles Vibrieren. Hier hatte jemand lange auf seine Altersbedeutung hingearbeitet, die ihm allein ein Amt verleihen konnte. Unversehens drohte ein Lebensplandesaster, oder zumindest seine Möglichkeit.

Nun konnte ich plötzlich nicht mehr anders, als meinen Hut in den Ring zu werfen.

Der Rest ist bekannt.

Der Thronfolger hat sein Wort nicht gehalten, aber so war das auch nie gemeint.

Er wurde demokratisch gewählt.

Als wär's ein SPD-Ortsverein gewesen.

Eine Annonce gibt mir zu denken: *Wir gratulieren dem Freund und Kollegen, Pädagogen und Philosophen, Lehrer und großen Anreger Hartmut von Hentig zum 95. Geburtstag.*

Es folgt eine lange Liste der Unterzeichner.

Hartmut von Hentig, charismatischer Vordenker der Reformpädagogik und Prominenter im linksliberalen Establishment der alten Bundesrepublik, protestierte vor Mutlangen, engagierte sich für das Holocaustdenkmal in Berlin und die Entschädigung von Zwangsarbeitern und galt als eine Ikone des Deutschen Evangelischen Kirchentages.

Einerseits.

Und er hielt zu seinem Lebensgefährten Gerold Becker und an ihm fest, auch als der ehemalige Leiter der aus guten Gründen vor fünf Jahren geschlossenen Odenwaldschule des systematischen sexuellen Missbrauchs an Schutzbefohlenen überführt war.

Becker, sich antiautoritär gerierender Herrenmensch, gern mit weit in die Antike zurückreichenden Letztbegründungen, hüllte seine Untaten in eine Sprache ein, die sie zugleich vorbereitete und verbarg. Ein Amalgam aus Reformrhetorik und Beziehungsgestaltungsjargon.

»Die Person des Lehrers ist sein wichtigstes Curriculum.« Zustimmung und Abgrund, eng benachbart.

Hentig widmete sein Buch »Die Schule neu denken« (1993) dem Freund Gerold Becker.

Im Rückblick schaudert es einen.

Und Hentig lässt bis heute den Misshandelten gegenüber keine Empathie erkennen. Stilisiert Becker zum Opfer und hantiert sogar mit Verschwörungstheorien.

Unter den öffentlichen Gratulanten finde ich auch Sten Nadolny und Christoph Türcke. Wo denken sie hin, der

Schriftsteller und der Philosoph? Ist es ein Zeugnis trotziger Treue zu einem unbegreiflichen Freund?

Als Astrid Lindgren 1978 mit dem Friedenspreis des Deutschen Buchhandels geehrt wurde, war der Kinderschänder Gerold Becker einer der Laudatoren.

Lindgrens Preisrede trug den Titel *Niemals Gewalt.*

Abgründe, Abgründe.

Laut einer WWF-Studie nimmt ein Mensch durchschnittlich fünf Gramm Mikroplastik pro Woche in sich auf, beim Atmen, Essen, Trinken oder durch Berührung. Was die Kunststoffpartikel bei ihrer Passage durch den Leib anrichten oder auslösen, wissen wir noch nicht. Fünf Gramm – etwa das Gewicht einer Kreditkarte.

Tagessonate 9.18

1998 verliebte sich die damalige Schulministerin in den damaligen Finanzminister, der heute ihr Ehemann ist.

Ein Bestseller, verfilmt in 18 Teilen.

Feiern, Freizeit, gute Laune, das ist alles wichtig.

Nachdem in ihr Haus in der niedersächsischen Kleinstadt N. eingebrochen worden ist, finden die Bestohlenen beim Aufräumen einen fremden Ehering, in den *Jürgen* und ein Datum eingraviert sind.

Liebe *Brigitte,* was für ein Thema für einen Kurzgeschichtenwettbewerb!

In Gesprächen mit anderen Schriftstellern und Literaturenthusiasten höre ich in letzter Zeit immer häufiger heraus, dass sie meine wachsenden Unlustgefühle dem Roman gegenüber teilen. Das gilt sowohl für das Schreiben als auch für das Lesen.

Der Roman ist inzwischen die Formel-1-Klasse des literarischen Rattenrennens um Weltmarktpokale. Ausnahmen bestätigen wie immer die Regel. Die wichtigsten Zutaten des zeitgenössischen Romans: Emotionszwang, intrinsischer Exotismus, Authentizitätspathos. Es gibt bessere und schlechtere Köche.

Mal rappelt es in einer Augsburger Puppenkiste; oder ein in die Jahre gekommener Schrumpfkopf entdeckt, dass er sprechen kann – und hört nicht mehr damit auf. Spielerisch und geschichtsphilosophisch hoch ambitioniert, und von kühl kalkulierter Marketingvirtuosität zugleich. Sprachlich simpel raffiniert für Groß und Klein.

Tagessonate 9.18

Recht harmlos sind die beiden orangefarbenen Zugmaschinen, die sich gegenüberstehen wie zwei Ringer, die gleich aufeinander losgehen.

Eine Mischung aus Heino und Richard Gere.

Scherzhaftes Necken ist nicht nur bei Verliebten und Freunden üblich.

In Hamburg tagen die Extremwetterforscher.

Sollten die Prognosen der Klimaexperten und Meteorologen halbwegs so eintreffen, wie sie derzeit lauten, schützt das bestehende Deichsystem unsere Stadt noch etwa bis 2050 vor Sturmfluten und anderen Kapriolen von Nordsee und Elbe. Danach müsste vermutlich ein Elbsperrwerk her.

Ich bin mäßig erschüttert.

Alte Männer sind gefährlich, weil sie keine Zukunft mehr haben. Sinngemäß und ungefähr von George Bernard Shaw, dem Routinier solcher Aphorismen.

Tagessonate 9.19

Die Menschen haben Neugeborene dabei und Hunde, sie kommen in Rollstühlen und im Taxi.

Durch die Baumwipfel auf dem Wartberg bei Heilbronn weht eine leichte Brise.

Doch je länger ich den Vorgang beobachte, desto ratloser werde ich.

Kunst als Erkenntnisinteresse und Erkenntnismethode. Poesie als Heuristik und Wahrheit des Wortlauts. Als Spiel um alles und existenzielle Unterhaltung.

Der Roman hingegen, leicht schematisiert: eine sprachlich gediegene Familienkutsche, mit Emotionen und Erinnerungen im Tank. Ohne klimabelastende Emissionen unterwegs, bei großer Reichweite. Der Autor chauffiert den Leser durch etliche Generationen oder historisches Gelände. Spannung und Risiko sind gut austariert. Mal hupt er, wo es eigentlich verboten ist. Mal biegt er – Schrecksekunde! – falsch ab, in eine unüberschaubare Geisterbahnpassage, und schrammt hart an der Katastrophe entlang. Gefühls-Navi immer eingeschaltet, was kann einem da schon zustoßen. Gekauft oder geschenkt. Gütesiegel Elke Heidenreich.

Was bilde ich mir ein?

Romanimprovisationen. Romanessays. Hybridromane. Elektroromane. Romanfragmente. Kunstromane. Kunststoffromane. Textilromane. Überromane. Seitenromane. Kunsthonigromane. Kunstdüngerromane. Konkursbuchromane.

Etwas in der Art.

Wer Romane schreibt, zahlt – von seinen Illusionen hingerissen, wie jeder andere passionierte Glücksspieler auch – hohe Einsätze in die Weltbestsellerlotterie ein, die nur wenige Gewinner kennt. Und er riskiert, intentional oder unbewusst, eine permanente subtile Deformation seines Schreibens: indem er sich grammatikalisch und stilistisch geschmeidig und möglichst widerstandslos einer Übersetzung in die Weltmarktsprache Englisch anbietet.

Nichts Neues unter der Prosasonne. Carl Einstein schrieb 1906/09 den Roman *Bebuquin oder Die Dilettanten des Wunders*, weniger als fünfzig Seiten lang; ein radikaler Bruch mit allen herkömmlichen Erzählkonventionen. Indem er Wahrnehmungs-, Darstellungs- und Destruktionsverfahren des Kubismus für die Prosa transponierte, wollte Einstein, Carl ein Exempel absoluter Kunst statuieren.

Als *Bebuquin* 1912 im Verlag *Die Aktion* erschien, wünschte ihm Franz Blei in einem Geleitwort zur ersten Buchausgabe, »daß es möglichst unverkauft beim Verlag bleibe«. Es war als Lob und Kompliment gemeint, die Untauglichkeit des Buches zur Ware.

Und wieso sollte es keine Form des literarischen Erfolges sein, wenn Schriftsteller über ein Jahrhundert hin immer wieder begeistert auf einen Text hinweisen und an ihn erinnern.

Am 18. September 1948 stellte Gottfried Benn *Bebuquin* in einem Brief an den Verleger Max Niedermayer in seine Traditionslinie des *Roman des Phänotyps*, mit der Begründung: »Alles andere ist ja psychologisch oder gar historisch-episch geblieben, eben Prosa im treudeutschen oder treueuropäischen Sinne, also eigentlich formal unproblematisch und rein inhaltlich bestimmt.«

Und jüngst erneuerte und bekräftigte Christoph Meckel diesen Hinweis auf Carl Einstein und *Bebuquin*. Er gruppierte um Bebuquin *Monsieur Teste* von Paul Valéry und Kurt Schwitters' *Anna Blume* als kongeniale Kunstfiguren. Und notierte: »... Carl Einstein war ein Vorausdenkender, der nicht überholt wurde.«

Vom Schreiben leben. Fürs Schreiben leben.

Ich habe sie noch erlebt, die fetten Zeiten mit ihren opulenten Fördermöglichkeiten, etwa durch die Fülle der Sendeplätze im öffentlich-rechtlichen System, die der Literatur vorbehalten waren. Von diesen Erfahrungen leiteten viele Autorinnen und Autoren für sich eine Art von kulturpolitischem Alimentierungsanspruch ab. Wer zwei Bücher veröffentlicht hatte, hielt sich für literaturbetriebsrelevant. Wer einem Brotberuf nachging, hatte es eben nicht geschafft. Dieses Echo hallte lange nach.

Das hat sich grundsätzlich geändert. Die Marginalisierung der Literatur schreitet nicht weniger rasant fort als die der großen Kirchen. Der Hinweis auf die Fülle saisonaler Neuerscheinungen geht ins Leere, denn er ignoriert, dass die Schnittmenge von Buch und Literatur kontinuierlich abnimmt. Alerte Buchschlaue haben das Sagen und halten sich schon beinah für literarische Insider, wenn sie die SPIEGEL-Bestsellerliste regelmäßig studieren. Die Zahl der religiös und literarisch schwach Alphabetisierten wächst und wächst.

Die Branchenevents, heißen sie nun Buchmesse oder Kirchentag, beglaubigen ihre Grandiositätsvorstellungen von sich selbst, durch autosuggestiven Triumphalismus und durch Teilnehmerquoten, indem sie ein Phantom der Bedeutung behaupten und verteidigen, das schon aus geringer Distanz befremdlich, peinlich oder komisch wirkt.

Vom Schreiben leben. Wer es in Zeiten knapper Ressourcen und harter Verteilungskämpfe wagt und versucht, setzt, der Spielsucht nahe, auf sein Lottoglück. Oder er geht mit seinem angeborenen Talent als Schriftstellerdarsteller hausieren und tingelt für seinen Lebensunterhalt durch Literaturhäuser, Frühstücksfernsehen und Talkshows.

Oder er wählt die Existenzform eines literarischen Wanderarbeiters, von Stipendium zu Stipendium. Heute Ringelnatz Junior Award mit Residenzpflicht in Otterndorf; in drei Monaten poetischer Gemeindesekretär in Ottendorf-Okrilla.

Clemens Setz hat vor einiger Zeit diese von ökonomischen Zwängen diktierte nomadische Lebensform für Autoren als demütigend apostrophiert und für sich strikt abgelehnt.

Von dem Verhüllungskünstler Christo stammt eine Maxime, die jede und jeder bedenken und beherzigen sollte, der als Künstler über das zu ihm passende Existenzmodell nachsinnt: »Die Finanzierung des Kunstwerkes ist Teil des Kunstwerkes.«

Unverzichtbare Bedürfnisse gut abschätzen. Sich Rechenschaft geben über die Möglichkeitsbedingungen der eigenen künstlerischen Arbeit, die einem als akzeptabel erscheinen. Fürs Schreiben leben: Wie verteidige ich am besten meine Unabhängigkeit, wirtschaftlich, künstlerisch, mir angemessen.

Christo selbst hat für sich den Grundsatz aufgestellt: kein Cent Steuergeld. Spenden akquirieren, Bilder und Skizzen verkaufen, bis ein neues Projekt finanzierbar ist.

Freier Autor wird und ist man jedenfalls nicht allein durch den Umstand, seinen Lebensunterhalt allein durch sein Schreiben zu erwirtschaften. Und es ist hinlänglich bekannt, wie viele der Besten ihr Leben lang als Ärzte praktizierten oder als Juristen arbeiteten. Es muss ja nicht gleich ein Ministeramt sein.

Ein Vorschlag, in dem sich bildungspolitische Vernunft und kulturpolitischer Nutzen verbinden: Alle Hochschulen und Universitäten mögen, nach angelsächsischem Vorbild, Creative Writing in den Lehrkanon einbürgern. Dort lüden, im Sinne der alten Artistenfakultät, Schriftsteller Studenten aller Studiengänge und Fachrichtungen ein, in einer Werkstatt der Wörtlichkeit das unerschöpfliche Weltmedium Sprache neu zu entdecken, im Zuge einer poetischen Alphabetisierungskampagne.

Eine Juristin hat einmal sehr schön Zeugnis abgelegt von der Prägekraft solch einer Erfahrung, die sie als Studentin gemacht hat. Ruth Bader Ginsburg, hoch verehrte und kürzlich gestorbene Richterin am amerikanischen Supreme Court, besuchte einst Kurse bei Vladimir Nabokov.

»Mein Professor für Europäische Literatur an der Cornell University, Vladimir Nabokov, veränderte, wie ich lese und schreibe. Ich lernte von ihm, dass Worte Bilder machen können. Die Auswahl des richtigen Wortes und die richtige Wortreihenfolge, machte er deutlich, können einen gewaltigen Unterschied machen, wenn man ein Bild oder eine Idee vermitteln möchte.«

Tagessonate 9.20

Die Kryptoqueen zu suchen ist, wie ein Phantom zu jagen.

Am Sonntag nämlich pflegen sie ihre Unterwäsche zu wechseln.

Die Lebensdauer eines Gewehrs steht im umgekehrten Verhältnis zur Lebensdauer derer, auf die es angeschlagen wird.

Zwar führen beide Lombard im Munde, aber der Lombardsatz hat nichts mit dem Lombard-Effekt zu tun und will es auch gar nicht.

Der Lombardsatz ist ein historisch längst von der Finanzgeschichte überholter Leitzins, aus jenen Jahren, als wir noch auf großem Zinsfuß lebten und tanzten.

Der mit dem Lombardsatz ganz und gar nicht verschwägerte Lombard-Effekt bringt ein akustisches Phänomen auf den Begriff: Bei lauten Hintergrundgeräuschen und einem hohen Umgebungslärmpegel spricht jemand, der sich verständlich machen will, nicht nur lauter, sondern er verändert auch seine Tonlage in höhere Frequenzen.

Nun berichten Biologen der University of Tennessee, dass der Gesang der Dachsammern in der Stille der Corona-Krise, zwischen April und Mai, deutlich leiser, tiefer, abwechslungsreicher und ausdrucksstärker ausfiel als in historischen Aufnahmen vom Frühjahr 2015. Indem sich die Vögel gewissermaßen auf ihre alten, seit Jahrzehnten nicht erklungenen Lieder besannen, die in den lauten Jahren der Lärm erstickt hat, gewannen sie auch eine erotische Attraktivität zurück, die der Spezies zugutekommt.

Wir freuen uns für die Dachsammer.

Tagessonate 9.21

Der nächste Generationskonflikt lässt dann bestimmt nicht lange auf sich warten.

Auf einer Leichenfarm haben Experimente dazu begonnen.

Jeder Frosch ist euch wichtiger als unsere Knochen.

Tagessonate 9.22

Fuck Luxemburg, Steueroase ohne Sonne und Strand.

Nanda Bergstein, 40, Optimistin, muss einen Rückschlag einstecken.

Trotz dieser Befunde gibt es positive Erfahrungen Einzelner mit dem Intervallfasten.

Warum ausgerechnet Dickhornschafe, als Tiere im Text, könnte sich und mich eine Leserin meiner *Capriccios* fragen. Ja, warum Dickhornschafe.

Wäre ich ein unhöflicher oder kurz angebundener Autor, würde ich *Darum!* sagen.

Vielleicht ist es die Verbindung von anspruchsloser Sanftheit und Verteidigungsbereitschaft, die mich für diese wilden Schafe einnimmt. Sie kommen überall zurecht, in der Wüste und im Gebirge. Und bei einem Bock können die Hörner 14 kg wiegen und über 80 cm messen.

Ich stelle mir vor, das Pannonische Becken füllte sich allmählich mit friedlich grasenden Dickhornschafen. Auf ein beiläufiges Zeichen eines unauffälligen Führungsschafes hin trottete die Herde los, um Victor Orbán aufzutreiben. Sobald sie den sichtlich überraschten Premier – mit Untertanen von solch friedfertiger Entschiedenheit hätte er nie gerechnet – gestellt hätten, begönnen die Dickhornschafe, ihn abzudrängen. Nicht einmal aus vielen Rivalitätsduellen kampferprobte Böcke versuchten, Orbán ernsthaft zu verletzen oder auch nur wehzutun. Die Dickhornschafe würden Orbán einfach aus dem Bild schieben, beiseite, zurück in den martialischen Operettenfundus von *Husarenfieber.* Dann grasten sie weiter, meine Dickhornschafe.

Noch Fragen?

Tagessonate 9.23

Viel deutlicher kann eine Ohrfeige für die Politik nicht ausfallen.

Ein lauernder Trotz, aber manchmal geht das bis zur Weißglut.

Und dann ist da noch das Problem der Lohnfindung an sich.

Oktober

Trump hat sich mit Covid-19 infiziert und wird in einem Militärkrankenhaus in Bethesda, Maryland, abgeschirmt und behandelt.

Außer dem maskenverachtenden Präsidenten selbst hat es auch die First Lady, eine Beraterin, den Wahlkampfchef und die republikanischen Senatoren von Utah, North Carolina und Wisconsin erwischt, unter anderem.

Mit einiger Mühe pfeift man den inneren Schweinehund zurück in seinen Zwinger, bevor er vor Schadenfreude zu kläffen beginnt.

Aber zumindest gelegentlich zu erleben, dass demagogischer Leichtsinn und methodische Verantwortungslosigkeit ihre Konsequenzen haben, ist auch schon etwas.

Ob Trump in diesen Tagen an seinen Großvater denkt, der an der Spanischen Grippe gestorben ist, nach dem Ersten Weltkrieg? Denkt Trump überhaupt mitunter an jemanden, außer an sich selbst?

Tagessonate 10.1

Das Quintupel beschreibt etwas, das aus fünf Teilen besteht.

Es wird vertuscht, wie sehr vertuscht wurde.

Eben deshalb, so der Autor, sei diese neue Betrachtung des Mannes, der 1974 als verarmter Alkoholiker an der Mosel starb, so aktuell.

Äpfel und Kastanien im Überfluss.

Und dennoch kann man beobachten, wie derzeit Bäume, die zur Art der Gemeinen Rosskastanie zählen, zaghaft Blütenansätze ausbilden.

Herbstblüte ist ein Verzweiflungssymptom. Ein existenzieller Hinweis, dass es diese Bäume, nach all den trockenen Sommern, nicht mehr aushalten können. Aber wie verhilft man einer Gemeinen Rosskastanie zur Flucht?

Verwurzelt zu sein, war mir schon immer suspekt.

Merkur bleibt im Oktober unsichtbar, Venus gibt den Morgenstern und strahlt vor Sonnenaufgang im Osten.

Auf der Flucht versteckte er sich in einem Teich und wurde gestellt.

Dann lenkte er ein.

In einer Talkshow, spät am Abend, die ich in letzter Zeit gelegentlich konsultiere, weil sie sich, mit wechselnden Fachkräften, als Coronakolleg etabliert hat, finde ich zu meiner Verblüffung eine Frau vor, die einst, auf derselben Welle, behauptete, *Lesen!* sei ihr Leben. Die Befehlsform war kein Versehen. Sie entsprach vielmehr, als grammatikalischer Selbstausdruck, der fatalen Drucksachengouvernante, die ihr literarisches Süppchen immer und prinzipiell mit Herzblut kochte. Nie wollte das strategisch gut platzierte Gerücht verstummen, sie sei eine Literaturkritikerin. Edelschnute und Goldfeder vom Literaturboulevard. Um einmal tief in die Schatzkiste der Trivialrhetorik zu greifen.

Diese Frau also lauert mir in der späten Talkshow auf, und ich begreife schnell: ein neues Buch! Frauen in Samt und Seide, Kinder in Kimonos, Männer in Kamelhaarjankern. Etwas in der Art.

Die Frau, die immer noch von dem unsterblichen Gerücht profitiert, sie sei eine bedeutende Literaturkritikerin, ist heute vor allem erfolgreiche Erfolgsschriftstellerin von unvorstellbarem Erfolg.

Jetzt, in der Talkshow, plaudert sie mit dem Moderator über Dinge, die ihr Vergnügen machen: gelegentlich mit einem Kellner flirten, einem berühmten Barbesitzer beim Kartoffelschälen zusehen, in der Sonne, draußen vor der Tür; diese Verbindung von Prominenz und Grazie. Manches davon mag auch in dem neuen Bestseller stehen.

Ich sehe im Fernsehen, wie das Vergnügen, solche schönen, unermesslich erfolgreichen Sätze geschrieben zu haben und nun sagen zu dürfen, in der von sich selbst Begeisterten aufglimmt. Prominenz und Grazie. Ich bin die Blume. Ich erblühe. Eure Aufmerksamkeit ist mir Licht, Dünger und Mutterboden.

Als dann die Rede auf die Restriktionen und Auftrittsbeschränkungen der Coronazeit kam, verfinsterte sich das Gesicht der erfolgreichen Erfolgsschriftstellerin für einen Moment. Ach, ich brauche das große Auditorium, um aufzublühen und zu strahlen und zu funkeln, beschied sie dem Moderator. Und dann, abrupt, entblößte sich für einen Augenblick das Denken der Blütenverwöhnten: Für vierzig Hansel mag man doch gar nicht erst das Haus verlassen.

Vierzig Hansel! Und eine erfolgreiche Erfolgsschriftstellerin von unermesslichem Erfolg!

Womöglich erinnerte sie sich in diesem Moment der Talkshow daran, dass sie zwölf Jahre zuvor die Eröffnungsrede der Salzburger Festspiele gehalten hat und immerhin vor zweitausendfünfhundert Hansel und Greteln, und im Abglanz des Auditoriums – Ich bin die Blume! – glitzerte und leuchtete und perlte.

So perlt es im Fernsehen sonst allenfalls, wenn Ditsche, bei seinem Ingomann zu Gast, den ersten Schluck von seinem Hobel nimmt.

Fortsetzung folgt.

Tagessonate 10.3

Für ein politisches Gerichtsdrama ist es wunderbar, eine solche Figur zu haben.

Die Gesundheit seiner Majestät war nie besser.

Die Größe muss man erst mal haben.

TV-Duell des Vizepräsidenten und der Vizepräsidentin in spe, Mike Pence und Kamala Harris.

Weder politische Argumentation noch rhetorische Überlegenheit prägen das Streitgespräch, sondern ein ikonografisches Moment: Minutenlang sitzt, gut sichtbar, eine Fliege auf dem weißen Haar von Pence.

Kann eine Fliege irren?

Auf diesem Kopf, als Mentalitätsbiotop und Abort für gewisse Gesinnungsexkremente, fühlt sie sich wohl.

Fortsetzung, wie versprochen.

Vor Wochenfrist stellte ich in der Hamburger Akademie mein neues Buch vor; Kurzprosa. Eigentlich sollte dies bereits im April geschehen, aber da sprach die Pandemie ein Machtwort.

Deutlich weniger als vierzig Zuhörer. Aber immerhin keine Hansel. Leser; ich sah es jeder und jedem Einzelnen an.

Katja Lange-Müller führte ein und moderierte. Als versierte Textbiologin untersuchte sie, methodisch prägnant und zugleich keinem Wortspiel abhold, die Prosakobolde, die sich als Capriccios ausgaben.

XX Capriccios, sagte Katja laut und sah nachdenklich in die Runde. Sie sprach zwei Mal den drittletzten Buchstaben unseres Alphabets aus, nicht die römische Zahl. Zwanzig Capriccios.

Später, im Gespräch, wies ich, immer noch verdattert, Katja auf diesen groben Lapsus hin, der ihr vermeintlich unterlaufen war – und blamierte mich mit meiner Begriffsstutzigkeit, dass ich den Joke nicht erkannt hatte. Kurzes Gelächter.

Fortsetzung folgt.

Tagessonate 10.4

Ryozo Kotoge müsste eigentlich seit 75 Jahren tot sein.

Wie soll so einer zum Laufburschen taugen?

In der Pandemie mussten viele junge Leute Träume begraben.

Tagessonate 10.5

Apollinaris verschwindet aus den Regalen.

Dem Kapitalismus wird das nicht schaden, der floriert immer.

Nur gibt es bei der Deutschen Bank immer weniger Wände, an die Kunst gehängt werden kann.

Oktoberlicht, frostnah, alle Farben und Konturen vertiefend, ein grundloser Gruß von oben. So schönes Wetter, und wir immer noch dabei.

Wer liest, hat es schon einmal gelesen: »Die Sonne schien, da sie keine andere Wahl hatte, auf nichts Neues.«

Der erste Satz aus Becketts Roman *Murphy.*

Fortsetzung; ich halte Wort.

Es hörte nicht auf, in mir zu rumoren: XX.

Meine peinliche Bezichtigung, Katja Lange-Müller habe die römische XX nicht entziffern können und sich ein Doppel-XX vormachen lassen.

XX Capriccios; vermeintlich nichts weiter als eine numerische Angabe. Das schmale Buch enthält zwanzig Texte.

Unruhig gehe ich an meinem Bücherregal entlang, eine Erinnerung flackert undeutlich auf.

Dann greife ich zu: »XX«. Unter diesem Titel veröffentlichte Marcel Beyer 2014 seine Lichtenberg-Poetikvorlesungen in den Göttinger Sudelblättern.

Poetikvorlesungen nacherzählen zu wollen, zumal solche von Marcel Beyer, sind das prosaische Unding an sich. Ich will es bei Andeutungen und Anspielungen belassen.

In einer Art Rahmenhandlung tritt die Literaturkritikerin und Erfolgsautorin auf, die kürzlich vor meinen Augen in der Talkshow schmollend ihre Unlust kundtat, für eine Lesung vor vierzig Hansel ihr Haus verlassen zu sollen.

Am 8. September 2014 sitzen die Erfolgsliteraturkritikerin und ihr sehr viel jüngerer Lebensgefährte, ein Musiker, von dem sie – *Ich bin die Blume* – in einem Interview gesagt hat, er stürbe ohnehin vor ihr, in einer Lufthansamaschine, Flug LH 211, vom *Dresden International Airport* (Klotzsche!) nach Frankfurt, vor dem Autor, in Reihe 5, um genau zu bleiben.

Bei der Ankunft in Frankfurt wird der Lebensgefährte der Erfolgsautorin, hektisch, rücksichtslos und ungeschickt, die schwarze Tasche des Schriftstellers aus dem Handgepäckfach zerren und zu Boden fallen lassen, darin ein Buch über das Verschwinden der Welt, das Verschwinden der Sprache, das Verschwinden der Erinnerungen; ein Buch von Cécile Wajsbrot, deren Roman »Zerstörung« ich vor einer Weile gelesen habe.

Und noch ein Datum spielt in »XX«, ohne explizit genannt zu werden, eine wichtige Rolle: Am 22. April 2014 beschäftigte sich eine Literatursendung im Schweizer Fernsehen mit den *Schwarzen Heften* von Martin Heidegger, Band 96 der Gesamtausgabe. Mit von der Partie: die Starkritikerin, die am 8. September mit ihrem Lebensgefährten von Dresden-Klotzsche nach Frankfurt geflogen sein wird.

In dem TV-Literaturclub, am 22. April 2014, zitierte die Erfolgskritikerin, das Buch in den Händen, einen Satz oder zwei Sätze, die Heidegger für alle Zeiten zu vernichten imstande wären und auch so gemeint waren. Für die Literatur sei das Thema damit erledigt. Basta.

Der Moderator der Sendung wies die zu politisch-moralischer Hochform auflaufende Kritikerin darauf hin, dass der soeben zitierte Satz in dem Buch, das sie in den Händen halte, gar nicht stehe. Und er hatte, was sich leicht überprüfen ließ, recht.

Doch, doch, doch, erwiderte die Erfolgskritikerin und verfinsterte sich zusehends. Doch, doch, doch. Und sie knallte das Buch auf das Fernsehliteraturclubrequisitentischlein.

Ob sie sich nun irrte oder nicht – so musste sich eine Erfolgskritikerin vor laufender Kamera nicht beleidigen und demütigen lassen.

Was folgte, ist Fernsehgeschichte: Die Kritikerin, die mit dem Herzen auf dem rechten Fleck las, blieb dem Schweizer TV-Literaturclub und allen sie liebenden Zuschauern, allemal mehr als vierzig Hansel, erhalten. Der kundige Moderator, der bei der Wahrheit bleiben wollte, verschwand vom Bildschirm.

Das Erkenntnisinteresse, das in Marcel Beyers Lichtenberg-Poetikvorlesungen tickt, stellt sich wiederholt eine Frage, ohne sich darin zu erschöpfen: »Wie lebt es sich also in der Haut eines Menschen, den wörtlich zu zitieren einer Komplettdemontage gleichkommt?«

XX. Habe ich jetzt den schwarzen Faden verloren? Nicht ganz.

XX. Eine Angabe zur Textarchitektur. Zwanzig Prosapassagen bilden den Grundriss der Poetikvorlesungen.

XX als Chiffre des Jahrhunderts, aus dessen Mitte ich komme. Das Auschwitz-Jahrhundert.

Und im XX. Jahrhundert entstanden Texte oft an und mit der Schreibmaschine, und die X-Taste war für Korrekturen notwendig. Man xte etwas aus. Man löschte aus, indem man überschrieb.

Marcel Beyer: »... das Durchgestrichene ist das zu Entdeckende, eine Haltung der Welt gegenüber, eine Neugier, ein Antrieb beim Schreiben, der mir weitaus vertrauter ist als die Forderung, man müsse als Autor seine Figuren lieben, und eine Haltung, die ich auch aus den Büchern von Georges Perec und Cécile Wajsbrot herauslese.«

XX Capriccios. Manchmal ist der Untertitel klüger als sein Autor.

Zu den großen und wunderbaren Rätseln unserer Existenz – oder sollten wir sie unlösbar nennen? – zählt neben dem menschlichen Bewusstsein gewiss der Zufall. Ob sich das Bewusstsein jemals selber ganz begreift, steht dahin. Und in der berechenbaren Welt haben wir es mit Pseudozufallszahlen zu tun, nicht mit dem Zufall an sich. Der Zufall ist, philosophisch gesprochen, empirisch unterdeterminiert. Unsere Erfahrungen und Beobachtungen reichen nicht hin, um zu erkennen, ob es den Zufall gibt oder nicht.

Gott würfelt nicht, soll Einstein plakativ getextet haben. Eine Glaubensaussage.

Bewusstsein, Zufall – sie als Rätsel zu rubrizieren, mag ein Kategorienfehler sein. Geheimnis trifft es vermutlich besser.

Gott als Geheimnis der Welt, so formulierte es der Theologe Eberhard Jüngel, *Gott als Sinn des Sinns* der Philosoph Volker Gerhardt.

Heilandskirche in Winterhude. Corona-Kurzgottesdienst bei geöffneten Fenstern.

Als wir eintreten, spielen draußen Posaunen. Zu Beginn des Gottesdienstes trotten zwei Tagelohnblechbläser mit ihren Instrumenten durch den Kirchenraum; kurz darauf schlurfen sie angezogen und mit verpackten Instrumenten zurück und verlassen das Gotteshaus.

Dann geben sich in einer improvisierten Ansprache der Mann Moses und der Gesinnungspoet Erich Fried ein Stelldichein.

Tagessonate 10.6

Die Seele des Dichters und des Komponisten klagt zart, nur gelegentlich findet sie die Kraft zum Aufschrei, der immer gleich wieder im Wimmern verschwimmt.

Das Problem ist hierbei nicht, dass sich ein Autor selbst zitiert, das machten zum Beispiel in der Barockzeit viele Komponisten so.

Cooler Satz, auf den ersten Blick.

Was immer sie auch äußern mag, es hat das Zeug, veröffentlicht zu werden.

Die erfolgreiche Erfolgsschriftstellerin, beeilt sich die *Süddeutsche* uns zu berichten, sei fassungslos, dass sich manche Leute im Freien mit Kapuzenpullovern sehen lassen. Was für ein Geschmacksdesaster! Und die mit den Männern im Kamelhaarmantel zögert nicht, uns ihre Diagnose mitzuteilen: In unserem Zeitalter sei die Bequemlichkeit an die Stelle der Eleganz getreten.

Karl Lagerfeld, dem Urheber des weltberühmten Jogginghosen-Bonmots, hatte die erfolgreiche Erfolgsschriftstellerin einst mit ihrem Scharfblick imponiert. Sie hatte ihm unerschrocken auf den Kopf zugesagt, dass er zwei verschiedene Socken trage. Der Beginn einer Freundschaft, die intime Gesten wie den Einsatz von Privatjets nicht scheute.

Weder Kapuzenpullover noch Jogginghose; bei Sibylle Lewitscharoff war es womöglich der Faltenrock, den ich als Symptom nicht ernst genug nahm.

S.L. trat relativ spät in die Literatur ein, mit Mitte vierzig, und ihre Prosa entzückte mich. Die skurrile Anmut. Die spielerische Entschiedenheit. Ein Formbewusstsein, dem auch ein metaphysisches Schneetreiben als Spracherscheinung glückte.

Wir begannen ein Gespräch und trafen uns, wann immer sich eine Gelegenheit dazu bot. Wir tauschten Gossip aus, sparten nicht mit Enthusiasmus, wenn es uns angezeigt schien, spotteten gern und ausgiebig.

Ich lud S.L. wiederholt ein, an die Hochschule, in die Hamburger Akademie und die Dorfkirche zu Barum.

Nicht irgendein Vorfall, ein Streit oder ein Eklat, beendete das Gespräch zwischen uns. Nach meinem diffusen Gespür traf S.L., als ihre Karriere Fahrt aufnahm, eine existenztaktische Entscheidung. Nicht nur die Hosenträger der Erkenntnis, auch der Faltenrock des Ehrgeizes will ins Kalkül gezogen sein. Alles hat seine Zeit. Der Erfolg schüttelt sich und schielt nach dem größeren Erfolg, nicht zurück.

Im Jahr 2010 hielt S.L. die Eröffnungsrede bei dem Ingeborg-Bachmann-Wettlesen in Klagenfurt: Über die Niederlage.

Dort findet sich nicht nur eine literarische Gewaltphantasie. Nur der Sieger kommt mit dem Leben davon; alle anderen Teilnehmer werden hingerichtet, erdrosselt. Sondern auch der Satz: »Charakterfragen sind übrigens das A und O beim Schreiben, sie werden meistens unterschätzt (aber dies nur nebenbei).«

Kürzlich habe ich S.L. nach langer Zeit wiedergesehen, im *Literarischen Quartett.* Unterhaltungsfernsehen zu später Stunde. Schlichte Spielregeln. Vier Teilnehmer. Jede und jeder hat ein Buch gezogen und gezückt und darf es kurz nacherzählen. Spielleiterin Thea D.s Eieruhr läuft. Dann reden alle anderen über den Inhalt mit.

Ich kürze ab: *Klasse gemacht!*, attestierte S.L. voll generöser Herablassung dem Roman einer Debütantin, der von einem Massenselbstmord handeln soll, *Klasse, Klasse!*

Was für ein physiognomisches Wetterleuchten über S.L.s Züge wandert, indes sie die rhetorische Platzpatrone *Klasse!* abfeuert; was für ein mimisches Mikrobeben. Gouvernantenhafter Anbiederungsstress und streng portioniertes Lob als Gunstalmosen. Was sonst noch im *Literarischen Quartett* geschah? S.L. pickte ein *Kackwürstle* aus dem Pool eines amerikanischen Kurzromans und hielt es uns unter die Nase. Was für ein Glück für uns Zuschauer, dass sich die öffentlich-rechtlichen Sendeanstalten an die ihnen gebotene olfaktorische Neutralitätspflicht halten.

Kackwürstle ist Trumpf, beim *Literarischen Quartett.*

Wo S.L. den Mund öffnet, herrscht Klasse.

Der Kilimandscharo brennt.

Tagessonate 10.7

Ob dieses Monster fliegt, ist eine offene Frage.

Und dann ist da noch Corona.

Am Ende entscheiden die Zuschauer, wer gewinnt.

Der Kilimandscharo steht in Flammen. In 2700 Metern Höhe haben sich Moor und Heide entzündet. 600 Feuerwehrleute bemühen sich, den Brand einzudämmen und zu löschen.

Nach Ohlsdorf!

Drei Steinmetzgehilfen holen die Elemente unseres künftigen Grabsteines von unserem Balkon ab, den Doppelkopf und den Elefanten, Sandstein, noch blanko.

Aufgabe der Toten sei es nicht, Ruhe zu geben, sondern lustig weiter zu rumoren.

Das werde ich kürzlich gelesen haben.

Tagessonate 10.8

Das geht nicht ganz ohne Klischees über die Bühne.

Auf offener See ist die Reise mit einem Eisbrecher ausgesprochen ungemütlich.

Das ist die Krux dieser pazifizierten Wohlstandszeiten.

Bruder Trump.

Das Bild mag hinken.

Das Bild mag mit seiner kalkulierten Unschärfe und Schiefheit kokettieren.

Das Bild mag auf seine Vorgänger schielen. *Bruder Hitler.*

Aber es wirft einen Schatten auf mich, den ich nicht abschütteln kann. Jenseits des psychopathologischen Befundes, der für ihn und mich vermutlich unterschiedlich ausfiele, graduell oder sogar kategorisch.

Bruder Trump.

Wie und bis wohin lasse ich die bösen Geister der Aufmerksamkeitsbedürftigkeit in mir gewähren?

Tagessonate 10.9

Musst du da wirklich hinfliegen?

Man möchte echt nicht nerven mit solchen Fragen.

Jetzt habe ich zwei Schafe, zwei Hunde und zwei Kinder.

Ein Literaturkritiker – nach seinem Vornamen könnte man sich ihn als glücklichen Mann vorstellen – leidet. Er leidet, weil in diesem Jahr die Frankfurter Buchmesse nicht wie sonst stattfindet. Die Intensität dieses öffentlich zur Schau gestellten Leidens lässt einen an Loriots Mops-Paradigma denken: Ein literarisches Leben ohne Buchmesse ist möglich, aber sinnlos.

Mir fällt keine Autorin oder kein Autor ein, die oder der sich einer abgesagten Messe wegen so grämte.

Der vornamensvergessene Literaturkritiker aber bläst den Frankfurt Blues, und das Argumentationsmuster seines Messeleids ist bemerkenswert: Der Umsatz der Buchbranche sei in diesem Jahr nahezu stabil geblieben, obwohl keine der zehn wichtigsten Messen stattgefunden habe, oder trotzdem. – Wieso beklagt der Kritiker diesen Umstand, mit dystopischem Akzent, statt sich über die Lesertreue jenseits des Spektakels zu freuen? – Und dann: »Rein geschäftlich sieht es also gerade so aus, als käme die literarische Welt ohne die eigentliche Welt ganz gut zurecht.«

Wie bitte? Da insinuiert ein Angestellter des Betriebes, nicht die Welt der Texte, sondern die Welt der Buchmesse sei der wahre Vitalitätsindikator der Literatur und ihrer Liebhaber?

Und der Leidensfuror des vom Messeverlust existenziell gekränkten Kritikers steigert sich noch: Ohne das Frankfurter Bacchanal sei es auch mit der »Erotik der Kunst« (Susan Sontag) nicht mehr weit her, und mit der Zivilisation sowieso.

Porträt des jungen Literaturkritikers als Betriebsjunkie auf Entzug.

Kurz vor der Frankfurter Elegie hatte der juvenile Kritiker, sein Name sei Felix, schon begonnen, seine Messeklage anzustimmen, im Auftaktartikel einer prominenten Literaturbeilage immerhin. Dort apostrophierte er die Buchmesse als »ultrahocherhitztes Diskurskonzentrat, in dem sich in Frankfurt jedes Jahr das Schicksal des Geisteslebens entscheidet«. Wow. Ultrahocherhitztes Diskurskonzentrat – eine Literaturdesignerdroge. Suchtjargon.

Leser sprechen anders über Literatur, die sie lieben.

Noch ein anderer Befund im Leitartikel der Literaturbeilage ist bemerkenswert: die Rede vom Primat des Autors gegenüber seinem Text. Der Autor sei quicklebendig und Souverän seines Textes. Dass dem Autor, heutzutage selbstverständlich, eine gewisse Auskunftsfähigkeit über seinen Text zugebilligt werde, besiegele das Ende der Postmoderne. Und die Verwandlung eines Textes in ein Kunstwerk, also in Literatur, geschehe erst, wenn ein Autor gelesen und längst die Biege gemacht habe, im großen Diskursgelage. Performance und Selbstdarstellung inklusive.

Behauptet der in diesem Jahr um sein Messeglück gebrachte Kritiker.

Ich muss plötzlich an Wolfgang Hilbig denken, der 1983 in Hanau, nicht weit von Frankfurt und jenseits des Diskursrausches, mit dem Brüder-Grimm-Preis geehrt wurde. In seiner Dankesrede behandelte er einen Defekt der zeitgenössischen Literatur, wie er ihn wahrnahm, die *Unfähigkeit zur Anonymität.*

Ein konträres Bild zur Vorstellung des jungen Kritikers vom Autor als sich selbst darstellendes, sich selbst kommentierendes performatives Universalgenie.

Und Petra Morsbach kommt mir in den Sinn, die in ihren klugen Essays eindrücklich zeigt, dass die Sprache, ein Zaubermedium, uns besser kennt als wir selbst.

Tagessonate 10.10

Der Wind weht überwiegend schwach bis mäßig, auf Rügen auch frisch, aus Nord bis Nordwest.

Er spielt Prokofjew.

Eine Pfuhlschnepfe ist 12.200 km weit geflogen.

Der Literaturkritiker – bleiben wir bei Felix – lässt nicht locker und legt in einem Leitartikel nach. *Dröhnende Stille,* so der Titel. Das Trauma vom Verlust der Buchmesse als fixe Idee. Dabei scheut Felix der Eindringlichkeit halber das Selbstzitat nicht: »Die literarische Welt scheint ohne die eigentliche Welt gut zurechtzukommen.«

Wieso dieses trotzige, mit einem kulturpessimistischen Tremolo vorgetragene Insistieren, dass ausgerechnet eine gigantisch aufgetakelte Buchmesse, nichts als Generalspektakel und Eventgetöse, ein Moratorium des Lesens und Schreibens (außer für Kritiker, vielleicht), die literarische Welt mit der eigentlichen Welt in Berührung bringen sollte?

Da mögen verständliche Marginalisierungsängste im Spiel sein. Felix legt sein Motiv offen. »… dass das Buch seine Rolle als Leitmedium gesellschaftlicher Verständigung einbüßt.«

Hat es längst.

Der Kritiker fühlt und spürt sich am besten in Messelautstärke, beim permanenten Debattenhype.

Der Leser hingegen ist ein Solitär, auch wenn ich ihn mir gern gesellig vorstelle. Und im Gespräch mit seinem vertrauten Buchhändler, mit dem ihn die Leidenschaft für Literatur und Poesie verbindet, kann ihm die Buchmesse mit ihrem Diskursgefuchtel gestohlen bleiben.

Strukturanalogien lassen sich gewiss in vielen anderen Sphären entdecken: In der Hochschule etwa versuchen Evaluationsspezialisten und Qualitätsmanager seit Längerem, die einmal im Semester stattfindende *Nacht des Wissens* mit einer Bedeutung aufzuladen, als könnte sie der unspektakulären, geduldigen, kontinuierlichen Lehrpraxis, wie sie Woche um Woche der Fall ist, den Rang ablaufen.

Nacht des Wissens – nicht immer decouvriert sich Aufklärungsobskurantismus selbst so schön.

In diesem Jahr also keine *Nacht des Buches* in Frankfurt.

In der Ausgabe der Süddeutschen, in der Literaturkritiker Felix seine Messeelegie auf der Meinungsseite als Fortsetzungsgeschichte vorträgt und verlängert, finde ich eine großformatige Anzeige, die für ein Buch wirbt. *Andrea Petković, Zwischen Ruhm und Ehre liegt die Nacht. TENNIS ALS SPIEGEL DES LEBENS.*

Die *Nacht des Wissens* ist vermutlich nicht gemeint, oder gar die *Nacht des Buches.* Petković, beim TC Blau-Weiß Dresden-Blasewitz, wie ich mit Vergnügen lese, spielt, was eben kommt: *French Open* oder *Literarisches Quartett.*

Als Profi, ob Tennis oder Buch, braucht sie meist nur wenige Sätze bis zum Sieg. Dass das Messeturnier diesmal ausfällt, wird sie weniger bekümmert haben als den Kritiker Felix.

Tagessonate 10.11

Ziemlich sicher ist Glück dabei das falsche Wort.

Und das ist ja leider ein Satz für alle Leser von Margot Käßmann.

Das klingt zynisch.

Zu Beginn der Pandemie horteten die Leute Toilettenpapier (ein Konjunkturprogramm für die Witzproduktion), dann wurde die Hefe knapp.

Aus den USA wird aktuell ein Engpass für Munition vermeldet; 9 mm für *Luger* oder *Glock* ist ebenso schwer zu kriegen wie 223 cal für das Sturmgewehr *AR 15*. Niemand lacht.

In Belarus hört die Bevölkerung nicht auf, gegen den Diktator Lukaschenko zu protestieren, ungeachtet der Drohung, die sogenannten Sicherheitskräfte, die eigentlich staatliche Gewalttäter genannt werden müssten, würden mit scharfer Munition auf die Demonstranten schießen.

In Budapest wird ein vermeintlicher Nebenschauplatz der von Orbán systematisch betriebenen Demontage von Meinungsfreiheit und Rechtsstaatlichkeit, die renommierte Film- und Theaterhochschule, unversehens zum Epizentrum der Revolte. Nach dem von Orbán veranlassten Umsturz fungiert ein ehemaliger Stabsoffizier als oberster Befehlshaber an der Hochschule, und sein Kommando lautet: Nationale Kunst! Christliche Kunst! Volkstümliche Kunst!

Für den 23. Oktober planen die Studenten eine große Protestdemonstration.

Am 23. Oktober 1956 demonstrierten die Studenten in Budapest gegen das kommunistische Regime.

Derzeit, ist zu hören, steige die Verkaufskurve von Klopapier wieder exponentiell an.

Tagessonate 10.12

Schriftsteller sind keine Angestellten der Verlage, in denen ihre Bücher erscheinen.

Wann genug tatsächlich genug ist, darüber herrscht in Deutschland jedoch ein absurder Streit.

Doch die Toten denken gar nicht daran, von der Bühne zu verschwinden.

Ein Eichhörnchen eskortierte meinen Weg zum Briefkasten am Ende der Berthastraße.

Meine erste Empfindung, das Geleit für eine freundliche Nachbarschaftsgeste zu halten, trübte sich rasch ein. Gilt eine ungewöhnliche Zutraulichkeit von Wildtieren nicht auch als ein Zeichen möglicher Tollwut?

Die Kälte. Mainstream ohne Ufer. Eine traurige, ja tragische Geschichte.

Wer der Pathosspur dieser Überschriften in den überregionalen Feuilletons folgt, muss bald kichern. Die Berichte handeln von einem in der Buchbranche alltäglichen Ereignis. Ein Verlag trennt sich von einer Autorin. Monika Maron macht ihren *Rauswurf* bei S. Fischer öffentlich und schwadroniert von vorauseilendem Meinungsgehorsam. Der Verlag begründet seinen Schritt und Schnitt damit, dass Maron sich in vorsätzlicher Naivität in neurechte Gesellschaft begebe. Und darüber nicht mit sich reden lasse.

Monika Maron hat seit jeher eine innere, psychodynamische Machtdisposition, die nicht von schlechten Eltern ist. Wie sie jetzt das großdeutsche Feuilleton in einen affektiven Budenzauber treibt und die Pupp*innen tanzen lässt – Chapeau!

Monika Maron ist eine streitbare, manchmal nervend, manchmal beeindruckend sture Journalistin, die politische Unterhaltungsromane verfasst.

Wenn Hilmar Klute in der Süddeutschen Monika Maron als »eine der ganz großen deutschsprachigen Schriftstellerinnen« apostrophiert, so wirft dieser Wille zur Bewunderung vor allem ein Streiflicht auf das Drama des begabten Feuilletonisten, der von der Literatur träumt.

In den Selbstauskünften von Monika Maron tauchen immer wieder Indizien dafür auf, dass diese Autorin ein Phantom namens DDR-Identität nie ganz abzuschütteln und zu verjagen vermochte. So nennt Maron ihre Dresdner Freundin, die Buchhändlerin Susanne D., voller Zustimmung eine Oppositionelle, ohne zu erklären, was das heute bedeuten mag.

Opposition als sich selbst beglaubigende Lebensform; authentisches Dagegensein, auf Dauer gestellt. Aber entspricht ein – modisches oder gesinnungsgestütztes – Anbändeln und Kokettieren mit Identitären und Neurechten, ein Zündeln mit der öffentlichen Erregung, das keine existenziellen Konsequenzen fürchten muss, einem Begriff von Opposition, der mehr als eine Phrase wäre, ein hohles Zitat?

Klute schreibt: »Monika Maron besitzt, wie manche Intellektuelle, die in beiden deutschen Staaten gelebt und Karriere gemacht haben, eine unerschütterliche Treue zur eigenen Überzeugung.« Ironie? Ein Kompliment? Gusseiserne Nibelungentreue zum Oppositionellen an sich, im Jargon der Gesellschaft für deutsch-sowjetische Freundschaft?!

Man könnte es auch Verblendung nennen.

In dieser offenbar unlösbaren DDR-Befangenheit ähnelt Monika Maron, so sehr sie sich vom Naturell und von der Herkunftsgeschichte auch unterscheiden mögen, einem anderen DDR-Schriftsteller, Christoph Hein; beide sind sich in herzlicher Abneigung eng verbunden.

Monika Maron: »Ich bin traurig und fassungslos, dass ich mich in einer Situation befinde, in der ich vor vierzig Jahren mit *Flugasche* schon einmal war.«

Wo, frage ich mich fassungslos, aber wenig überrascht, lebt diese Frau und im Feuilleton auf Superlativen gebettete Autorin? Will sie ernsthaft insinuieren, ihre Situation in der DDR der frühen Achtziger, mit einer jegliche Veröffentlichung überwachenden Zensurbehörde, sei mit ihrer gegenwärtigen Lage gleichzusetzen? Oder gehört das schon zum Spiel der Marktwertsteigerung, das wenige so virtuos beherrschen? Vermutlich läuft im Hintergrund bereits ein diskreter Bieterwettbewerb der Verlage um M.M. Indes in den Feuilletons die Pegelstände des Tränenmainstreams steigen und steigen.

Gründe zum Heulen gibt es genug.

Versucht es doch einmal mit den richtigen.

(Wer mich beim Wort nehmen möchte: Vor fast dreißig Jahren, am 4.4.1992, habe ich die Befunde meiner synoptischen Lektüre von Monikas Marons Roman *Stille Zeile Sechs* und Christoph Heins Roman *Der Tangospieler* in der Frankfurter Rundschau veröffentlicht.

Später ist der Text in einer Anthologie erschienen unter dem Titel *Begrenzte realistische Reichweite / Defizitäre Unternehmen: zu zwei Romanen von Christoph Hein und Monika Maron,* in: Jörg Drews (Hg.) *Vergangene Gegenwart – Gegenwärtige Vergangenheit / Studien, Polemiken und Laudationes zur deutschsprachigen Literatur 1960–1994,* Bielefeld 1994.

Hier eine Gratis-Leseprobe: »Etwa in der Mitte des Romans *Stille Zeile Sechs* findet sich eine ebenso verräterische wie pikante Episode. Beerenbaum kündigt seiner Gehilfin statt des üblichen Diktats einen seltenen Gast an: den Schriftsteller Victor Sensmann – ohne Zweifel ist der von Monika Maron feinsinnig umgetaufte Christoph Hein gemeint –, einen Verfasser politischer Unterhaltungsromane, die ihren Erfolg dem Mißverständnis verdanken, wagemutig zu sein. Ein gelungenes Beispiel, wie sich epische Gerechtigkeit vollzieht: Die Denunziation fällt als Wahrheit auf ihre Urheberin zurück.«)

Kurzum: Im Fall Maron geht es um Bücher, Haltung und Macht, nicht um Literatur.

Ginge es um Literatur, hätten Feuilleton und Literaturkritik mit dieser Vehemenz von einem wirklichen Skandal berichten müssen. Dass der S. Fischer Verlag das jüngste Prosaprojekt seiner Hausautorin Anne Weber ablehnte: *Annette. Ein Heldinnenepos.* Weil es formal etwas riskierte. Weil tief internalisierte Marktgängigkeitsphantasien längst die literarische Urteilskraft der Konzernangestellten, die man euphemistisch immer noch als Lektoren bezeichnet, beschädigt und korrumpiert haben. Literarische Frühstücksdirektoren, kaltgestellt, unter der sanften Tyrannei von Vertretern und Vertrieblern und Marketingvirtuosen. Unterhaltungsromane gehen immer.

Das Heldinnenepos von Anne Weber ist in einem kleineren Verlag erschienen, der seinen Ehrgeiz nicht verhehlt, Suhrkamp 21 werden zu wollen.

Dass Anne Webers von S. Fischer abgelehntes Buch kürzlich mit dem Deutschen Buchpreis ausgezeichnet worden ist – ein ironischer Kontrapunkt. Ein verdienter Zufall.

Kurzes Lachen.

Mir kommt mein sonderbarer Freund Nathan Niedlich in den Sinn, der zum Thema S. Fischer und die Folgen auch ein Wörtlein mitreden könnte.

Tagessonate 10.13

Utopien und Zukunftsvisionen können etwas Totalitäres haben.

Trump das rasende, rülpsende Saxophon, Biden der stoische, am Ende obsiegende Bass.

Japan fängt erst an, seine Ureinwohner kennenzulernen.

Ich warte. Worauf. Wer wartet nicht. Ich warte ab. Ich warte zu. Die Zeit tickt. Hinter den Schläfen. Ich höre es. Ich horche. Manchmal schlafe ich. Ausschlafen und warten.

Phloeodes diabolicus, mein kleiner Held in gottlob postheroischen Zeiten. Auch wenn sein deutscher Name martialisch klingt: *Teuflischer Eisenplattenkäfer.*

Ein Laufkäfer, gerade einmal zwei Zentimeter groß, im Südwesten der USA beheimatet.

Er übersteht es unbeschadet, von einem Lastwagen überfahren zu werden. Er krabbelt einfach weiter. Fressfeinde wie Vögel, Echsen oder Nagetiere verzweifeln, während sie vergeblich versuchen, ihn zu knacken.

Ein Wunder der sich biologisch selbst organisierenden Unverwundbarkeit. Reine Selbstverteidigung in Perfektion; die NATO könnte den Laufkäfer als heraldisches Symbol für sich entdecken.

Eine in *Nature* veröffentlichte Studie zeigt an, dass der Käfer noch einer Kraft von 149 Newton trotzt; das entspricht

15 Kilogramm. In Relation zum Körpergewicht hieße das beispielsweise, ein 100 Kilogramm schwerer Mensch hielte 3900 Tonnen stand.

Das Geheimnis der Widerstandskraft: die Architektur des Rückenpanzers, das raffinierte Wechselspiel von Festigkeit und Elastizität.

Lauf, Phloeodes diabolicus, lauf.

Tagessonate 10.14

Am Samstag muss das Heiligste dieser Satanisten abgerissen werden.

Arbeitet das Coronavirus nicht ganz ähnlich, wenn es in den befallenen Menschen eine unwiderstehliche Lust auf Zungenküsse erweckt?

Anwohner löschen Flammen mit Eimern und Schüsseln.

Gestern ist Guntram Vesper in Göttingen gestorben, mit 79.

Ein erstes Stöbern in meinem nicht besonders gut sortierten Briefarchiv bringt drei Fundstücke an den Tag.

Eine handschriftliche Einladung zu einer Lesung in Frohburg, am 31. August 1990, im Steinernen Saal des Schlosses (»siehe Erzählung *Dunkelkammer«).* Auf der oberen Hälfte des Blattes eine kolorierte Zeichnung, die das Schloss Frohburg zeigt, von Guntram Vesper 1984 angefertigt »für die bibliophile Ausgabe der Erzählung *Laterna magica*«.

Einen Zuwahlvorschlag für das bundesdeutsche PEN-Zentrum, den Lyriker, Erzähler und Hörspielautor Roderich Feldes betreffend. Neben Guntram Vesper bürgten auch Hans Bender und Heinrich Vormweg. Vom Oktober 1995. Das ist ein Vierteljahrhundert her; tiefe Literaturgeschichte. Totengespräche.

Und eine Einladung nach Klotzsche, Haus auf der Grenze, Goethestraße 23a. An den Ort meiner Kindheit. Dort residierte Guntram mit seiner Frau Heidrun vom 1. April bis zum 30. September 1997, als Stadtschreiber zu Dresden.

Haus auf der Grenze. Dort schreiben wir.

1928 veröffentlichte Tucholsky in der Vossischen Zeitung eine Rankingliste der Welttatsachen, die er am meisten hasste.

Auf Platz drei rangierte, mir völlig unverständlich, Rosenkohl. Davor nur noch: Vereinsmeierei und Militär.

(Sollte da flüchtig erröten, wer kürzlich fast Präsident eines Vereins geworden wäre?!)

Hinter dem Rosenkohl: der »Mann, der immer in der Bahn die Zeitung mitliest«, »Lärm und Geräusche« und »Deutschland« – das auch auf der Liste der Dinge, die Tucholsky mochte, wieder weit oben auftaucht.

Tagessonate 10.15

Keller wollte Curtius loswerden.

Wie schnell eine gute Idee aus der Mode kommt.

Das ist umso schwerer erträglich, als hinter dem Aussitzen Kalkül steckt.

Man ist so alt, wie man sich fühlt. Die oft gebrauchte und gehörte Redewendung ist die mit einem Stich ins Euphemistische versehene populäre Version der Einsicht, dass es einem im Laufe seines Lebens immer weniger gelingt, sich selbst einen angemessenen Begriff von seinem biologischen Alter zu machen. Eine evolutionär implantierte Unfähigkeit zur Objektivität. Je älter man ist, desto aussichtsloser das Unterfangen. Jugendlichkeitsverzerrung, lerne ich nun, so nennen Psychologen das Phänomen. Und der darin eingewickelte Optimismus, die Zuversicht bei der Introspektion, komme dann der eigenen Gesundheit zugute.

Was wären wir ohne unsere heilsamen Illusionen?

Natur- und andere Katastrophen in Zeitlupe: ein opaker Herbst, ein langer, dunkler, aber hoffentlich nicht blutiger Winter ziehen herauf.

Tiktok bemüht sich nach Kräften, diese Macht herunterzuspielen.

Das sei der Haselmaus gegönnt, *Brehms Tierleben* attestiert ihr »Nettigkeit und Sanftheit des Wesens«.

Ohne Sekretärin wären viele Menschen aufgeschmissen.

Eine keilförmige Flugformation erscheint, Gänse vermutlich, und biegt über dem Haus nach Süden ab.
Leiser Neid.

Virginia Raggi, Bürgermeisterin von Rom, wird mit dem Tode bedroht und steht unter besonderem Polizeischutz, weil sie von Mafia-Clans illegal gebaute Villen hat abreißen lassen. Ein Mordkomplott wurde aufgedeckt; die Casamonica-Familie zählt zu den mutmaßlichen Drahtziehern.

In der St.-Wolfgang-Kirche zu Regensburg haben Einbrecher unter Anwendung roher Gewalt Reliquien des Hl. Wolfgang gestohlen, die hinter in Stahl gefasstem Panzerglas verwahrt wurden. Wolfgang, der erste Bischof von Regensburg und Erzieher Heinrichs II., heiliggesprochen im Jahr 1052, läppische neunhundert Jahre vor meiner Geburt.

Möge man seine entwendeten Gebeine oder Knöchelchen mit haselmaushafter Sanftheit behandeln.

Pein und Peinlichkeit.

Haftet dem Begriff Pein semantisch etwas Existenzielles an, die Anmutung eines tiefen Schmerzes, etwas Folternahes, so ist die Vokabel Peinlichkeit durch ihren üblichen Gebrauch ins Akzidentelle abgewandert. Tollpatschig. Geschmack-, instinkt- und auch schamlos; unangemessen. Peinlich eben.

Walter Kempowski versteht es meisterhaft, literarisch mit Peinlichkeiten aller Art zu spielen, und in seiner Prosa blitzt gelegentlich der vertrackte Zusammenhang von existenziellem Unglück und Komik auf, im Hallraum der Peinlichkeit.

Tagessonate 10.17

Das Huhn ist eben nicht nur ein Hobby, das Huhn stellt auch gewisse Ansprüche.

Bitte bringt das Brot in Ordnung und räumt das Schiff auf.

Doch auch diese beiden Varianten sind problematisch.

Eine Taube stirbt auf dem Bürgersteig. So sieht es aus. Falls mich meine blöden Augen nicht täuschen.

Die Taube sitzt reglos im braungelben Laub der Eiche und hat den Kopf an den Reifen eines dort geparkten Motorrads gelehnt, mit einem Ausdruck äußerster Erschöpfung. Wie von meinem leicht vertrottelten Blick elektrisiert, gibt sich die todmüde Taube einen Ruck, richtet sich auf und beginnt, sich torkelnd um die eigene Achse zu drehen, gegen den Uhrzeigersinn. Ein Abschiedstänzchen, bevor sie wieder ins Blättertotenbett sinkt.

Nach dem permanenten Taubenterror, den unser Haus, die Balkone, Fassaden und Simse, seit Langem erdulden muss, sollte ich denken: nur eine tote Taube ist eine gute Taube. Es gelingt mir jetzt nicht.

Tagessonate 10.18

Die Zukunft mag ungewiss sein, aber sie hat ein Herz für Kitsch.

Das kann auch erwachsene Frauen am Arbeitsplatz betreffen.

Auf den ersten Blick macht der Knirps nicht viel her.

Die Mandoline. Das Akkordeon. Der Wimmerschinken.

Landläufiger Bildungsnotstand: Religiöse Legasthenie grassiert, wohin man auch schaut. Nicht nur poetische, auch religiöse Alphabetisierungskampagnen sind dringende Desiderata.

Glaubst du an Gott?

Was soll man jemandem antworten, der keinerlei Geschichte und Geschichten mit und von Gott hat und erzählerisch gar nicht auf ihn eingestimmt und vorbereitet ist?

Eine vermeintlich klare, elementare Frage, und die hermeneutische Falle schnappt zu.

Seufzte ich und begönne, weit auszuholen, weil es anders gar nicht geht, so kreidete es mir der Fragesteller als Ausweichmanöver an.

Ja oder nein! Heraus mit der Sprache!

Auch Fundamentalisten der religiösen Ahnungslosigkeit sind, wie alle Fundamentalisten, auf knappe, lapidare, sich als Überzeugungstiefe ausgebende Eindeutigkeit abonniert.

Ja oder nein. Binäre Einfalt.

Tagessonate 10.19

Die Kamera war mit Farbfilm geladen.

Die Szene einer Ehe, in der die Misere des modernen Mittelstandes hochkocht.

Ein Schiff wird kommen.

Tagessonate 10.20

Möchtest du noch mehr Gnocchi, Liebling?

Verloren hat Merz jedenfalls noch lange nicht.

Farb- und Strukturschönheit liegen in der Familie, zu der auch Zucchini und Melone gehören.

Reformationstag.

1527 brach die Pest aus, erst in Breslau, später auch in Wittenberg.

Luther schrieb, als die Pest seine Stadt erreicht hat: »Wenn Gott tödliche Seuchen schickt, will ich Gott bitten, gnädig zu sein und der Seuche zu wehren. Dann will ich das Haus räuchern und lüften, Arznei geben und nehmen, Orte meiden, wo man mich nicht braucht, damit ich nicht andere vergifte und anstecke und ihnen durch meine Nachlässigkeit eine Ursache zum Tode werde.

Wenn mein Nächster mich aber braucht, so will ich weder Ort noch Person meiden, sondern frei zu ihm gehen und helfen. Siehe, das ist ein gottesfürchtiger Glaube, der nicht tollkühn und dumm und dreist ist und Gott nicht versucht.«

November

Allerheiligen.

So schönes Wetter, und wir immer noch dabei.

Wir schauen nach unserem kleinen Grundstück in Ohlsdorf; es trägt ein Kleid aus gefallenem Laub, in Gelb- und Ockertönen. Camouflage.

Die Sonne spielt mit.

Der Arktische Ozean zögert bedrohlich, zuzufrieren. Wie wir vom Nationalen Institut für Polarforschung Japans erfahren, fehlen derzeit fast eine Million Quadratkilometer Eisfläche, verglichen mit Ende Oktober 2016. Deutschland passte drei Mal in dieses Areal.

An den großen Einkaufsstraßen in Washington D.C. und New York verbarrikadieren besorgte Geschäftsleute ihre Läden und schützen die Schaufenster durch robuste Holzverkleidungen.

Nicht aus Furcht vor einem Tornado oder einer anderen Naturkatastrophe; die Präsidentenwahl steht unmittelbar bevor. Auch Facebook und Twitter treffen Sicherheitsvorkehrungen, wie sonst nur, wenn Wahlen in Myanmar oder Sudan anstehen.

Im leeren Darmstädter Staatstheater wurde Elke Erb mit dem Büchnerpreis geehrt. Zur besten Sendezeit sollen es nicht mehr als achtzig Zuschauer gewesen sein, die die Preisverleihung per Livestream verfolgt haben.

Achtzig Hansel, im Jargon unserer alten Bekannten. Sie kann sich glücklich schätzen, dafür nicht die Strapazen einer Reise nach Darmstadt auf sich genommen haben zu müssen.

Ein andermal war ich dabei, als er vier Kerle niedergestreckt hat, praktisch mit einem Schlag.

»Er spricht meine Sprache«, sagte ein Mann.

Der Gelbschnabel-Glanzvogel sonnt sich gerne auf den oberen Ästen der Regenwald-Bäume.

In seinem Roman *Letzte Grüße* schickt Walter Kempowski den Schriftsteller Alexander Sowtschick, der, ein paar Jahre älter, seinem Autor ansonsten oft ähnlichsieht, auf Lesereise in die USA. *Deutsche Wochen,* im Herbst 1989. Der Kulturtrip als Altersabenteuer. Ein Parcours beginnt, und die Hindernisse sind sehr unterschiedlicher Natur. Komisch, peinlich, überraschend, aus Klischees gezimmert. Alexander Sowtschick, Träger des Hebbel-Preises und des Keyserling-Ringes, Ehemann Mariannes und Vater der Tochter Klößchen und des Sohnes Schitti, Besitzer eines Anwesens in Sassenholz bei Bremen, mit Schwimmgang und Bücherturm als Inbegriff des selbsterschriebenen Wohlstandes, reist als exzentrischer deutscher Kulturpatriot durch eine schöne neue Lebenswelt, einen obskuren Kulturbetrieb und durch sein Alter; durch sein Zeitalter. Eine Art literarischer Kneipp-Kur voller Wechselbäder und heilsamer Zumutungen. In kurzen Prosapassagen entsteht ein Fahrtenbuch aus Erlebnissen, Wahrnehmungen und Reflexionen. Was sich da verquickt: Der Blick des Kindes aus dem Märchen von Andersen auf den nackten Kaiser und das generationsspezifische Vorurteil, mal hinreißend, mal verblendet, Anmut und Schamlosigkeit, Grazie und Starrsinn, das Kokettieren mit der eigenen Provinzialität und die Bereitschaft, sein Aus-der-Zeit-Gefallen-Sein für beginnende Klassizität zu halten.

Zarte Empirie und bräsige Borniertheit auf engstem Raum.

Diese Prosa trägt, und das macht vermutlich ihren Rang aus, auf jeder Seite das Wasserzeichen existenzieller Komik.

Und doch ist da ein falscher Ton: Sowtschicks fixe Idee, auf einen Bomberpiloten zu treffen, der unschuldige deutsche Barockkirchen in Schutt und Asche gelegt hat. Der – für

Sowtschick – unüberbietbare Inbegriff der Barbarei. Sentimentalnationale Selbststilisierung; deutsches Opfer-Moll.

»Ach, du lieber Sowtschick, jetzt liegst du da, und blutest noch nicht einmal aus dem Mund!«

So enden Buch, Protagonist und Reise.

Letzte Grüße erschien 2003, vor fast zwanzig Jahren. Heute löste der Roman wahrscheinlich einen Shitstorm aus, weil er sich nicht die Bohne um die Reinheitsgebote und Auftrittsvorschriften scherte, die neuerdings die Revolutionsgarden des Sprach- und Genderfortschritts allenthalben einfordern und überwachen.

Abends im ZDF *Wiener Blut.* Eine Staatsanwältin ägyptischer Abstammung, ehrgeizig und karrierebewusst. Ihre Tochter verfällt dem glutäugigen Jamal, trägt in der Schule plötzlich Kopftuch und tappt in die Falle der Islamisten. Hier breche ich die Nacherzählung ab. – Solchen Zeitvertreib scheut nicht, wer interniert und nach seinem Tagewerk seiner Augenblödigkeit wegen kaum noch imstande ist zu lesen. –

Synchron: Terror in Wien. Ein zwanzigjähriger, vorbestrafter, einschlägig bekannter Mann albanisch-nordmazedonischer Herkunft schießt im I. Bezirk mit einer langläufigen Waffe wahllos und planvoll auf Passanten. Am Schwedenplatz, in der Nähe der Synagoge.

Dort haben wir vor Jahresfrist Quartier genommen, im Hotel *Zur Post,* am Fleischmarkt.

Tagessonate 11.2

Die Lücke zwischen Mensch und Tier, sie lässt sich nicht schließen.

Komm doch, Brexit.

Was am Ende zählt, ist das Ergebnis.

Das letzte Wahllokal in den USA hat geschlossen; die Zitterpartie beginnt.

Biden knapp vor Trump, bislang.

Keine blue wave.

Offen gestanden, so meldet sich Trump zu Wort, *wir haben die Wahl gewonnen.*

Damit ihm die anderen den Sieg nicht mehr stehlen können, will der Präsident den Supreme Court anrufen, dass er das Auszählen weiterer Stimmen verbieten möge.

Verfassungskrise. Legalistischer Staatsstreich.

Worauf sollten wir gefasst sein.

Immerhin ist noch kein Blut geflossen.

Tagessonate 11.3

Boss kann auch gemütlich.

Der Tote hieß Wladimir Marugow und besaß mehrere Wurst- und Fleischwarenfabriken.

Oder dass der Schoßhund auf dem Schoß sitzt, der Schäferhund aber nicht auf dem Schäfer.

Im Hochsommer 1989, kurz bevor Kempowski seinen ihm sehr vertrauten Kollegen Alexander Sowtschick zu den *Deutschen Wochen* in die USA schickt, war ich dort unterwegs, zum ersten Mal.

Vier Wochen kreuz und quer, eingeladen und begleitet vom *German Marshall Fund.*

Mein Reiseroman, schriebe ich ihn, fiele anders aus.

Wenige Jahre zuvor erst aus der DDR ausgereist, galt ich nun plötzlich, in vielen Gesprächen und Diskussionen, als Experte für alles, was sich gerade in Leipzig oder Ostberlin zutrug, von Phoenix, Arizona oder Oxford, Mississippi her schwer zu deuten und zu verstehen.

Ich irrte mich gründlich. Ich vermochte mir, das Massaker auf dem *Platz des Himmlischen Friedens* in Peking vom 4. Juni vor Augen, eine friedliche Lösung nicht vorzustellen. Dass die Sowjets die DDR freigeben könnten und würden, kam mir undenkbar vor.

(Ich erinnere mich, dass Martin Mosebach einmal die semantische Fantasie geäußert hat, der Name von Kempowskis durch Amerika reisendem und irrendem Romanhelden,

Sowtschick, bedeute womöglich, sinngemäß: der von den Sowjets Beschädigte.)

An dieser Hürde scheiterte meine Zuversicht. Ich blieb pessimistisch.

Auf jener Reise bin ich Andrei S. Markovits begegnet, 1948 als Kind jüdischer Eltern in Rumänien geboren, seit 1967 in den USA. Geselliger Melancholiker. Sozialwissenschaftler. Verfasser eines Standardwerkes über die Gewerkschaften in der Bundesrepublik Deutschland.

Ich glaube, es war in Washington D.C.

2004, fünfzehn Jahre später, erschien in Hamburg sein Buch *Amerika, dich haßt sich's besser*, eine Studie, die mit ihren Exkursen und Ausgrabungen zu und in Geschichte und Kulturgeschichte bedrückend unabweislich zeigt, wie eng Antiamerikanismus und Antisemitismus in Europa seit jeher verschränkt sind.

»Reisen ist tödlich für Vorurteile«, lautet ein Diktum von Mark Twain.

An dem deutschen Dichter Nikolaus Lenau, der 1832 Amerika bereist hat, scheiterte diese Maxime, leider. Auf dem Land liege ein poetischer Fluch, und die kulturelle Ödnis sei so groß, dass sich auch die Nachtigall weigere, dort zu singen. »Die Nachtigall hat Recht, daß sie bei diesen Wichten nicht eingekehrt.« (Nikolaus Lenau)

Die feine Intuition der Nachtigall und der barbarische Sinn der Bomberpiloten, die unschuldigen deutschen Barock zertrümmerten.

Auf dem Cover des Buches von Markovits ist ein Foto abgedruckt, das ein Graffiti zeigt, aufgenommen von Patricia Greve, Hamburg, U-Bahn Station Wandsbek-Markt, 22. April 2004: *Kerry ist auch Jude!*, in ungelenker Handschrift.

Darunter zwei zum Davidstern verschränkte Dreiecke, mit der Inschrift *USA*.

Tagessonate 11.4

Während nahe Odessa ein Boot mit einer zerstückelten Leiche entdeckt wird, findet die Warschauer Polizei einen Arm.

Was ist da los?

Google und die Zeitungsverlage waren mal Konkurrenten um Werbeeinnahmen.

Donald, allein zu Hause. Er sitzt in der Kantine des Weißen Hauses und schaut Fernsehen.

Pressekonferenz, live. Trump schwadroniert von legalen Stimmen, mit denen er die Wahl locker gewonnen hat, und von illegalen Stimmen, mit deren Hilfe die Wahl gestohlen werden soll, und da stellen ihm einige Sender den Ton ab und informieren ihre Zuschauer, dass der Präsident nicht die Wahrheit sage.

Wie mag sich Viktor Orbán bei diesen Bildern ins Fäustchen gelacht haben: Das wäre mir mit meinen Medien nicht passiert.

Zufälle haben mich seit jeher interessiert.

Heute würfeln uns die *Losungen der Herrnhuter Brüdergemeine* die Geschichte von Jeremia in der Zisterne in den Tag.

Angesichts einer feindlichen Übermacht vor den Toren rät der Prophet zu Kapitulation und geordneter Flucht. Der Pöbel schwärzt ihn wegen seines Defätismus bei König Zedekia an, und dieser gibt dem Plebiszit nach und dem Mob freie Hand. Sie werfen Jeremia in eine Zisterne voller Schlamm. Dort mag er verrecken.

Es ist ein Fremder am Hof, der durch seine Zivilcourage den Propheten Jeremia rettet: Ebel-Melech, ein Mohr und Kämmerer des Königs. Der Mohr appellierte an die Vernunft seines Herrn, nahm sich drei Männer, ließ sie aus Lumpen aus der Altkleiderkammer ein Seil knüpfen und Jeremia aus der Zisterne ziehen.

Was gepflegten Irrsinn angeht, sind die Siebziger unerreicht.

Von dem Mund-Nasen-Schutz abgesehen war der Mann nackt, wie die Polizei am Donnerstag mitteilte.

Droht eine Blase?

Überraschungspost von Hoffmann und Campe; *Die Trump Tagebücher.*

Der Herausgeber, Anonymus, apostrophiert sich in einer Nachbemerkung als einen Diener des Volkes.

Ich lasse, wie bei den *Losungen der Herrnhuter Brüdergemeine,* den Zufall gewähren und schlage aufs Geratewohl S. 64 auf. Dort ist ein Brief abgedruckt. Vom 5. November 1985, also fast auf den Tag genau vor fünfunddreißig Jahren verfasst.

Sehr geehrter Herr Trump,

nachdem wir Ihre Testergebnisse ausgewertet haben, müssen wir Ihnen leider mitteilen, dass Sie nicht intelligent genug sind, um der Scientology-Kirche beitreten zu können.

Alles Liebe

L. Ron Hubbard

So schönes Wetter, und wir immer noch dabei.

Gestern versammelten sich vom Querdenken stark Verwirrte auf dem Augustusplatz vor der Oper in Leipzig, um gegen den Corona-Totalitarismus zu protestieren. Es sollen zwanzigtausend gewesen sein. Ein Superspreader-Event der Extraklasse; keine Masken, keine Abstände. Verschwörungsbenommene, rechte Pöbler, Schläger und Randalierer, Besorgte. Eine Frau hielt ein Transparent hoch: *Ich bin Covidjud.* Antisemitismus allenthalben, klassisch und als Travestieshow.

Unter den Rednern: Christoph Wonneberger, 76, Pfarrer i. R. Erinnert sich jemand?

Fasziniert und inspiriert von dem liturgischen Genre *Politisches Nachtgebet* begründete Wonneberger 1986 in Leipzig *Friedensgebete,* anfangs innerkirchliche Nischenereignisse, bald eine Graswurzelbewegung, die Wonneberger koordinierte.

Daraus gingen bald die Montagsdemonstrationen hervor.

Der Rest ist Geschichte.

Pfarrer Wonneberger avancierte damals zum Staatsfeind, und auch die Kirchenoberen schauten scheel auf ein Treiben, dessen Ausgang den eingespielten Status quo *Kirche im Sozialismus* in Frage zu stellen begann. Die Verhältnisse wurden plötzlich porös und unberechenbar.

Sein vorgesetzter Superintendent – der sich später gern als ein Gesicht der Friedlichen Revolution feiern ließ – suspendierte Wonneberger 1988.

Bald übernahmen andere, Mediengeschmeidigere, und sie kassierten als Revolutionsgewinnler die Aufmerksamkeitsdividende, bis hin zum *Friedenspreis des Deutschen Buchhandels.*

Im Oktober 1989 erlitt Christoph Wonneberger einen schweren Hirnschlag und verschwand für lange Zeit aus der öffentlichen Wahrnehmung.

Und was hatte Wonneberger im November 2020 bei den Querdenkern vorzubringen: Auch 1989 habe man nicht gewusst, wer da alles mitdemonstriere. Und: Ein Virus habe nicht nur die Gesundheit, sondern auch den Rechtsstaat befallen.

Dass die Nächstenliebe zumindest gebiete, Abstand zu halten, von Demonstrant zu Demonstrant, sagte Wonneberger nicht.

Trauer und Entsetzen halten sich die Waage, als ich registrieren muss, wie sehr das Bewusstsein von Bruder Wonneberger noch mit antiquiertem DDR-Mobiliar eingerichtet ist.

Zwei Beispiele genügen, um es aufzuzeigen: Da verwirft das Sächsische Oberverwaltungsgericht in Bautzen die Entscheidung einer Vorgängerinstanz und erlaubt, in Zeiten hochschießender Infektionszahlen, eine solche prekäre Großdemonstration. Und der Rechtsstaat hält sich selbstverständlich an die – schwer verständliche – Maßgabe eines unabhängigen Gerichts.

Und die Journalistengewerkschaft DJU vermeldet zweiunddreißig Übergriffe: körperliche Attacken gegen Reporter oder Behinderungen bei der Ausübung ihrer Arbeit.

Wer da seine Beteiligung mit dem Hinweis auf die Demonstrationsumstände und -ursachen von 1989 legitimiert und begründet, ist verblendet, dumm oder pervers. Auskristallisierte Mentalitätsrückstände und Deformationssymptome, Jahrzehnte nach dem Untergang einer Diktatur, die auch dafür gesorgt hat. Eine schreckliche Spielart politischer Nachhaltigkeit, die bis heute in dem Überzeugungsstoffwechsel von Betroffenen virulent ist.

1981 eröffnete die Stasi einen ersten operativen Vorgang gegen Christoph Wonneberger, damals noch Pfarrer in Dresden: *OV Provokateur.* Wer ein Stasi-Prädikat für einen Ehrentitel oder eine lebenslängliche Verpflichtung hält, irrt tragisch.

Christoph Wonneberger wurde vielfach geehrt, etwa 2009 mit einem *Bambi* in der Kategorie *Stille Helden.*

Ach, meine liebe, arme Heldenstadt Leipzig.

Tagessonate 11.6

Habsucht ist ein hartnäckiges Laster.

Aber ich muss nicht mehr in Ärger baden.

Doch das mag täuschen.

Der Stift seufzt und das Papier ächzt, denn sie ahnen, was sie jetzt wieder erdulden und erleiden müssen. Eine höhere Macht zwingt mich zu notieren, dass Viktor Orbán – wenig überraschend und ganz und gar nicht originell – sein Veto gegen den EU-Haushalt samt den kolossalen Coronahilfen einzulegen androht, falls Zuwendungen aus Brüssel künftig enger an Rechtsstaatlichkeitskriterien gebunden werden.

Ist es eine Vermutung. Ist es eine Ahnung.

Unlustgefühle und Abwehrreflexe dem Roman gegenüber. Als einer Textdarbietungsform, die bei aller handwerklichen Raffinesse vom Literarischen ins Kommerzielle abzuwandern im Begriff ist. Immer mehr Bücher, immer weniger Literatur.

Ich bin mit dieser Ahnung nicht allein.

Prosa als Suchbewegung, Sprachereignis und Instrument eines poetischen Erkenntnisinteresses. Marcel Beyer, Dorothee Elmiger, Clemens J. Setz, Ror Wolf und Brigitte Kronauer. Die Liste ist kurz und ungerecht; aber diese Namen fallen mir sofort ein.

Nach Wittgenstein wären Buch und Literatur zwei Sprachspiele, ihrer lexikalischen Schnittmenge wegen umgangssprachlich kaum zu unterscheiden und zu trennen, und doch kategorisch verschieden.

In was für ein verwegenes, vergnügliches Gedankenexperiment geriete man, wenn man dieser Logik einmal folgte und der Distinktion Geltung zu verschaffen suchte. Bücher werden von einschlägigen Konzernfilialen, die auf nichts anderes eingestellt sind, produziert, vermarktet und verkauft.

S. Fischer, Rowohlt, Penguin, Kiwi sowieso.

Literatur erscheint. Wo es ihr gefällt. Sogar bei Rowohlt oder Kiepenheuer & Witsch.

Tagessonate 11.7

Leipzig ist Standard-Meister der Liga.
Passend zum Anlass war die Maske schwarz.
Der Weg zur gemeinsamen Sprache wird lang.

Hochnebel. Ein opaker Novembertag. Kein schlimmes Wetter. Die Zeit verdunstet, so deute ich die Schlieren, die vor meinen Augen tanzen. Ich schaue mir beim Altern zu, schmerzlos, gottlob. Eine Denksportaufgabe für diese Jahres- und Lebenszeit: Wie eiche ich die Waage, die mir meine Antiquiertheit anzeigt, das Gewicht meiner Jahre?

Bei Kiepenheuer & Witsch ist schon wieder ein Buch erschienen: Andrea Petković, *Zwischen Ruhm und Ehre liegt die Nacht.* Erzählungen einer berühmten Tennisspielerin; wir haben schon davon gehört. Dass die Süddeutsche einen

Sportberichterstatter mit der Rezension beauftragt, könnte ein Indiz für die Fähigkeit zur Selbstironie sein, ist es vermutlich aber nicht.

Gleich zu Beginn der Buchbesprechung erfahren wir, dass sich die Erzählerin für öde Turnierpausen in Melbourne einst *Schuld und Sühne* eingepackt hat, und schon bei der Lektüre des ersten Satzes »legte sich eine allumfassende Ruhe über mein Gemüt«. – Dostojewski als Grand Slam-Sedativum. – Eine Bemerkung aus der sportlichen Besprechung wird als Gemme Einzug in das private Grüne Gewölbe halten, meine Zitatenschatzkammer aus dem Feuilleton: » – und sie hat jede Zeile selbst verfasst, was ihr Schaffen noch ungewöhnlicher macht.«

Für Begriffsstutzige wie mich: Auf der Literaturseite der Süddeutschen wird eine Autorin dafür gelobt und gepriesen, dass sie ihre Erzählungen selbst geschrieben hat. Satz für Satz. Wow.

Der Rezensent ist in der Sportredaktion für Tennis, Golf und Basketball zuständig und heißt Gerald Kleffmann. Falls die Süddeutsche diesen Namen nicht bei Thomas Mann bestellt hat.

Für seine Follower @doublebackhand. Vor ein paar Stunden hat er gezwitschert, er hätte gern einen schönen schlecht gelaunten Verriss verfasst. Aber ging nicht. Buch zu gut.

Tagessonate 11.8

Betroffen sind davon auch die stolzen Fußballklubs vom Bosporus.

Den besten diesmal nannte er die »Freundlichkeitsverschwörung«.

Am Ende sind wir alle Konkurrenten.

»Einfälle sind die Läuse der Vernunft«, heißt es bei Friedrich Hebbel.

Zehn Jahre ist es her, dass der Gustav Kiepenheuer Verlag still und beiläufig verschied, der Logik einer ökonomischen Patientenverfügung gehorchend, gewissermaßen.

Friedrich Minckwitz, nach dem Krieg Cheflektor im familiär geführten Haus von Noa Kiepenheuer in Weimar, bestimmte, dass sein Grabstein den Bibelvers Johannes 11,43 tragen soll: *Lazarus, komm heraus.*

(Das weiß ich von Jürgen Israel, der einst bei freier Kost und Logis im Hause Kiepenheuer Manuskripte für den Verlag begutachtete.)

Lazarus war gestorben und begraben. Die Familie und Freunde trauerten, und jemand hatte gehört, dass Jesus in der Gegend sei, der immerhin schon Blinde wieder sehend gemacht hatte. Man rief ihn herbei. Er wies die Umstehenden auf Gott hin – mir kommt abermals Alfred Döblin an seinem 65. in Santa Monica in den Sinn – und forderte sie auf, den Stein wegzuwälzen, der die Grabkammer verschloss.

Marta, die Schwester des Toten und mit weiblichem Realitätssinn begabt, warnte: Der Leichnam des Bruders ruhe da schon seit vier Tagen und rieche bereits.

Jesus ließ sich nicht beirren.

Lazarus, komm heraus.

Wenige Worte, aber eben die treffenden, genügten.

Tagessonate 11.9

Türkische Medien berichten von größtmöglicher Verärgerung des Präsidenten.

Ich nehme an, dass Futter im Spiel war.

Auf dem Erbe der Römer will sich Vasto aber nicht ausruhen.

Fürs Lottospielen habe ich mich nie interessiert.

Sieger können selten genug kriegen. Oder sie sind öde. Oder einsam. Und leben, in einem ordinären Sinne, gefährlich.

Und doch erwarb ich hin und wieder ein Los der *Glücksspirale.* Vor dem Kauf brütete ich allemal lange über den Zahlen, für die ich mich entscheiden sollte, als müsse eine Prosazeile glücken. Ich wählte, unter all den Möglichkeiten, die *Glücksspirale,* weil sie, außer den üblichen Geldgewinnen, eine Sofortrente von 7500 Euro in Aussicht stellte. Ab jetzt. Vom statistischen Irrsinn, dem wir alle gern und oft anheimfallen, spreche ich im Moment nicht.

Ich war zu jener Zeit längst Hochschullehrer, Schriftsteller im öffentlichen Dienst, Wohlstandsabonnent und aller ökonomischen Sorgen ledig. Und diese Art, mein Schreiben zu finanzieren, galt mir inzwischen als Teil meines Werkes. Ich mochte das professionelle Doppelleben nicht mehr missen. Von dem Religionspädagogen Fulbert Steffensky lieh ich mir gern und nicht selten die Formel *Lehren heißt zeigen, was man liebt.*

Und doch flackerte bei der Aussicht auf eine Sofortrente durch die *Glücksspirale* eine regressiv-triumphalistische Phantasie auf: eine sentimental verbrämte Freiheitsillusion.

Würde ich erschrecken, wenn ich herausfände, was ich mir wirklich erhoffte?

Aber auf den Zufall, meinen guten Freund, war zum Glück Verlass, und er ließ mich auch im Fall der *Glücksspirale* nicht im Stich und bewahrte mich womöglich vor einem biografischen Holzweg. Mensch, Hegewald.

Ein etwa vierjähriges Kind wirft sich neben einer Supermarktkasse schreiend und zeternd zu Boden, weil es seinen Schokoriegel nicht bekommt.

Kurz darauf liegt knapp die Hälfte der gerade im Supermarkt einkaufenden Kundschaft flach zwischen den Regalen und brüllt und heult, weil das Kind an der Kasse so schlecht behandelt wird.

Das Trump-Syndrom.

Die Großen fressen die Kleinen; ein widerlegtes Klischee.

Der Käfer von der Gattung *Epomis,* beispielsweise, ist der Jäger, und ein viermal so großer Frosch seine Beute. Die Larve des Käfers simuliert das perfekte Opfer, wackelt verführerisch mit ihren Antennen, dass dem Frosch das trübe Tümpelwasser im Maul zusammenläuft, weicht der heranrauschenden klebrigen Froschzunge geschickt aus und springt auf den Kopf des Angreifers. Dort beißt die Larve zu und schlürft das Gehirn des Frosches.

Oder Gottesanbeterinnen fangen Kolibris im Fluge, um sie zu fressen.

Was sich da zeigt, bringt unsere geläufige Vorstellung von der Hierarchie der Fressfeinde und der Richtung der Nahrungskette ins Wanken.

Der Begriff *freie Natur* radikalisiert sich.

Tagessonate 11.10

Die Deutschen haben ein offenes Ohr für ihren Darm.

Die Kollegin hat durch ihre schicke Maske hindurch nicht »Peru« gesagt.

Wirtschaft ist immer politisch.

Stark nachlassendes Interesse an Büchern, die sich verfilmen lassen. Warum geben sie sich erst für etwas anderes aus und wollen dann doppelt abkassieren? Ästhetischer Prothesenhandel. Autoren solcher Bücher bestritten vermutlich heftig, dass es sich dabei um eine Intention handelt, die sie vor sich selbst verbergen wollten. Oder wehklagten, dass der Verlag ihr Werk als Stoffbeutel an einen Secondhand-Serienshop weiterverhökert habe.

Üppig alimentierte Ohnmacht.

Pandemiewirtschaft.

Transithandel im Zwischenflur. Nachbarin K. überrascht uns mit einem Glas Quittengelee, selbstgemacht, die Früchte aus dem Garten der Eltern.

Wir revanchieren uns mit einem Stück von U.s vielgerühmtem Käsekuchen.

Konspirativer Lebensmitteltausch; keine Zeugen. Keine Kontakte. Telefonisch eingefädelt.

Andere liegen jetzt im Sterben.

»Man braucht Undeutbares in sich, sonst ist man gar nichts.« Friedrich Schlegel.

Stippvisite des Zaunkönigs. Er hat sich verirrt und erleidet eine kurze Panikattacke, als er gegen die Wand aus Glas prallt. Dann findet er den Weg durch die Balkontür, zurück ins Freie.

So schönes Wetter, und wir immer noch dabei.

Tagessonate 11.11

Heißes Wasser lässt sich auf fast alles kippen und verträgt auch viel heiße Luft.

Ein bisschen ist es so auch in der Wissenschaft.

Aber immer gibt es Hinweise.

Herrlich, dieses sture Auszählen der Wählerstimmen in Pennsylvania. Diese unbeirrbare Pedanterie, mit der eine Institution ihrer ureigenen Aufgabe nachkommt, ohne sich von irgendjemandem oder irgendetwas ins Bockshorn jagen zu lassen. Eine Institution, deren Unabhängigkeit rechtsstaatlich legitimiert und verbrieft ist.

Und Georgia zählt, dass nicht der Schatten eines Zweifels auf das Wahlergebnis falle, die Stimmen im Livestream nach.

Bei einem wie mir, der sein Dasein eine Zeitlang unter parafeudalistisch-sozialistischen Zuständen fristen musste, lösen solche Demonstrationen institutioneller Autonomie Erleichterung, fast eine leise Euphorie aus.

Jede Stimme zählt.

Zählen und erzählen.

Dorothee Elmiger, *Aus der Zuckerfabrik.*

Prosa nach meinem Geschmack. Gestrüpp und feinstoffliche Satzlevitationen. Eine unabgeschlossene Versuchsanordnung, poetische Physiologie. Das Erkenntnisinteresse oszilliert zwischen kosmopolitischen und kosmopoetischen Phänomenen und individuellen Befunden. Kolonialismus und Kapitalismus, Liebe und Hunger, Naschsucht und Begehren, Kontingenz und Lektüre, Zucker und Lotto. Und um literarische Möglichkeitsbedingungen von Zeitgenossenschaft.

Montauk im Text. Spielt bei Elmiger eine Rolle.

Ich habe dort, vor Ort, es ist inzwischen zweieinhalb Jahre her, die gleichnamige Erzählung von Max Frisch wiedergelesen. Nach vielen Jahrzehnten. Doppelt enttäuscht. (Schlag nach im MAI, als Daniel Kehlmann von Montauk her im Feuilleton auftauchte.)

Tagessonate 11.12

Noch 1984, zu Beginn der Ära Kohl, wurde mit Walther Florian ein anderer früherer SS-Angehöriger sogar zum Staatssekretär ernannt.

Die Geldhäuser hätten jahrelang regelrecht darum gebettelt, ihm Kredite gewähren zu dürfen – und er habe es schlicht nicht in allen Fällen über das Herz gebracht, die Offerten abzulehnen.

Aber wissen tut man das alles noch nicht.

Wir haben im Frühsommer 2018 nicht, wie die Erzählerin *Aus der Zuckerfabrik*, im *Albatros Motel* Quartier genommen, sondern im *Haven Montauk.*

Ein freundlich geführtes Haus mit eigenen Fahrrädern. Immer von guten, hilfsbereiten, umsichtigen und beinah lautlosen Geistern umschwärmt, die wir für Mexikaner hielten.

Bald beobachteten wir, dass die Mexikaner Abend für Abend an einer abseits gelegenen, kreisrunden Feuerstelle Holz entzündeten, bis ein stabiles Glutnest entstanden war.

Anfangs glaubten wir naiv, es handle sich um eine Gewohnheit der Mexikaner selbst, ein Alltagsritual. Eine Verabredung der dienstbaren Schemen zu einem späten Grillimbiss. Bis wir begriffen: Das Lagerfeuer war eine Einladung, die allen Hotelgästen galt. Wir machten gern und regelmäßig davon Gebrauch und gerieten so in eine Erzählgemeinschaft mit häufig wechselnden Teilnehmern. Selten blieb jemand länger als zwei oder drei Nächte. Außer uns.

Viele hielten Spieße mit Marshmallows übers Feuer. Mit diesem widerlich süßen Mäusespeck könnte man mich jagen. Aber ich hörte gern zu.

Da war der junge und jungenhafte Fotograf, in der Slowakei geboren, ein Kleinkind, als der Eiserne Vorhang fiel, von seiner alleinerziehenden Mutter nach Italien verschleppt, nun in New York City etabliert.

Das Ehepaar aus der Ukraine mit einem vielleicht vierjährigen Sohn, vom Losglück mit einer *Green Card* bedacht; es versuchte nun, in Brighton Beach alias *Little Odessa* heimisch zu werden. Der Junge haderte am Lagerfeuer mit unserer Harthörigkeit, dass wir seinen Namen so lange nicht verstehen wollten: *Eiger! Eiger! – Igor!* –

Der freundliche Herr, etwa in meinem Alter, den seine russische Ehefrau nie zu dieser Abendgesellschaft begleiten mochte.

Auch er sei Hochschullehrer, Dozent an einem College in Brooklyn, und seine Frau drohe mit der Scheidung, falls er in den Ruhestand wechsle. Das sei aber vorerst nicht seine Absicht.

Seine Fächer?

Alte Sprachen.

Latein? Griechisch?

Nein: Etruskisch. Phönizisch. Hebräisch und Aramäisch ohnehin.

Kollege Roßmann. Dirk Roßmann, 74, Drogeriekettenpionier und -potentat, glückte, wovon viele Romantiker vergeblich träumten: Ein Geist oder ein Dämon gab ihm ein, was er zu dichten hatte.

»Im Dezember 2019 bin ich 14 Tage lang immer nachts um vier Uhr wach geworden, in einem Zustand zwischen Schlaf und Wachsein hat sich mir die Handlung des Romans förmlich aufgedrängt – im Kern habe ich sie geträumt.«

Ein Thriller aus dem Morgengrauen, *Der neunte Arm des Oktopus* ergreift Russland, China und die USA und schnürt sie ein, zu Klimaverbündeten.

Nicht nur im Buchhandel, auch in allen Rossmann-Filialen erhältlich. Ein alternatives Literaturergänzungsmittel. Kerntraumprosa. Das Buch schadet nicht. Das Buch hilft nicht. Es verkauft sich.

Tagessonate 11.13

Dass Jaggy Jackpot erwachsener geworden ist, sieht man schon an seinem Schnauzbart.

Die Reichen jammern stellvertretend, um sich irgendwie abzulenken.

Wie oft aber kann man sich selbst nachahmen?

Traum: Wir brechen in den Urlaub auf, U. und ich. In einem Reisebüro in Lüneburg ergattern wir ein Pauschalarrangement, last Minute. Destination Dänemark. Dass unser Urlaubsziel nicht genauer benannt wird, wundert mich im Traum nicht. Abflug von Groß Lauschke. Wo aber ist Groß Lauschke, und wie kommen wir dort hin? Wir haben einen riesigen Koffer dabei, und wir erkundigen uns bei Passanten in dem Bürohaus, in dem sich auch das Reisebüro befindet, nach einer Verkehrsverbindung zum Airport Groß Lauschke. Niemand weiß etwas. In mir steigt Panik auf. Mein Vorschlag: nehmen wir ein Taxi; der Fahrer kennt sich sicher in der Gegend aus. U. besteht darauf, ein öffentliches Verkehrsmittel ausfindig zu machen, das uns nach Groß Lauschke befördert, zu einem Flughafen immerhin.

In einem Anfall von Jähzorn schleudere ich den Hartschalenkoffer in die Landschaft, als sei er nichts weiter als eine Handtasche oder ein Turnbeutel. Ich staune, wie weit der Koffer fliegt, gut gelaunt, in Urlaubsstimmung. Als ich den Koffer wieder aufhebe, bemerke ich, dass er direkt neben einem Teich liegt, an der Schlickgrenze. Das Gewässer ist mir zuvor nicht aufgefallen. Verstohlen schaue ich mich um. U. hat von dieser für den Koffer nicht ungefährlichen Wurfbahn nichts mitbekommen.

Der Mitangeklagte Gerhard Schröder lässt sich entschuldigen, er weilt in Russland zur Kur, aus gesundheitlichen Gründen.

Okay, dachte man damals, wunderliche Ansicht, aber sonst ein ganz netter Mann.

Stets bei Vollmond erscheint eine neue Episode.

Heute ist der Welttoilettentag. 2001 hat sich die Welttoilettenorganisation zum ersten Mal ausgerufen. Der Zugang zu Sanitäranlagen, die diesen Namen verdienen, als elementares Menschenrecht. Seine Notdurft verrichten können ohne Furcht vor Krankheiten und Gewalt.

Auf Antrag Singapurs beschließt die UN-Vollversammlung am 24. Juli 2013, den 19. November offiziell als Gedenktag in den Kalender einzurücken.

Schätzungsweise 2,5 Milliarden Menschen müssen derzeit weltweit ohne sicheres und hygienisch unbedenkliches Klo auskommen.

1,8 Billionen Euro, eine unvorstellbare Geldmenge.

Dieses Volumen hat der EU-Haushalt für die kommenden sieben Jahre, samt der Corona-Soforthilfe für von der Pandemie besonders hart getroffene Länder. Der Haushalt ist beraten und verabschiedet; nun muss er noch beschlossen werden. Einstimmig, wie es das Regelwerk der EU vorschreibt. Zum ersten Mal sind Auszahlungen an die Mitgliedsländer an Rechtsstaatlichkeitskriterien geknüpft, endlich. Und ziemlich moderat.

Nun haben Ungarns Präsident Orbán und Polens Premier Morawiecki ihr Veto eingelegt, nehmen fünfundzwanzig europäische Staaten als Geiseln und blockieren alles.

Orbán faselt etwas von der EU als der neuen Sowjetunion, die stolze Nationen unterjochen wolle.

Morawiecki (er schloss 1997 an der Universität Hamburg ein Aufbaustudium *Europäisches Recht* ab) gefällt es zu behaupten, man stelle sich der Versklavung Polens durch die EU entgegen.

Zerstörung.

Appeasement nicht nur in der Politik, sondern auch als journalistischer Kommunikationsmodus.

Spätabends, Phönix-Runde. Der Disput behandelt und erörtert die Geiselnahme Europas durch Orbán und Morawiecki.

Ein Orbán-Getreuer ist per Video zugeschaltet; er lässt keinen Zweifel daran, dass sein Präsident das Richtige tue. Dass Ungarn und Polen von EU-Subventionen profitieren wie sonst kaum ein Mitgliedsland, was geht es einen stolzen Patrioten an.

Frage des Moderators an den Orbán-Adlatus: »Finden Sie, dass die Deutschen Ungarn gegenüber arrogant sind?«

Statt eines entschiedenen und nachdrücklichen Interesses an einer politischen Argumentation dieses rhetorische Schlittern auf der nationalen Psychoschleimspur. Sich als Empathie ausgebende beflissene Unterwürfigkeit.

Zerstörung.

Rasch schalte ich ab, ehe mir diese personifizierte Peinlichkeit den Schlaf raubt.

Geschäftsidee für ein IT-Startup: Gesichtsbewahrungssoftware zur politischen Kosmetik für Autokraten. Auf ewig unabwählbar jung.

Heute bekennt sich auch Janez Janša, Ministerpräsident Sloweniens und Orbán-Kumpel, wortreich zur illiberalen Veto-Allianz.

Derselbe, der gleich am 4. November Trump zum Wahlsieg gratuliert hat.

Tagessonate 11.15

Gut, der Tag war lang, es gab kaum Gelegenheit, etwas zu essen, und das kleine Sandwich ist ja auch noch gratis.

Der beste deutsche Torjäger, Richard Hofmann aus Dresden, ging leer aus.

Ein paar Tage später rief Steve Bannon, der ehemalige Chefstratege Trumps, auf seiner eigenen Video-Plattform *War Room Pandemic* dazu auf, den Virologen Dr. Anthony Fauci und den FBI-Direktor Christopher Wray zu köpfen.

Der Flieder südlich der Autostellplätze, auf den ich von meinem Schreibtisch aus geschaut habe, ist abgeholzt worden. Manchen galt er nur als Gestrüpp und Parkplatzbesetzer.

Aber wie er vor kurzem noch geblüht hat.

Tagessonate 11.16

Man sollte Musicals mögen.

Aber das hilft nichts, wenn schon in dem gleichen Blatt gleich mehrere Kolumnistinnen erbost das üppige Schamhaar der kleinen Statuette ins Visier nehmen.

In falschen Bärten sammeln sich Keime.

Vor fünfundsiebzig Jahren begannen die Nürnberger Prozesse.

Der Star-Friseur Udo Walz ist im Alter von sechsundsiebzig Jahren gestorben.

Aparte Nachrichtencollagetechnik der *Tagesschau.*

Clemens J. Setz, *Die Bienen und das Unsichtbare.*

Ein Sachsprachabenteuerspielbuch mit autobiografischen Arabesken und semiotischen Exkursen. Ein Solitär.

Schon zu Beginn der Lektüre stellt sich die schöne Gewissheit ein: Dieses Buch zu verfilmen, dürfte unmöglich sein.

Diagnose: Zerebralparese. Wachkomapatienten. Wer entscheidet, ob jemand bei Bewusstsein ist? Sich bemerkbar machen können als kommunikatives Urereignis und Existenzial.

Ekel und Empörung vor Kunstphrasen: Jemandem seine Stimme geben, der sonst keine hätte. Superlativ des heuchlerischen Narzissmus.

Oder, so ergänze ich: Dieser Roman / diese Prosa geht an die Grenzen des Sagbaren …

Mir kommt eine Anekdote in den Sinn, die von Ludwig Wittgenstein überliefert ist. Seiner Freundin und Russischlehrerin Fania Pascal wurden die Mandeln operativ entfernt. Wittgenstein erkundigt sich nach dem Befinden der Frischoperierten, und sie antwortet, sie leide wie ein überfahrener Hund. Da brauste Wittgenstein auf und wies die perplexe Patientin wegen ihrer denkfaulen, empfindungsarmen Sprachschlampigkeit scharf zurecht. Woher sie denn wissen wolle, wie sich ein überfahrener Hund fühle –

Interessant auch die Skepsis, mit der Setz der vermeintlichen Tugend des Mitleids begegnet.

»Ich glaube sowieso, dass Kunst, gerade durch das in ihr erlebbare Mitleid, häufig die Möglichkeit eines echten imaginären Selbstversuchs unterbindet. Mitleid ist eine Art von Luxusgut, so wie das Gruseln, das Horrorfilme vermitteln; es ist eine Art safe space. Man hatte ja schon Emotionen, also braucht man die Erfahrung selbst nicht mehr.«

Hannah Arendt erinnert in ihrer Lessingpreisrede vom 28. September 1959 an Ciceros Hinweis, »daß die Stoiker das Mitleid mit dem Neid auf eine Stufe stellten: Wer Leid empfindet an eines anderen Unglück, der leidet auch an eines anderen Glück.«

Tagessonate 11.17

Die Regierung kann an verschiedenen Stellen ansetzen.

Ähnlich verhält es sich mit dem Gedankengut, das so edel oder nichtswürdig ist wie die, in deren Köpfen es sich ansammelt.

Einwenden könnte man höchstens, dass so ein klarer Fall reichlich abstrakt ist.

Noch bedecken seine Trümmer den Platz, an dem er stand, da beginne ich den Flieder schon zu vermissen.

Ein verbriefter Stellplatz hat gegen die Wurzeln des Flieders geklagt und gewonnen. Prompte Exekution. Eigentum verpflichtet. Asphalt siegt. Worauf mein bisher vom Flieder getrösteter Blick bald fallen wird, ein harter Sturz: Sie ist schon im Anmarsch, die Buchenhecke, vegetative Bereitschaftspolizei, die Nachbarschaften verlässlich abriegelt. Das Buchenheckenkommando trägt Undercut.

Clemens Setz in Malmö, wo auch der von ihm verehrte H.C. Artmann eine Zeitlang gelebt hat.

Plötzlich glaubt Setz, einen Wiedergänger des Dichters vor sich zu sehen. Ein physiognomisches Detail des leibhaftigen Phantoms: der »kecke Kinnverlauf eines Drachentöters …«

Das würde ich mir auch gern nachsagen lassen.

Setz: »Ich folge dem Storymodus längst nicht mehr.«

Das Prosapendel schlägt zurück, endlich.

Die Feinde der Poesie, ob in Wissenschaft oder Politik, Werbewirtschaft oder Lebensberatung, haben sich längst des *Storymodus* bemächtigt und ihn parasitär umprogrammiert: zum angeblich unverzichtbaren Narrativ. Raus mit der Sprache, authentischer! Oder hast du nichts zu sagen?

Der katalanische Schriftsteller Enrique Vila-Matas hat übrigens in seinem Roman *Risiken & Nebenwirkungen* schon vor einiger Zeit auf ein mögliches Rückzugsgebiet der Feinde der Literatur hingewiesen. In der Gestalt von Maulwürfen treffen sie sich in einem Tunnelsystem in einem Vulkan auf der Azoreninsel Pico, dem Pico Alto.

Tagessonate 11.18

Wenn der Regen kommt, wird ihn der trockene Boden nicht mehr aufnehmen können, und ein Graben bildet sich, der das Land teilt.

Kalt duschen ist auch keine Alternative.

Rossmann antizipiert die nächsten 90 Jahre.

Primetime im Ersten: Schirachs Gottesspektakel.

Herr Gärtner, 78, seit ein paar Jahren verwitwet, Vater, Großvater, bei guter Gesundheit, einst Architekt, mag ohne seine Frau nicht weiterleben. Und fordert, als Konsequenz des Rechts auf Selbstbestimmung, den assistierten Suizid ein. – Der übertrieben konstruierte Fall soll wohl das Kategorische der ethisch-juristischen Fragestellung betonen. – Die Verhandlung findet vor einer sehr gerichtsförmigen Ethikkommission statt, mit Gutachtern aus der katholischen Kirche und der Bundesärztekammer; Anwalt und Hausärztin des Klägers kommen zu Wort. Es werden Schlussplädoyers gehalten.

Das Kammerspiel als Tanzboden für das juristische Fernsehgedankenballett, als ethische Nummernrevue und als Fitnessstudio für ambitionierte, den eigenen Schweiß nicht scheuende Emotionen.

(Mit Herrn Gärtner und Thomas von Aquin Quote machen; die ARD strahlt.)

Und dann der dramaturgische Trick, von Schirach und seinem Sender schon einmal praktiziert: das TV-Plebiszit. All die Volksrichter da draußen vor den Bildschirmen dürfen votieren, ob Gärtner sein Gift kriegen soll oder nicht. Aber ein bisschen flott, bitte; binnen zehn Minuten musst du deine Stimme abgegeben haben.

Die Begriffe Bedenkzeit und Andacht sind vielleicht enger miteinander verwandt, als es auf den ersten Blick scheinen mag.

70 % der Zuschauer, die sich an dem kurzen Prozess beteiligt haben, fällen innerhalb von zehn Minuten ihr Urteil: Ja, Gärtner soll sterben dürfen.

Ich wünschte mir, das TV-Plebiszit bliebe bei seinem Unterhaltungsleisten, dem Wettstreit des europäischen Schlagers, beispielsweise. Dort ist gegen spontane Publikumsgunst nichts einzuwenden.

Hannah, hilf.

Oulipo wird sechzig. Freiheit durch Formzwang. Die Werkstatt der Wörtlichkeit.

Oskar Pastior ist der einzige deutsche Dichter, der bislang zum Mitglied bei *Oulipo* berufen worden ist.

Die Mitgliedschaft erlischt nicht mit dem Tod. Bei den Zusammenkünften der Wortarbeiter in der Werkstatt für potenzielle Literatur werden auch die Verstorbenen begrüßt, und jemand wirft ein: heute leider verhindert.

Die *Oulipo*-Satzbauenthusiasten treffen sich immer donnerstags. Donnerstag, habe ich gerade bei Clemens Setz gelernt, heißt auf Volapük *födel.*

Don't cry, work.
Man hat ja so viel Zeit jetzt.
In Tiflis steigen die Mieten.

Seniorenfernsehen, abends, in reiselosen Zeiten, zur Schonung der Augen. *Wildes Baltikum. Die Küste.*

Kameraflug über einer Fliederflucht in Blüte. Wir denken sofort an den kürzlich hingemetzelten Artgenossen südlich der Autostellplätze.

Traum: Ich finde mich in einer Werkstatt vor, in der Hüte für die Queen entworfen und hergestellt werden. Ich spüre meine Verlegenheit, weil ich mir peinlich nutzlos vorkomme. Eine gereizte Stimmung allenthalben. Eigentlich arbeitet niemand. Alle beobachten und belauern sich.

Cut. Ein Festessen an einer großen, ovalen Tafel. Ich bin unruhig, denn in achtzehn Minuten geht mein Zug. Der Gastgeber beschwichtigt mich. Vor der Suppe reichen sich alle, die am Tisch sitzen, die Hände. Meine Nachbarin zur Rechten, ein junges Mädchen, hat nur Fingerstummel. Ich schaue erschrocken hin. Es sieht weder nach einem Unfall noch nach einer Amputation aus, eher nach einem genetischen Defekt.

Was uns die Herrnhuter Brüdergemeine (290. Auflage) heute zulost: »Ihr trinkt Wein kübelweise und verwendet die kostbarsten Parfüme; aber dass euer Land in den Untergang treibt, lässt euch kalt.« Amos 6,6

(In meiner Konfirmationsbibel von 1967: »Und trinkt Wein aus Schalen und salbt euch mit dem besten Öl, aber bekümmert euch nicht um den Schaden Josephs.«)

Der Vorwurf mit dem Parfüm resp. Öl trifft mich weniger. Aber hülfe es dem Land, wenn ich meinen Wein wegschüttete, statt ihn zu trinken?

In gnadenlosen Kalauern traktierten sie Instrumente, die wie selber zusammengeleimt aussahen, triangelten und fiedelten, sägten und hämmerten, zimbelten und teutonten, dass selbst einem strengen Dichter wie Helmut Heißenbüttel aufging, dass die Kultur nur mehr aus dem Geist des Blödsinns zu retten war.

In Not sind die Hirsche jedenfalls nicht.

Bislang war der Dax nämlich frei von umstrittenen Waffen.

Das Amtsgericht Bremen hat Pastor L., 53, wegen Volksverhetzung zu einer Geldstrafe von 8100 Euro verurteilt. In einem Gemeindeseminar *Biblische Fahrschule zur Ehe* hatte der biblizistische Fundamentalist, längst ein prominenter Maulheld in postheroischen Zeiten, Homosexualität als »Degenerationsform des Gesellschaftlichen« apostrophiert, beispielsweise. Dass die Frauenordination ablehnt und verteufelt, wer Vokabeln wie »Genderdreck« in seinem aktiven Wortschatz führt, kann kaum überraschen.

Jemand zeigte Pastor L. an.

Neunzig Tagessätze à neunzig Euro, lautet das Urteil in erster Instanz. Oder, als mögliches Äquivalent, dreißig Tage Gefängnis.

Es ist die Höchststrafe, nach deren Verbüßung oder Ableistung jemand noch nicht als vorbestraft gilt. Mit diesem Richterspruch greift das Amtsgericht Bremen dem Arbeitgeber von Pastor L. nicht vor, der Landeskirche. Darf ein wegen Volksverhetzung Vorbestrafter Pastor bleiben?

Tagessätze als Sublimation einer Freiheitsstrafe; da kenne ich mich aus.

Nicht auszudenken, Pastor L. käme auf die Idee, aus seinen Tagessätzen Tagessonaten zu komponieren.

L.s Verteidiger hat angekündigt, man werde Rechtsmittel einlegen und er, falls nötig, bis vor das Bundesverfassungsgericht ziehen.

Kirsten Boie, bekannte Kinderbuchautorin und Ehrenbürgerin der Freien und Hansestadt Hamburg, wie Helmut Schmidt, Uwe Seeler, Otto von Bismarck oder Johannes Brahms, hat es kurzfristig abgelehnt, mit dem *Elbschwanenorden des Vereins Deutsche Sprache* ausgezeichnet zu werden. Boie begründet ihre Ablehnung damit, dass sich der Bundesvorsitzende des Vereins Deutsche Sprache, Walter Krämer, 78, pensionierter Statistikprofessor aus Dortmund, bekennendes FDP-Mitglied, wiederholt in der Öffentlichkeit mit Wendungen wie vom »aktuellen Meinungsterror unserer weitgehend linksgestrickten Lügenpresse«, »Überfremdung der deutschen Sprache« oder »Genderwahn« zu Wort gemeldet habe.

Was eben so passieren kann, beim Öffnen und Schließen des Dortmundes.

Zum ersten Mal wurde 1813 ein Hamburger Ehrenbürger gekürt: Baron Friedrich Karl von Tettenborn, Oberst in russischen Diensten, für seine Rolle bei der Befreiung Hamburgs von napoleonischer Herrschaft.

Vorherige Elbschwanenordenträger*innen: die Hamburger Wasserwerke, Literaturhauschef Rainer Moritz, die Stadtreinigung Hamburg, Liedermacher Achim Reichel und Publizist Hellmuth Karasek.

Mein lieber Schwan; Hamburg, wie es sprudelt und schwitzt, rauscht und singt.

Tagessonate 11.21

Wo Frauen führen, verbessert sich für alle Frauen alles.

Jubiliert wird bei Ringlstetter.

Die Liebe ist die zwischen Baron Otto und seiner Frau Charlotte, zwei junge und verliebte Nazis.

Die Mähnenratte *Lophiomys imhausi* ist in etlichen Regionen Afrikas verbreitet, wird etwa dreißig Zentimeter groß und von Biologen als freundlich, selbstbewusst, sozial, vermutlich monogam und hochgiftig beschrieben, das einzige uns bekannte giftige Nagetier. Ihre Giftigkeit bringt sich die

Mähnenratte selber bei. Sie zerkaut die das Toxin enthaltende Rinde und Zweige eines Baumes, *Acokanthera schimperi*, und kotzt sich den giftigen Speichel dann in die Rückenmähne.

Wahrscheinlich genügte ein kontaminiertes Rattenhaar, um einen Menschen zu töten.

Von Fressfeinden lassen sich die Mähnenratten nicht aus der Ruhe bringen.

Pfeilspitzen-Schöngift: So könnten Polemiker ihre Tinte taufen, schrieben sie noch mit der Hand.

Mit dem Gift, das den Mähnenratten zur Selbstverteidigung dient, gingen Indigene in Ost- und Zentralafrika auf die Jagd.

Abermals ein schöner Loswurf der Herrnhuter Brüdergemeine, Brief an die Hebräer, Kapitel 13, Vers 2f: »Gastfrei zu sein, vergeßt nicht; denn dadurch haben einige ohne ihr Wissen Engel beherbergt. / Denkt an die Gefangenen, als wärt ihr Mitgefangene, und an die Mißhandelten, weil ihr auch noch im Leibe lebt.«

Tagessonate 11.22

Nach einer halben Stunde beendete ich meinen öffentlichen Auftritt.

Wobei die Zukunft natürlich nicht auf sich warten lässt.

Es setzt ein Husten und Krächzen ein, für das andere lang üben müssen.

Wer immer mich beeinflusst haben soll, es ist mir egal, solange ich es nicht selber bin.

Soll Picasso gesagt haben. Höre ich im Radio. Gefällt mir.

Terror aus dem Weißen Haus. Trump legt es darauf an, während der letzten Wochen seiner Amtszeit noch so viele Todesurteile vollstrecken zu lassen wie nur irgend möglich.

Bundesstaaten, in denen derzeit ein Moratorium für Exekutionen gilt, befiehlt Trump übergeordnetes Bundesrecht. Für den zügigen Vollzug billigte Trumps Kabinett einen Erlass, der die abgeschafften Tötungsarten Erschießen, Gaskammer oder elektrischer Stuhl wieder erlaubt.

Für den 15. Januar – es ist der Geburtstag von Martin Luther King, und es wäre der 92. gewesen – ist die Hinrichtung eines Afroamerikaners angesetzt.

Tagessonate 11.23

Häufig ist Schreiben an sich ja die Kombination aus zu vielen Gedanken und reichlich vorhandener Zeit.

Der Postzug-Raub wurde mehrmals verfilmt.

Das heißt nicht, dass es Hoffnung gibt.

Bohrkerne und Gewebeproben aus der Umgangssprache erlauben interessante Rückschlüsse auf die mentale Verfassung und das gesellschaftliche Mikroklima eines Zeitalters. Die Umgangssprache färbt ab und ein und biegt hin, was sie so verstehen will. Wendungen, die auch poetologisch etwas bedeuten, erhalten auf diese Weise nicht selten eine pejorative Unterströmung.

Erzähl uns nichts!

Vergiss es!

Was fällt dir ein!

Diese Torte ist ein Gedicht!

Prosa als schöne böse Überraschung.

Dieses Gedicht ist eine Torte.

Franz Kafka liest seiner Lieblingsschwester Ottla Gerhart Hauptmanns Liebeslanggedicht *Anna* vor, und die beiden ersticken fast an ihren Lachanfällen.

»Was für ein Schwall ist das Ganze!« (11. September 1922, Kafka an Max Brod)

Tagessonate 11.24

Verluste und Insolvenzen werden im Januar so reichlich rieseln wie trockene Nadeln vom Weihnachtsbaum.

Große Kunst möchte man nicht dazu sagen.

Die Stele war in der vergangenen Woche von Wildbiologen entdeckt worden, die in der unbewohnten Gegend vom Hubschrauber aus Bighorn-Schafe zählten.

Dezember

Der Advent und seine forcierten Metaphern.

Wem nichts anderes einfällt, der spricht oder predigt davon, dass der Impfstoff naht.

Zum ersten Mal geht der Prix Goncourt an *Oulipo;* genauer gesagt: der Roman *L'Anomalie* des amtierenden Vorsitzenden der Autorenvereinigung, Hervé Le Tellier, wird ausgezeichnet und geehrt.

Der mäßig erfolgreiche Schriftsteller formuliert, durch ein metaphysisches Abenteuer mit sich selbst konfrontiert, einen Satz, der mich sofort hellhörig macht: »Nichts ist weniger tragisch als Enttäuschung, sie ist das Gegenteil des Scheiterns.«

Tagessonate 12.1

Kenner weissagten bereits am Morgen, das Spitzen-Treffen werde ein friedliches Ende nehmen, und die Kenner behielten recht.

Bis zu dem Tag, an dem es um seine Vorhaut geht.

Die seelische Verstimmung in Zeiten der Seuche könnte dabei helfen, sie besser zu überstehen.

Von D., ihrer Hilfe, werde sie wunderbar versorgt und auch verwöhnt, beteuert meine Tante Gi in Neu-Ulm bei jeder Gelegenheit. Dass meiner Tante Gi, Mitte neunzig, trotz ihres immer kürzer werdenden Gedächtnisses, zumindest was die Gegenwart betrifft, im hohen Alter zuteil wird, was sie sich am meisten gewünscht hat, verdankt sie D., ihrer Hilfe. Tante Gi kann in ihrer Wohnung bleiben. Donaucenter, 12. Stock. Ein Architekturmonster aus den Siebzigern, direkt an der Uferpromenade, von monumentaler Hässlichkeit und perfekter Infrastruktur, überheizte Flure, psychedelisches Linoleum wie aus einem B-Movie eines David-Lynch-Epigonen; aber die Aussicht!

Der Blick, den Tante Gi so liebt, geht über den Fluss und eine Spielzeugstadt namens Ulm hin, das Münster, die Fachwerkfassaden.

Gestern erzählte mir D., es habe den ganzen Tag geschneit, und meine Tante habe sich kaum sattsehen können an dem Anblick der Dächer und Häuser mit ihren Schneehauben und -borten. Als Tante Gi am stationären Telefon ankommt, um mich zu grüßen, ist die Ansicht in ihrer Erinnerung schon geschmolzen.

Schnee? Oh, da sei sie nicht sicher und müsse rasch nachschauen.

Tante Gi läuft gern. Ein mobiles Telefon – ebenso neumodisch wie unnötig. Mit ihrer Hilfe D. geht Tante Gi jeden Tag an der Donau spazieren.

Ach, schneite es doch wieder einmal wie früher, in der Kindheit.

Tante Gi, ich höre es fast täglich, hatte eine sehr schöne Kindheit in Klotzsche, um 1936. Damals trafen sich die Kinder auf der Straße, um Völkerball oder mit dem Kreisel zu spielen; und sie mussten keine Autos fürchten. Unterm Dach wohnte ein Dienstmädchen, und jetzt hat Tante Gi eine Hilfe, die ihr Gesellschaft leistet und sie gut versorgt.

Himmel und Himmelsrichtung.

Als ich ein Kind gewesen bin, war zu Weihnachten auf zweierlei Verlass: Klotzsche, der Waldpark mit der Rodelbahn und die Wege zur Hofewiese, war tief verschneit. Und Tante Gi besuchte uns. Der Schnee fiel vom Himmel. Die Tante kam aus dem Westen, erst aus Göppingen, später, seit 1965, aus Ulm, im Interzonenzug.

Verschneite Bäume und Dächer. Helle Wege, noch in der Dämmerung. Weiße leise Last der Erinnerung. Kahle Gegenwart.

Therapeutisches Gammeln statt Dauer-Bespaßung: Warum weniger oft mehr ist.

Ich könnte mich für das Live-Webinar am 16. 12. anmelden.

Neben K-Pop wird Kimchi auf der ganzen Welt geliebt.

Monika Marons neuer Verlag bringt die Hundeidylle, in der es dem humoristischen Ton nicht immer gelingt, die schwanzwedelnde Treuherzigkeit im Zaum zu halten, dennoch zum Preis von 15 Euro heraus.

Denen ist Fressen halt wichtiger als Musik.

Porträtskizze aus Mitteleuropa. Entwurf eines Medaillons.

D., Ende sechzig, polnische Altersrentnerin, ist in einem Dorf in der Nähe von Stettin aufgewachsen. Die Jugendzeit sei herrlich gewesen; man habe gearbeitet und gefeiert. D. heiratete früh, bekam eine Tochter und einen Sohn.

Sie habe einen guten Mann gehabt, sagt D. Er fuhr nachts für die landwirtschaftliche Genossenschaft Milch aus, immer nachts, ein harter Job. Sie hätten schon Reisepläne für die Zeit des Ruhestands geschmiedet.

Ein guter Mann und ein zärtlicher Vater, aber er aß gern fett, rauchte viel und trank Schnaps.

Er starb, bevor er das Rentenalter erreichte.

Kein Wunder, bei der Lebensweise. Während sie erzählt, kühlt D. ihre Trauer mit medizinischer Vernunft ab.

1981, so D. weiter, sei ihre Mutter in einer benachbarten Kleinstadt von einem Transporter überfahren worden, als sie auf einem Zebrastreifen die Straße überqueren wollte. Ihre, D.s damals neunjährige Tochter sei Augenzeugin des Unfalls gewesen.

Nach Wochen erst sei die Mutter aus dem Koma erwacht, schwer behindert und blind. D. pflegte ihre Mutter bis zu deren Tod, achtundzwanzig Jahre lang. In dieser Zeit sei es zwei Mal geschehen, dass die Mutter ihre Tochter an der Stimme erkannt habe.

Die Grenzen in Mitteleuropa sind gefallen. Die Dorfgemeinschaft wird mürbe und zerbröckelt. Es hält die Witwe nicht länger. Sie versucht ihr Glück in Deutschland. Küchenhilfe in Angeln, Schleswig-Holstein. Geschirr spülen und Wirtshausböden schrubben. Pflegende Gesellschafterin einer alten Dame in Augsburg. Ganztageshilfe mit Logis und täglichem Spaziergang bei meiner Tante Gi. Mensch-Ärgere-Dich-Nicht-Partnerin auch; die Tante gewinne erstaunlich oft, prustet D. häufig am Telefon.

D. wählt in Polen PiS, weil sie glaubt, die täten etwas für die Leute vom Dorf.

Abends, allein, liest sie ein bisschen Zeitung, hört Musik, telefoniert.

Ihr fröhliches Herz hat D. nie verloren, und ich kenne niemanden, der schöner *Scheißdreck!* ausruft, wenn er seine Freude verbergen will.

Tagessonate 12.3

Die Wut ist groß, die Zeit ist günstig.

Der neue Holzpenis ist etwas größer, etwas schmaler, muss aber von vier Balken gestützt werden.

Oder ist er selbst das Virus?

Alabama oder *Abaton, Holi* oder *Passage;* ich vermisse alle unsere Stammkinos.

Filmarmut als psychoästhetische Mangelerscheinung. Durch Homecinema allein nicht zu kurieren.

Vielleicht, kommt es mir gelegentlich in den Sinn, genießen wir Ostblock-Indigene, aufgewachsen in Dresden-Klotzsche oder Minsk, ein zweifelhaftes Privileg: einen gut trainierten Fatalismus.

Das verlernt man nie.

Ausnahmezustand Pandemie; das kann dauern.

Ein mäßig amüsanter Zeitvertreib: Vivisektion der »Diskursleiche« *Das Literarische Quartett.* (Spiegel online)

Die Untote spricht in Zungen.

Maxim Billers Einlassung, durch die Einladung von Lisa Eckhart werde die Ermordung von Marcel Reich-Ranicki, dem größten deutschen Literaturkritiker seit Lessing, auf deutschem Sendegebiet nachgeholt, lasse ich jetzt beiseite.

Ich senke kurz den Kopf, lege eine Denkpause ein – und schreibe weiter.

Das blonde Salon- und Diskursgift weiß genau, wo das Feuer hängt, und fällt, von fallbeilscharfer Intelligenz, nie aus der Rolle, wenn es sich kalkuliert die Zunge verbrennt. Diese flambierte Altklugheit, mit achtundzwanzig. In dem Alter ging es in meinem Gedankenhaushalt eher hinterhegewälderisch zu; wie das Weite suchen?, war die Frage.

L.E. ist viel zu durchtrieben, um authentisch die glühende Verfechterin zu geben, von der, wie wir spätestens seit Eddi Endler wissen, bald nichts als ein Häufchen Asche bleibt.

Reaktionäre Romantik und ihre retrograden Phantasien.

M.M. – Domina von *Bonnie Propeller* – lechzt nach Helden.

L.E. vermisst den Schmerz in unserer Palliativgesellschaft, zumindest den Liebesschmerz.

Und zum Schluss vergisst es L.E. in ihrer boshaften Eloquenz nicht, uns zu Weihnachten eine besinnliche Ernst-Jünger-Lektüre zu wünschen.

Weitere Mitspieler des Quartetts:

Thea D., Stimme im Schraubstock, Autorin und Moderatorin.

Andrea P., Tennisass und Autorin.

Ulrich M., Schauspieler und jährlich gern gesehener Adventsgast in der Runde.

A.P., freundlich, lauter, zugewandt, gerät beim Argumentieren leicht in ein unbeholfenes Schlingern und neigt zu überkochender Begeisterung (»Dieses Buch muss die ganze Welt lesen!«) Sie hat ein schmales Buch zur Besprechung vorgeschlagen, um die Lebens- und Lesezeit der anderen zu schonen. Das ist sehr sympathisch.

U.M. überrascht mich. Eins der zu behandelnden Bücher – »Dieses Buch muss die ganze Welt lesen!« – stürze ihn in ein Dilemma. Der Stoff sei eminent wichtig. (Ein Baby, Kind jüdischer Holocaustüberlebender, kommt kurz nach dem Krieg in Deutschland zur Welt und beginnt gleich zu sprechen –)

Aber, so U.M. weiter, der Roman sei so betulich geschrieben und stilistisch missraten, dass er ihn als gescheitert betrachten müsse.

Sprachkritik im *Literarischen Quartett!*

Von dem einzigen Nicht-Autor vorgetragen, dem Adventsmann!

Dass ich das noch erleben darf.

Postskriptum: L.E. hatte sich für die Sendung mit Nietzsche gedopt; Symptome einer Überdosis.

Tagessonate 12.4

Er ist deutsch wie Anselm Kiefer oder Gerhard Richter und ganz anders als Uwe Tellkamp; er schreibt manchmal ellenlange Gedichte, die nicht leicht konsumierbar sind, aber dennoch stets zumindest zum Nachdenken anregen.

Soziale Evaluation des Elternhauses sowie empathisches Vorgehen auch bei Kindern bildungsferner Familien sind ein Spezifikum unserer Akademie.

Es gibt keine Väter in diesem Film.

Ein Jahr der Superlative: Die größte Pandemie seit der Spanischen Grippe. Der wärmste November seit Beginn der Wetteraufzeichnungen.

Ehe sich jemand bei der Aufzählung zu langweilen beginnt, höre ich auf damit.

An Langeweile herrscht derzeit auch kein Mangel; aber dazu liegen noch keine empirischen und statistisch validen Daten vor.

Ich hätte Mitte Juni mit läppischen Beschwerden den Hausarzt konsultiert und bald darauf eine Diagnose erhalten, deren Schrecken und Bedrohlichkeit nicht zu überbieten gewesen wäre.

Wie jeder hätte ich mich an die Auskunft geklammert, da noch keine Metastasen zu entdecken seien, könne eine radikale Operation womöglich kurativ erfolgreich sein. Ich hätte mich nach allen Regeln und Maßgaben der ärztlichen

Kunst im Sommer ausschlachten lassen. Ich hätte furchtbare Schmerzen auf mich genommen und einen terroristischen Schluckauf überstanden, von dem sich lange nicht abzeichnete, ob er sich je stillen lasse. Ein paar gute Wochen im Herbst; Lebenszeit pur.

Hätte ich es geschafft, von einem Geschenk zu sprechen? Einem Geschenk von wem und wofür?

Dann fielen die Metastasen über mich her; eine tödliche Übermacht.

Jetzt kritzelte ich längst nicht mehr diese Kladde voll. Der Schmerz okkupierte meinen Körper, mich selbst, ganz. Ich läge im Sterben. Bei einem kurz zuvor noch einmal notwendig gewordenen Klinikaufenthalt wäre ich noch mit Covid-19 infiziert worden.

Kategorisch zum Scheitern verurteilte Einfühlung? Anmaßende Fiktion?

Kann ich mir vorstellen, was ich da geschrieben habe? Wie weit trägt der Konjunktiv? Ist es empathisch? Ist es zynisch? Ist es nichts weiter als phänomenal?

Die Kontingenz kennt weder Gerechte noch Ungerechte, Alte und Junge, Gläubige und Ungläubige.

Und irgendwann, bald, werde ich es gewesen sein.

Tagessonate 12.5

Und in Holland werden jetzt Aschenbecher zu E-Bike-Ladestationen umgebaut.

Auch und gerade, wenn es wehtut.

Am Sonntag beruhigte sich die Lage.

Eine Rezension weist mich auf ein Sachbuch hin, das ich sonst vermutlich nie entdeckt hätte: Ned Richardson-Little, *The Human Rights Dictatorship. Socialism, Global Solidarity and the Revolution in East Germany,* Cambridge 2020.

Der Autor, so muss ich es verstehen, wendet sich gegen den zu einem Klischee und Allgemeinplatz geronnenen Vorwurf der Bürgerrechtler, in der DDR seien die Menschenrechte systematisch missachtet worden.

Ganz im Gegenteil: Schon früh habe das SED-Regime an einem sozialistischen Menschenrechtskonzept gefeilt und sich als Vorreiter und Hüter ökonomisch-sozialer Rechte der Bevölkerung profiliert. Seit 1959 existierte in der DDR ein staatliches Komitee zum Schutz der Menschenrechte (KMR), das erste dieser Art im Ostblock.

Déjà-vu: Nach meiner Ankunft in der Bundesrepublik Deutschland, im September 1983, geschah es nicht selten, dass ich in dieser Hinsicht belehrt wurde. Ich hätte sie einfach nur falsch erlebt, die fürsorgliche, herzliche Praxis der Menschenrechte in der DDR.

Erfahrungsabweisende, in ihrem Bescheidwissen glänzend versiegelte Ideologie führt, oral, narrativ oder historisch als Rausch- und Betäubungsmittel konsumiert, zu Zuständen empirischer Halluzination, deren Wahrheitswert der Süchtige mit allen Mitteln verteidigt.

Mein Interesse ist geweckt, und ich suche weiter.

Mitte der achtziger Jahre leitete der Jurist und Rechtsphilosoph Hermann Klenner, Vordenker sozialistischer Menschenrechtskonzepte, die DDR-Delegation bei der UN-Menschenrechtskommission in Genf.

Klenner, einiger biografischer Volten in den frühen Jahren der DDR wegen wohl ein bunter Vogel im Justizeinheitsgraubraun, war Mitglied der NSDAP, des staatlichen Komitees zum Schutz der Menschenrechte der DDR und, unter dem Decknamen *Klee,* geschätzter Zuträger und Gesprächspartner der Staatssicherheit, ein Spitzel aus Überzeugung.

1990, als sich ereignete, was weit mehr als eine Wende war, konstituierte sich in der Akademie der Wissenschaften der DDR ein Runder Tisch und wählte den Rechtsgelehrten Klenner zu seinem Vorsitzenden. Der nahm die Wahl gern an und beriet sich eng und eifrig mit seinen Gesinnungsbrüdern, den Tschekisten, hochherzige Menschenrechtsenthusiasten allesamt, wie sich das Schlimmste, eine Entmachtung, verhindern ließe.

Der Rest ist Geschichte.

Heute hat Hermann Klenner seinen verdienten Platz im Ältestenrat der Partei DIE LINKE.

Zu Hermann Klenners 70. erschien eine Festschrift. Sogar Werner Maihofer, FDP, Bundesminister des Inneren 1974–78, gab dem Jubilar mit einem Beitrag die Ehre. Und da sage noch einer, ostdeutsche Lebensleistungen kämen zu kurz.

In wenigen Wochen – und kurz vor meiner Tante Gi – wird, so Gott will, Hermann Klenner 95.

Blumen aus Cambridge dürften ihm gewiss sein.

Tagessonate 12.6

Treppen sind ja kein Witz, ohne Treppen wäre die Welt eine bloße Aneinanderreihung von Bungalows und Flachbauten.

Aber wie es aussieht, will der Glühwein da nicht so richtig mitmachen.

John Lennon, da gibt es kein Drumrumreden, war kein netter Mensch.

Diese Zeiten begünstigen fixe Ideen.

Als ich vorhin im Briefkasten nach Post schauen wollte, passierte eine fremde unscheinbare Frau das Treppenhaus. Ich wartete, mit gebotener Kontaktscheu, ab, bis sie an unserer Etage vorbeigegangen war.

Atropos, schoss es mir plötzlich durch den Kopf, und dieser Gedanke nistete sich in meinem Bewusstsein ein, so schräg er auch sein mochte.

Wir erwarteten heute keinen Besuch.

Ich neige nicht zur Nostalgie, aber wenn ich daran denke, dass vor gar nicht allzu langer Zeit das Medienprädikat *Querdenker* an Figuren wie Peter Scholl-Latour oder Heiner Geißler geheftet wurde, robustes Talkshowpersonal mit verwegenem Mundwerk –

Bewegungsfreiheit, eines der elementaren Menschenrechte.

Als Insasse der DDR, in der landesüblichen Sicherheitsverwahrung seit meinem neunten Lebensjahr, mochte ich, unabhängig von ihrem literarischen Rang, die Bücher nicht, in denen mir reisende Landsleute die mir unzugängliche Welt schilderten und erklärten. Günter Kunerts *Englisches Tagebuch,* beispielsweise.

Und heute? In dem für unsereinen gut erträglichen Hausarrest der Pandemie? Soll ich reisenden Autoren, die von unterwegs berichten, meine Bewunderung zollen, weil sie gewissermaßen mein Reiserisiko auf sich nehmen? Oder mich ganz auf Zeitreisen kaprizieren?

Tagessonate 12.7

Patsch, patsch, patsch kriegt Boccanegra die Schicksalsschläge drübergeklatscht.

Nun ist es nicht so, dass man sich um die Work-Life-Balance von sehr gut bezahlten Führungskräften den Kopf zerbrechen müsste.

Bei Stalking geht es immer um Macht.

Wo der Flieder abgeholzt wurde, vor meinem Fenster, soll eine Felsenbirne gepflanzt werden.

Schon einmal, in Barum, am Fuß der Böschung vor der alten Dorfkirche, blühte eine Felsenbirne am Rande meines Gesichtsfeldes.

Hätte es einen und ahnte es etwas von dem nahe bevorstehenden Fest, dem Virus liefe vermutlich schon das Wasser im Munde zusammen.

Etwa 1950, so die geläufige Datierung, begann das Anthropozän. Das Erdzeitalter, in dem der Mensch die Oberhand in der und über die Evolution gewann, salopp gesagt.

Gerade gerät eine neue Weltzeitgrenze in die Schlagzeilen: Menschenwerk und Gottes Waage.

Von jetzt an, heißt es, wögen alle Artefakte, alles, was der Mensch fabriziert, gebaut, hergestellt und hinterlassen hat, mehr als die gesamte Biomasse auf der Erde, mehr als alles, was lebt.

Wie mag in dieser Bilanz das Gewicht der Worte zu Buche schlagen?

Wie diese Masseverhältnisse ermittelt worden sind und von wem, weiß ich nicht.

Überragendes Medienecho.

ROSSMANN Mein Drogeriemarkt schaltet auf Seite 3 des Feuilletons der Süddeutschen eine ganzseitige Annonce, einen Hymnus auf den Ökothriller von Hausautor Dirk Rossmann, komponiert aus vierzehn Statements.

Zitatpartikel von der ZEIT bis zu den Nürnberger Nachrichten.

Drei Mal wird der Name Frank Schätzing aufgeboten.

Wie das dem Kollegen Schätzing wohl gefällt?

Selten verschafft einem eine Frage so eine schöne Gelegenheit, die eigene, mit Schadenfreude unterfütterte Fiesheit ganz und gar auszukosten, ohne Gewissensbisse zu fürchten.

Wie man die Liga nennen sollte, in der wortversessene Werbewirtschaft und weltethisch ambitioniertes, schreibendes Drogerieimperium spielen, ist nicht mein Bier, das ich ohnehin ganz selten trinke. Und auch nicht mein Shampoo. Mein Drogeriemarkt heißt anders und ist bislang nicht durch literarischen Ehrgeiz aufgefallen.

Tagessonate 12.8

Die nächste Runde in dem Rechtsstreit ist damit eingeläutet.

Jetzt geht es Schlag auf Schlag.

Wer will, kann danach noch einmal in die Hände klatschen.

Tagessonate 12.9

Inzwischen weiß die Welt viel über den Nutzen der verschiedenen Medikamente gegen Covid-19.

Den Läusen werde sozusagen der Weg abgeschnitten.

Die Orgel wird das Instrument des Jahres 2021.

Corona. Eine Naturkatastrophe in Zeitlupe, um Drosten ein weiteres Mal zu zitieren. Im Fixierbad der Zeit wird die Metapher anschaulich.

Dresden Hauptbahnhof. Eine Frau, 37, aus dem Erzgebirge, reagiert aggressiv auf die Ermahnung, eine Maske zu tragen, und sie zückt ein zwölf Zentimeter langes Küchenmesser, bedroht damit das Sicherheitspersonal und schreit: Das helfe gegen Corona!

Das Erzgebirge war mir seit jeher nicht ganz geheuer.

Helmut Heißenbüttel und Friedrich Dürrenmatt, zwei vom Jahrgang 1921. Eine reizvolle komparatistische Aufgabe für Literaturliebhaber.

Dürrenmatt ist vor dreißig Jahren gestorben, und in wenigen Wochen würde er hundert geworden sein. Dürrenmatts Vater war Pfarrer, seine Mutter eine fromme Bauerstochter. Ihre Lebenswelt war geprägt von den Erfahrungen eines Glaubens, der sämtliche Ereignisse und Phänomene für Indizien seines Siegens und Gelingens hielt. Eine Praxis pietatis als Gerüst des Alltags.

Dass die Mutter alles und jedes als Zeichen nahm, dass ihre Gebete erhört und erfüllt worden seien, trieb den Sohn zur Weißglut. Friedrich Dürrenmatt konnte sich Gott allenfalls als ein sarkastisches, völlig in sadistische Spiele versunkenes, schrecklich humorbegabtes Kind vorstellen.

Nichts machte den Sohn so wütend wie der gusseiserne Gebetstriumphalismus der Mutter, der auch die schriftstellerischen Erfolge des Sohnes für sich reklamierte.

Tobsuchtsanfälle des Sohnes wegen dieser religiösen Kausalitätsbehauptungen quittierte die Mutter mit einem feinen wissenden Lächeln.

Gottes Humor als Produktivkraft im Schreiben von Friedrich Dürrenmatt – noch ein schönes Thema.

Zugabe Dürrenmatt, gern in den bevorstehenden Festtagen als Trinkspruch zu verwenden: »Der Grass war einfach zu wenig intelligent, um so dicke Bücher zu schreiben.

Von Walser habe ich noch nie etwas zu Ende gelesen, außer *Das blaue Pferd.*«

Tagessonate 12.10

Der Prinz gab zu, sich nackt fotografiert zu haben.

Früher, das ist in seinem Fall schon ewig her.

Wofür würden Menschen eine Stunde geschenkte Zeit nutzen?

Abendration bei *Arte, Das Netz der tausend Augen* von Robert Enrico. Paranoia-Thriller, Staatsterrorparabel und Kammerspiel von 1974, mit Marlene Jabot, Jean-Louis Trintignant und Philippe Noiret.

Im Vorspann der Hinweis: der Film enthalte erotische Szenen, die nicht für die Augen von Kindern und Jugendlichen geeignet seien.

Jenseits des Reflexes, wie rührend antiquiert diese Warnung heute anmutet, frage ich mich später, was wohl gemeint gewesen sei. Keine Sexszene, nirgends. Sollten Kinderblicke vor der flüchtigen Episode geschützt werden, in der David, der mysteriöse Flüchtling, seinen ruppigen Gastgeber und Beschützer Thomas scheu auf den Mund küsst?!

Vor wenigen Tagen ist Jean-Louis Trintignant neunzig geworden.

Tagessonate 12.11

Es ist ein Frosch im Hals der Kanzlerin.

Ob man ihn so nennt oder nicht, macht keinen Unterschied.

Derlei Initiative löst kein globales Müllproblem, aber ein Baustein ist der Baustein allemal.

Eine afrikanische Verwandte arbeitet gegen den schlechten Ruf ihrer Spezies an: Die Riesenhamsterratte, bis zu neunzig Zentimeter lang, einst auf Sprengstoff- und Minensuche spezialisiert, erschnuppert neuerdings in Tansania Tuberkulosefälle. Die Ratte wird dafür ausgebildet, und ihre diagnostische Trefferquote ist beeindruckend. In zwanzig Minuten kann ein Nager hundert Proben untersuchen. Die Ratten erkennen aus dem Sputum das Aroma der Tuberkulose, ein Bouquet aus flüchtigen organischen Stoffen.

306 Wahlmänner votieren für Joe Biden, eine deutliche Mehrheit.

Putin gratuliert, nach langem Zögern.

Und Trump? Wiederholt seine stereotypen Betrugsvorwürfe und konzentriert sich in seinen letzten Amtstagen auf die Vollstreckung von Todesurteilen; darunter, erstmals seit sechzig Jahren, eine Frau.

Trumps Exekutionsfuror wirkt, als stehe er in einem Überbietungswettstreit mit der klerikalen Diktatur in Iran.

Dort wurde vor wenigen Tagen der Blogger und Journalist Ruhollah Zam im Auftrag der Theokraten ermordet. Zam betrieb im Pariser Exil die Internet-Plattform *Amadnews*; Angehörige der iranischen Revolutionsgarden lockten ihn in den Irak und entführten ihn dort.

Das PEN-Zentrum Deutschland schlägt vor, den südöstlich der Koserstraße gelegenen Teil der Podbielskiallee in Berlin, wo die Botschaft Irans ihren Sitz hat, in Ruhollah-Zam-Allee umzubenennen.

Tagessonate 12.12

Das Programm ist dicht, der Kader dünn.

Selbst der Grenzwert wird inzwischen an vielen Messstellen gerissen.

Davor schützt am besten die persönliche Erfahrung.

Der Tod. Die Unzeit.

Die Macht. Ihre Konsistenz und ihre Stoffwechselprozesse. Ihre phänomenologische Erscheinungsvielfalt. Erratisch, liquide, osmotisch, eruptiv, ornamental.

Der Historiker Christopher Clark vermutet, Trumps gegen die Realität immunisierten Anhänger, Proud Boys aller Alters- und Gewichtsklassen und jedweden Geschlechts, fielen rasch zurück in Marginalität und subpolitische Bedeutungslosigkeit, sobald ihr Idol nicht mehr Präsident sei.

Wenn Trump, spätestens am 20. Januar 2021, der Stecker der Macht gezogen sei, verkrümele sich auch die Gefolgschaft rasch und zerbrösele.

Möge der Historiker Recht behalten.

Leser behalten ihn im Gedächtnis.

In einer Fußnote des Esperanto-Kapitels taucht bei Clemens Setz Franz Fühmann auf.

Das Gewicht der Worte. Die Last des Wortlauts. Für manche Menschen bedeutet es eine physische Kraftanstrengung und schwere Bürde, Worte über ihre Lippen hieven zu müssen. Für jene »rätselhaft früh Enttäuschten, die man Autisten zu nennen pflegt« (Franz Fühmann), beispielsweise.

Tagessonate 12.13

Von nix kommt nix.

Das klingt streng.

Branchenkenner befürchten, dass schon allein daran etliche Heimbesuche scheitern könnten.

Tagessonate 12.14

Endlich mal die Füße hochlegen.

Das wäre ein Coup.

Ein Knochenödem, hieß es.

So schönes Wetter, und wir immer noch dabei.

Triage. Ein Begriff macht abermals von sich reden und mag sich nicht beruhigen lassen.

Lars Meiser, 37, katholischer Pfarrer in Saarbrücken, tritt in dieser Woche als Kandidat der TV-Show *Das perfekte Dinner* an. Er wolle damit das Bild des Geistlichen, der versorgungstechnisch unbedarft auf die Hilfe einer Haushälterin angewiesen sei, zurechtrücken. Andere Kandidaten der Show, mit der liturgischen Etikette nicht vertraut, hätten sein Kollar als *fashion piece* bezeichnet, so Pfarrer Meiser.

Tagessonate 12.15

Jeden Tag geht er 17 km, ohne es zu merken.

Okay, und wer will, darf jetzt doch noch weinen.

Das klingt auf der einen Seite logisch, ist auf der anderen Seite aber unlogisch.

Das *Zukunftsforum Öffentliche Sicherheit e.V.* hat sich als eine Gruppe an politischer Weitsicht interessierter Bundestagsabgeordneter konstituiert, fraktionsübergreifend. Und es veröffentlicht regelmäßig ein Grünbuch, mit Beobachtungen, Prognosen und Warnungen.

In der Ausgabe von 2015 war zu lesen, dass unser Land auf den Fall einer Pandemie schlecht vorbereitet sei.

Im aktuellen Grünbuch ist ein beunruhigendes Szenario für 2030 skizziert, in der Möglichkeitsform: Nach sechs Dürrejahren in Folge und einem Hitzesommer mit Temperaturen bis 45 Grad Celsius in Deutschland wird das Wasser knapp. Die Politik möge jetzt damit beginnen, Vorsorge zu treffen und Notbrunnen vorzuhalten.

Triage. Notbrunnen.

Post von Nathan Niedlich im Briefkasten, unfrankiert. Er muss sich in unserer Gegend herumgetrieben haben.

»Na, alter Satzbauzausel und Silbennotar, immer noch auf der Betriebspiste unterwegs? Als literarischer Glücksritter mit Rundrücken und starren Blicks? Die Visiere im Augenhintergrund halb geschlossen?«

Er habe, so N.N., mich und mein Milieu nie aus dem Blickfeld verloren, denn er sei mit Esther Heißenbüttel vom Stadtteilbüro Barmbek-Süd ganz gut bekannt.

Ich seufze beim Lesen, berührt und bestürzt.

Wie bescheiden wir im Alter auch beim Prahlen werden.

Was ihn angehe, so N.N. weiter, er friste sein Dasein in der Gesellschaft einiger Kolkraben. Ihre spezifische Intelligenz, die Extravaganz, an der sie lebenslang festhielten, imponiere ihm. Und ihre kleinen Kunststücke vertrieben ihm prächtig die Zeit.

Einer seiner Hausraben sei früher einmal berühmt und berüchtigt gewesen, seiner artistischen Auftritte am Ufer des Stadtparksees wegen, und als gefürchteter ungeladener Gast auf Vogelhochzeiten. Auch *Der schwarze Galan* genannt.

Wenn er sich unbeobachtet wähne, so N.N., verfalle dieser betagte steifbeinige Kolkrabe in ein sonderbares Hopsen, ein semidebiles Tänzeln, eher Übersprungshandlung als Altersgrazie.

Muss ich mir Sorgen um N.N. machen, den ins Wunderliche abdriftenden Kolportageromanhausierer von fragilem Gemüt?

Hätte ich eine gültige Adresse von ihm, so schriebe ich ihm gern, mein stiller Corona-Protest bestehe darin, mir im Alter noch einmal die Haare lang wachsen zu lassen. Eine mäßig originelle Demonstrationsidee.

Aber ich könnte im neuen Jahr einen Gruß und ein Foto von mir im Stadtteilbüro Barmbek-Süd bei Esther Heißenbüttel für N.N. hinterlegen. Porträt des Schriftstellers als älterer Hinterkopf.

Der Geist sorgt sich um seine Vorräte, das Haar wächst und weht.

Schädelbasislager und Pferdeschwanz.

Weihnachten am Horn von Afrika: eine Heuschreckenplage.

Tagessonate 12.16

Dass ein Landstrich rund um den Polarkreis ein karibisches Seestück imitieren kann, ist gewiss ungewöhnlich.

Im Osten trifft das Virus auf Gegner und nicht auf Opfer.

Wie viel Geschmacksdiktat verträgt das Kinderzimmer.

Als ich ein Kind war, hieß der Rummel *Vogelwiese.* Daran habe ich lange nicht gedacht.

Am 16. Februar 1897 brannte die Dresdner Kreuzkirche.
Da war Großvater Otto Müller neun.

Die Vielfalt freilebender und singender Vögel in der Umgebung steigere messbar das Wohlbefinden des Menschen, erklären uns Psychologen. Es handle sich um eine Art innere Gehaltserhöhung.
Zumindest solange man nicht obdachlos ist.

Europa verliert langsam die Nerven.
In London und Südostengland grassiert eine Variante von Covid-19, der nachgesagt wird, dass ihr Infektionspotenzial 50–70% größer sei.
Der Kontinent macht Schotten und Luftraum dicht.

Virologe Christian Drosten kommentiert kühl, noch stünden seriöse Belege der Wissenschaft über das gesteigerte Ansteckungsrisiko aus. Und außerdem sei der Mutant oder die Mutante vermutlich längst, noch unbemerkt, unter uns.

Tagessonate 12.17

Ein 51-jähriger bewegte sich plötzlich, zeigte sich und wurde von dem Hund in die Hand gebissen.
Das Gerücht vom Rotlichtmilieu macht die Runde, von Kontakten in die Gegend von Bremen und Hannover.
Das Entscheidende dabei ist natürlich, dass man drinsitzt, sicher und trocken, während draußen eine Art Reinigungssturm herniedergeht.

In Russland ist ein Gesetz in Kraft getreten, das Putin, seine Kumpane und alle ehemaligen Präsidenten lebenslänglich vor Strafverfolgung schützt.
Trump zählt, was seine psychische und emotionale Innenausstattung angeht, seine Herzensmöblierung, zu den

allerärmsten Schweinen dieser Welt. Und zu den allergefährlichsten.

Metapherngeplagte Schweine aller Länder, seht mir diese wenig artgerechte Sprachhaltung nach.

Wer verliert, sündigt gegen die Logik der eigenen Existenz, so lautet ein Glaubenssatz der allerärmsten Schweine. Verlierer, das sind die anderen.

Nun werden Befürchtungen und Gerüchte aus dem Weißen Haus panisch durchgestochen. Dort hat sich Trump, zwischen Wahn und Wut, mit seinen letzten Getreuen verschanzt.

Michael Flynn, Ex-General, Ex-Sicherheitsberater, Ex-Strafgefangener – wegen Meineids verurteilt und von Trump kürzlich begnadigt –, soll Nummer 45 auf die Idee gebracht haben, das Kriegsrecht auszurufen und in den Bundesstaaten mit knappem Ausgang die Wahl unter Militäraufsicht wiederholen zu lassen. Verlierer Trump verachtet niemanden mehr als jene Vorgänger im Amt, die es auch nur zu einer Legislaturperiode als Präsidenten gebracht haben, den Republikaner Herbert Hoover (1929–1933) und den Demokraten Jimmy Carter (1977–1981).

Jimmy Carter lebt und hat inzwischen das gesegnete Alter von sechsundneunzig Jahren erreicht. Älter wurde kein ehemaliger amerikanischer Präsident vor ihm jemals.

Scheißdreck!, sagt D., die Hilfe meiner Tante Gi, am Telefon und lacht aus vollem Herzen, heute habe Frau Dr. Müller drei Mal beim Mensch-Ärgere-Dich-Nicht-Spiel gegen sie gewonnen.

Tagessonate 12.18

Der Weihnachtsmann ist den Depressionen nahe und begibt sich in Therapie.

Das Gefühl in den Ohren ist wie bei einem Flugzeugstart.

Dabei neigen Digitalprofis dazu, die Möglichkeiten von Anfängern zu überschätzen.

Trauerannoncen und Todesanzeigen, ein Genre für sich.

Und meine Seele spannte / weit ihre Flügel aus.

Ein langes, von Dankbarkeit und Hingabe erfülltes Leben. Im Alter von vierundneunzig.

Prof. K. S., Pianist und Hochschullehrer

Glückliches Glissando, geflügelter Pianist.

Meine Neugier lässt nicht locker.

Wieso überrascht es mich kaum, als ich herausfinde, dass der Pianist K.S. aus Dresden stammte?

Kräftige Wintersonne. Frostlicht. Kein Schnee. Tiefe Schatten, frisch gestärkt.

Eine tote Ratte auf dem Bürgersteig Weidestraße. Ich dachte, ich hätte meine Giftköder anderswo ausgelegt.

Weihnachtsoratorium aus dem Bunker; Ensemble Resonanz, Hausmusik.

Tagessonate 12.19

Beim Getränkemarkt gab der Verkäufer mir neulich eine dieser bayerischen Pfandflaschen mit dem Satz zurück: »Nehm ick nich, dit is'n Ausländer.«

Die Illusion von Sicherheit ist auf jeden Fall dahin.

Das ist einerseits schön, andererseits auch traurig.

Die Nachrichten vermelden eine archäologische Sensation: Man hat in Pompej ein fast vollständig erhaltenes antikes Schnellrestaurant entdeckt. Hase oder Ziege To Go. Weinbergschnecken.

Hinterm Tresen das Skelett des 79 n. Chr. von der Katastrophe überraschten Wirtes.

Fünf Jahre, bevor in Rom die Unfehlbarkeit des Papstes zum Dogma erhoben wurde, hat der in Oxford lehrende Mathematik- und Logikdozent Charles Lutwidge Dodgson alias Lewis Carroll *Alice im Wunderland* veröffentlicht.

»Es fragt sich nur«, sagte Alice, »ob man Wörter einfach etwas anderes heißen lassen kann.«

»Es fragt sich nur«, sagte Goggelmoggel, »wer der Stärkere ist, weiter nichts.«

Als ich Tante Gi am Telefon ankündige, ab Montag könne es in ihrer Gegend zu schneien beginnen, erwidert sie, dass sie mit dem Skilaufen nicht noch einmal anfangen wolle.

Von meinen betrübten Augen und den Gesichtsfeldverlusten war wiederholt die Rede. (In einer Schlacht auf dem Gesichtsfeld gefallen, zur Ehre der Wahrnehmung. Warum nicht.)

Meine Herzensgeschichten habe ich vor Jahren in einem Roman hinterlegt.

Ansonsten schaue ich auf ein Jahr voller Gesundheit zurück. Nicht einmal ein Schnupfen, der mich geärgert hätte. Ein kleiner Innenohrhörsturz, links, heilte nach wenigen Tagen von selber aus, ganz wie es die HNO-Ärztin erwartet hat.

Weil wegen des Klimawandels die Robbenjagd immer schwieriger und das Fleisch knapp wird, müssen Eisbären auf neue Ernährungsmöglichkeiten sinnen. Enteneier etwa. Allerdings bei einer peniblen Abwägung der Energiebilanz: Der physische Aufwand der Eiersuche darf den physiologischen Ertrag nicht übersteigen.

Wie Kotanalysen zeigen, verschmähen Eisbären auch vegetarische Kost nicht. Strandroggen, Algen.

Tagessonate 12.20

Es kommt darauf an, wen man fragt.

Diese Botschaft scheint Facebook sehr wichtig zu sein.

Die verletzten Männer sind zwischen 30 und 42 Jahre alt.

Lange schlaflos gelegen.

Nächtliche Ruhestörung oder gar Hausfriedensbruch treffen es nicht; die Begriffe sind zu grobschlächtig für das Phänomen.

Weder Pornomonotonie noch Heimwerkerbeharrlichkeit zur Unzeit.

Feingliedrige Möbel beim Spackentanz.

Etwas wird behutsam und diskret verrückt. Diffus penetrant. Rhythmisch raffiniert. Gegenständliche Laute, mit digitalem Geflüster unterlegt.

Später Besuch, vom Hutmacher oder dem Schnapphasen? Eine unbewaffnete Party-Drohne? Altersspuk? Atropos im Homeoffice?

Irgendwann muss ich dann doch eingeschlafen sein.

Mein Hörvermögen ist, fachärztlich attestiert, ausgezeichnet. Aber ich verstehe nicht mehr alles, was mir zu Ohren kommt.

Anders als der Eisbär, der sich diesen Luxus nicht länger leisten kann, ist die Erdhummel wählerisch, was ihre Nahrungsquellen betrifft. Und sie prägt sich sogar den Weg zu besonders ergiebigen Futterplätzen ein, indem sie beim Rückflug öfter den Kopf wendet und zurückschaut.

Honigbienen verfügen ebenfalls über ein spezifisches Navigationsgedächtnis, eine innere Blütenkarte. Und sie teilen dieses Wissen mit ihren Artgenossinnen.

Erdhummeln behalten, asozial, für sich, was sie entdeckt haben und wo die fetten Weidegründe liegen.

Tagessonate 12.21

Können hiesige Versuche kollektiver Reue Vorbild sein?

Leider bin ich viel zu zappelig dafür.

Morgens hat das Wasser null Grad Celsius.

Tagessonate 12.22

Nein, Gott hat die Erde nicht vor 6000 Jahren geschaffen.

So also lässt sich die Unverzichtbarkeit von Kunst nicht begründen.

Den Dreh hat man bald raus.

Für Glaukomatöse ein einschüchternder Brocken: Daniel Kahneman, *SCHNELLES DENKEN, LANGSAMES DENKEN.*

An einem Tag wie heute ist man anfällig für gute Vorsätze, und die finde ich schon in der Einleitung: »Ein wiederkehrendes Thema dieses Buches ist, dass Glück in jeder Erfolgsgeschichte eine große Rolle spielt; wenn die Geschichte nur einen etwas anderen Verlauf genommen hätte, dann wäre statt einer bemerkenswerten eine mittelmäßige Leistung herausgekommen. Unsere Geschichte bildet da keine Ausnahme.« »… der eine rätselhafte Beschränkung unseres Denkens beschreibt: unser übermäßiges Vertrauen in das, was wir zu wissen glauben, und unsere scheinbare Unfähigkeit, das ganze Ausmaß unseres Unwissens und der Unbestimmtheit der Welt zuzugeben. Wir überschätzen tendenziell unser Wissen über die Welt, und wir unterschätzen die Rolle, die der Zufall bei Ereignissen spielt.«

Happy New Year.

Ich bleibe dran.

Immer noch dabei.

Ach Liebste, lass uns eilen / Wir haben Zeit:

Tagessonate 12.23

Garnelen und Grundeln arbeiteten stets einträchtig nebeneinander.

Ein schwebender Astronaut, allein im schwarzen All.

Hobbyforscher Bielefeld ist mal wieder im Gespräch.

Nachbemerkung

Eine Sonate hat drei Sätze.

Aus drei Sätzen einer Tageszeitung entsteht eine Tagessonate; Zufalls- und Gelegenheitskompositionen. In die Jahresmitschrift gestreut. Aus poetischem Kalkül, also weder zufällig noch intentional. Wer Zusammenhänge sieht, kann nicht anders und täuscht sich doch.

Mit ihrem Erscheinen willigt eine Tageszeitung nicht zuletzt in die Möglichkeit ein, als ein offen und öffentlich zugänglicher Spruchbeutel in der Welt zu sein. Wer bezahlt hat, darf zugreifen. Der Kunde ist der Souverän; der Abonnent, wenn er mag, ein Tagessonatenkönig. Walzerkönige gibt es auch.

Ein Fundus für eine Werkstatt der Wörtlichkeit, die manchmal als Änderungsschneiderei dem fadenscheinigen Sinn am Zeuge flickt.

Ich danke allen Beteiligten, in den Redaktionsstuben, im Homeoffice oder wo auch immer draußen im Lande, für Vorfabrikation und Zulieferung. Guter Stoff.

Bibliografische Information der
Deutschen Nationalbibliothek
Die Deutsche Nationalbibliothek verzeichnet diese
Publikation in der Deutschen Nationalbibliografie;
detaillierte bibliografische Daten sind im Internet über
http://dnb.d-nb.de abrufbar.

www.wallstein-verlag.de
Vom Verlag gesetzt aus der Stempel Garamond
Umschlaggestaltung: Marion Wiebel, Wallstein Verlag, Göttingen
Druck und Verarbeitung: Hubert & Co, Göttingen
ISBN 978-3-8353-5087-8